深町秋生

ダブル

double

幻冬舎

ダブル

《東日新聞　朝刊》平成2X年10月19日

新型薬物、主婦や若年層にまで汚染広がる　暴力団の新たな資金源に

先月18日、警視庁組織犯罪対策部は大量の向精神薬を違法に所持していたとして、倉庫の所有者で墨田区の42歳の会社社長ら3人を麻薬取締法違反の疑いで逮捕した。倉庫に保管されていたのは6000錠の「クールジュピター」（CJ）と呼ばれる中枢神経刺激薬だった。CJはナルコレプシーや注意欠陥多動性障害の治療を目的にインド系製薬メーカーが開発した新薬だが、覚せい剤やMDMAと同様に興奮作用がきわめて強いため、日本国内では6年前から販売が禁止されている。

同月15日には渋谷区道玄坂のクラブで約4000錠のCJが渋谷署に押収されている。逮捕されたクラブの経営者の供述によると、店内で遊ぶ若者だけでなく、インターネットや携帯電話のサイトを通じて中高生や主婦にまで販売していたという。同クラブでは暴力団を通じて3年前から覚せい剤や数種類の合成麻薬を仕入れていたが、昨年からはCJのみを扱うようになった。

組織犯罪対策部の捜査員は嘆く。

「CJは他の薬物に比べて価格が圧倒的に安い。そのため派遣労働者や学生の間で急速に広まっている。とても汚染の速さについていけない」

多様化が進んでいた非合法薬物の市場にある大きな変化が起きている。警察や海上保安庁が昨年押収した覚せい剤と大麻樹脂の量はほぼ横ばい。一方でCJの押収量は2794キロと、前年の4倍にまで達している。

警視庁組織犯罪対策五課の丸谷巧《まるやたくみ》課長は語る。

「関西や関東の暴力団にCJを卸している大規模な密輸組織が国内に存在している。我々は全容解明に全力で臨んでいる。薬物のまん延は治安悪化の大きな要因。とくにCJの撲滅はもはや最優先。早急に密売ルートを絶たなければならない」

CJは依存性がきわめて強く、今年7月には千葉県船橋市の男子高校生（17）がCJの購入資金欲しさに母親を刃物で殺害。2万円が入った財布を奪うなど凶悪事件も発生している。

薬物依存症専門の治療を行う「竹中クリニック」（横浜市）には、CJへの依存に悩む若者の相談が殺到している。竹中康夫院長によれば、数年前まで入院患者のほとんどは覚せい剤依存症の暴力団関係者か不良少年が占めていたが、最近はCJへの依存に苦しむ工場労働者や主婦の患者が増えているという。10代の入院患者が一昨年は35人だったが今年は107人と約3倍に増加し、20代も48人から98人と約2倍になったが、そのほとんどがCJの乱用者だった。

先月、政府は「薬物乱用防止新5カ年戦略」の具体案を発表したが、そのなかにはこの新型合成麻薬に関する項目はなく、危機的な状況への認識と速やかな対策が求められている。

1

刈田《かりた》誠次《せいじ》は憂鬱《ゆううつ》だった。

　車のなかで待ち続けて二時間が経《た》つ。フロントガラス越しに見えるネオンがちかちかと網膜を刺激する。古めかしいパチンコ店の巨大な電飾看板が赤く点滅していた。ラーメン店のLED看板がうまさと安さを幾度も主張している。昭和時代を想わせるような古めかしい繁華街だ。

　わずかに開けていた窓から大蒜《にんにく》やニラの臭《にお》いが入りこんでくる。車の横には屋台に毛の生えた程度の薄汚れた中華料理店がある。油で黒ずんだ換気扇が蜂の羽音のように唸《うな》りながら回っていた。焼けた油と中華鍋が弾む音がそれにかぶさる。調理場の生暖かい空気が流れこんでくる。

　刈田は見つめていた。カラオケ店と居酒屋の間に挟まれた細長い雑居ビル。錦糸町《きんしちよう》を根城にした江崎《えざき》組の事務所があった。関東の広域暴力団である印旛《いんば》会《かい》系の三次団体だ。

　江崎組をチェックしてくれ。ボスの神宮《じんぐう》から命じられていた。やつらの動きを監視してから三日目に動きがあった。

「このへんにうまいフィリピン料理店があるんだ」

　屋敷直道《やしきなおみち》は倒したシートに寝そべり、楊枝《ようじ》をくわえながらぼんやりと呟《つぶや》いた。

灰色の作業服を身につけたその姿は、ビル掃除に倦《う》んだ学生アルバイトのように見えた。腹や顎《あご》に脂肪がついていないため、年齢は三十を過ぎても若々しく映る。

「タイやベトナムの料理なら何度か食ってる。フィリピンはなにを食わせてくれる」

刈田は雑居ビルを見すえたまま応じた。

彼もまた同じく作業服を身につけている。背丈は屋敷とほぼ同じだが、胸板が厚く、肩の筋肉が発達した刈田には作業服が窮屈で仕方がなかった。

「まあ似たようなもんだな。エビのすっぱいスープとか豚肉のチャーハンとか。それとチョコレート粥《がゆ》」

「なんだと？」

「チャンポラド。チョコレートとココアとミルク、それにもち米を砕いて煮る」

「うまいのか？」

「あっちじゃ朝メシによく食うんだ。都内にゃいくつもフィリピン料理店はあるが、チャンポラドを出すところは少ねえ。おれもたまに自分で作って食うが、そこのは絶品なんだ。一度、お前にも食わせてやりたかった」

刈田は苦笑した。

「この仕事に感謝するしかないな。このあたりには二度と近寄れなくなる」

「もったいねえ。お前は本場の味を知るチャンスを逃しちまったんだぞ」

ルソン島出身の屋敷は、日本人の父親とフィリピン人の母親との間に生まれたハーフだ。マニラの裏社会の顔役だった市会議員と警官を撃ち殺して故国にはいられなくなり、父の国へと流れてきた不法移民だった。

「動いた」

雑居ビルの細い入口から大柄な男が出てきた。二人は無駄口を閉じた。

ビルから現れた男は紺色のMA―1ジャケットとくたびれた黒のベースボールキャップをかぶっていた。顎ひげをたくわえたその姿は、工場で汗を流す労働者に見えた。穿《は》きこんだジーンズに色の褪せたスニーカー。男は刈田たちのよく知る人物だった。

刈田は運転席横の収納ボックスからトランシーバーを取り出した。離れた位置にいる弟に語りかける。

「武彦《たけひこ》、出てきたぞ」

ざらざらとしたノイズが混じる。武彦の反応は鈍かった。

〈本当に、あの人なのか?〉

「オッサンだよ。どっからどう見てもな。お前だって見えてるだろう?」

〈見えてるさ。だけど〉

「三百メートル先にコインパーキングがある。そっちに向かうはずだ。お前は先回りしろ」

〈なにかのまちがいじゃないのか〉

「ここで議論するつもりはない。だいたいボスの情報がまちがっていたことが一度でもあったか?」

武彦から返事がなかった。

「どうなんだ」

〈……ないよ〉

「頼んだぞ。お前の腕にかかっている」

刈田と屋敷は車を降りた。

充分に距離を取ってから顎ひげの大男の後をつけた。酔っ払いの学生や呼びこみたちの間をすり抜けながら、せせこましい繁華街を離れていった。

やがて閑静なマンション街にたどりつく。電柱の街灯や部屋の窓から漏れる灯《あか》りで、ある程度の明るさは確保されていたが、ネオン街にいたために闇がことさら濃く感じられた。

顎ひげの男――五木《いつき》はコインパーキングの前で足を停《と》める。五台も停まればいっぱいになる小さな駐車場だ。

車の往来はない。歩行者も見当たらない。街灯の寒々しい光を避けながら二人は足音をたてずに近づいた。

五木は精算機の前に立っていた。ジャケットのポケットからコインを取り出して何枚かを入れる。足りないのか、またジャケットのポケットに手を突っこむ。

再び現れた五木の右手にはスナブノーズが握られていた。銃口を刈田たちに向けている。

二人は短くうめきながらそれぞれ横に飛んだ。銃弾は空気を切り裂きながら、数秒前まで刈田の頭があった位置を突き抜けていった。銃声が晩秋の空に響き渡る。

刈田は路上を転がりながら電柱の陰に隠れた。五木は銃を連射した。一発は電柱のコンクリートを弾《はじ》き飛ばす。刈田の顔のそばで火花が散る。

刈田はショルダーホルスターからコルトを抜いた。銃口をパーキングの精算機のほうへ向けた。

五木はすでに車の陰へと逃れている。

刈田は五木へ叫んだ。

「オッサン、あんたいつからヤー公の犬になった」

「どいてろ、誠次」

五木は低い声で答えた。

待ち伏せされていたにもかかわらず、五木は落ち着いていた。どんな修羅場でも冷静さを失わないこのタフな男に、今まで何度助けられたかわからない。

あちこちのマンションから悲鳴があがる。時間がない。

路地の角に隠れた屋敷が膝立《ひざだ》ちになってグロックを撃った。次々に弾を放つ。金色の薬莢《やっきょう》が路上に落ちる。マニラの荒れたストリートで粗悪な拳銃を振り回しながら生きてきた屋敷の哲学は〝数撃ちゃ当たる〟だ。十八発入りの拳銃が何度も跳ね上がり、火を噴き続ける。だが屋敷は血相を変えた。すぐにブロック塀の陰に身体《からだ》をひっこめる。

駐車場から拳銃とは異なる銃声がした。腹に響くような重々しい音。ショットガンから放たれた散弾が、屋敷が盾として使っているブロック塀を砕いていた。大量の破片を撒《ま》きちらす。屋敷は顔に降り注いだ破片を手でぬぐい、コンクリートの粉が混じった唾を何度も吐いた。

刈田は電柱の陰から顔を覗《のぞ》かせた。五木の愛車であるクライスラー・ジープのトランクが開け放たれている。巨大なアメ車の横で、五木はレミントンのショットガンを構えていた。金棒を携えた鬼だ。銃口は刈田の頭に向けられている。

顔を電柱の陰にひっこめる。同時に大量の細かい散弾が電柱にぶつかる。ばしゃっと水を叩《たた》くような音。頬《ほお》に鋭い痛みを感じた。小さな鉛の粒が頬を切り裂いていた。

屋敷は身を小さく縮めながら吠《ほ》えた。

「裏切もんのわりには元気よすぎるぜ！」

刈田はもう一方の手でトランシーバーをつかんだ。

「武彦、なにをやってる」

五木はショットガンを撃ち続けた。発砲してからフォアエンドをスライドさせて排莢《はいきょう》。それからまた発砲する。五木は機械的にそれを繰り返し、二人がひるんだ隙《すき》にジープの運転席のドアを開けた。

刈田はもう一度トランシーバーへ呼びかけた。

「武彦」

五木は運転席に乗りこもうとする。逃げられる。失敗を覚悟した瞬間、遠くからショットガンとは異なる銃声が響いた。ライフル特有の尾を引くような発砲音。五木の膝のあたりで血煙《ちけむり》があがる。

斧《おの》を叩きこまれた大木のように、身体をゆっくりと傾かせながら、五木は駐車場のアスファルトの上に倒れていった。

刈田はその隙を逃さなかった。思わず笑みがこぼれる。頭がじんじんと熱を持ち始めていた。電柱の陰から飛び出し、パーキングの入口まで一気に駆ける。息を弾ませながら半身になって銃を構える。

五木の右足は奇妙な方向にねじ曲がっていた。武彦が放ったライフル弾は膝の関節や筋肉を吹き飛ばしていた。二度とまともな歩行などできないだろう。それでも五木は苦痛を表情には出さない。額にはギリシャの哲学者のような深いしわが刻まれている。目には強い光があった。撃たれたショックでショットガンを手放していた。代わりに右手にはスナブノーズが握られている。左腕だけで上半身を起こす。

刈田はウィーバースタンスで近づいた。銃を握る右手の下に左手を添え、左肩で心臓を防御する。アメリカの刑事が好む一発必中の構えだ。

そうすれば命中率が高くなる。一対一のときはその構えで殺《や》れ。そう教えてくれたのは他ならぬ五木だ。

刈田は左目をつむりながら引き金を引いた。弾丸は五木の額を貫いていた。かぶっていたキャップが吹き飛んだ。五木は頭をのけぞらせると、アスファルトに後頭部を叩きつけるようにして倒れた。銃弾が作った穴から血と脳漿《のうしょう》があふれ、白髪混じりの頭髪を赤黒く汚す。

刈田はコルトをゆっくりと下ろした。生《き》のままの火酒《かしゅ》を飲み下したように胸の奥が熱くなる。引き金にかけた指が硬直したまま動かない。顔を流れる汗を作業着の袖《そで》でぬぐう。

かつての仲間の死体を見下ろしながら呟いた。

「どうしてだ。あんた……」

屋敷に肩を揺さぶられる。

「浸ってる場合じゃねえ。ずらかるぞ、早く」

刈田は駐車場を離れながら何度も振り返った。もっと師に尋ねたかった。なぜ裏切ったのか。周りのマンションからあがる悲鳴のなかをくぐり抜けながら、二人はもと来た道を駆けた。

2

刈田武彦は疲れていた。濃紺のキャップをとって汗をタオルでふく。

肩まで伸びた頭髪は汗で濡《ぬ》れそぼっている。ビル風が身体を冷やす。

スナイパーライフルのレミントンM24につけた赤外線スコープをのぞいていた。マンションの非常階段から見下ろしている。

真昼のように光が増幅された白黒の世界で、兄の誠次らは路上を駆けていた。彼らにケガはなさそうだった。武彦はほっと胸をなで下ろす。二人はコインパーキングから遠ざかっていく。クライスラー・ジープのそばには、自分の血に浸《つ》かった五木の死体が残されていた。頭と膝を破壊されている。

〈撤収だ〉

トランシーバーから誠次の声がした。

ライフルがやけに重く感じられた。陸自にも採用された狙撃銃で、武彦にとってはなじみ深い火器だった。だが今夜はやけによそよそしい手触りがした。まるで初めて触れたときのような。

〈武彦、どうした〉

深い疲労をひきずりながらトランシーバーを手に持った。

「どうして、オッサンは……」

〈あとにしろ〉

五木が倒れた駐車場には人が集まりつつある。死体を見たやじ馬がざわめいている。

救急車とパトカーのサイレンが鳴り響く。繁華街の光で中途半端に明るい夜空が赤く点滅している。たしかにあとにすべきだ。スコープを外し、排莢を済ませてライフルをケースにしまった。背嚢《はいのう》とケースをかつぎながら八階分の階段を駆け下りた。

マンションの玄関へ回ると、誠次たちが乗った白のワゴンが横づけされていた。清掃会社の名前が車体に記されている。後部ドアを開けてケースをトランクに押しこむと、後部座席に滑りこむようにして乗った。車はゆっくりと走り出した。

サイレンはさらにやかましさを増していた。目の前の交差点は青信号だったが、何台ものパトカーが横の道から侵入してきては、武彦らが乗ったワゴンの脇をすり抜けて事件現場へと走り去っていった。

武彦は深くため息をついた。助手席に乗っていた屋敷が振り返った。小麦色の肌をした彼は、むしろスリルを愉《たの》しんでいるかのように目を生き生きとさせていた。

「おう、お疲れさん。武彦、やばい仕事だったな」

「オッサンはなにか言っていたかい？」

武彦は尋ねた。自分でも驚くほど弱々しい声だった。ハンドルを握る兄の誠次がバックミラーで武彦を見やった。

「なにも」

「…………」

「どうして弾を外した」

「膝には当たったじゃないか」

誠次がバックミラー越しに睨《にら》みつけてきた。武彦は視線をそらした。「すまない」

またも車は足止めをくらう。前を走っていた車が路肩へ寄る。武彦らのワゴンもそれにならう。

スピーカーからがなり声を発しながら救急車が道路のまん中をすっ飛んでいった。

誠次はハンドルを戻した。

「謝れとは言ってない。意図を知りたいだけだ。お前があの距離で外すはずがないからな」

武彦は沈黙しか手段が思いつかなかった。誠次は続けた。

「なにを考えてる」

武彦は身体を震わせた。

「暖房を強くしてくれ」

「おれを死なせたいのか？　答えろ」

「頼むよ。ヒーターを入れてくれ」

「話をそらすな」

「当たり前だろう！　あの人は恩人じゃないか！　おれは機械じゃない！　いつでも誰でも頭をぶち抜けるわけじゃないんだ！」

武彦は耐え切れなかった。自分でも驚くほどのボリュームだ。心のコントロールがうまくいっていない。冷静に運転を続けられる誠次の神経が理解できなかった。

五木とは長い間チームを組んでいた。彼はレーサー顔負けの運転技術を持ったプロの運び屋だ。ちょうど一年前、ＣＪを運んでいる最中に、積荷を狙う無鉄砲なブラジル人集団に不意を衝かれた。弾切れを起こしてパニックに陥る武彦を叱咤しながら、五木は追手の攻撃を悠々とかわしてみせた。武彦は裏社会で生きるための心得を彼から教わり、誠次は銃の撃ち方を叩きこまれている。刈田兄弟にとっては師匠のような存在だったのだ。

誠次はなにも言い返してはこない。

車は北東へと進む。荒川を渡って江戸川区を抜け、検問が敷かれる前に千葉の市川市に入った。県境をまたいでしまえば逃走はかなり楽になる。それでも車内は重苦しい空気に包まれていた。

屋敷が場を和《なご》ませようとしたのか、やけに弾んだ調子で手を叩いた。

「ちょっとばかり派手な祭りになっちまったが、ケガもせずに終えてなによりじゃねえか。お前ら、兄弟喧嘩《げんか》はよくねえぞ」

「ボスにそんな理屈が通じると思うか？　あいつを逃がしていたら、おれたちが殺られるんだぞ」

誠次にぴしゃりと反論され、屋敷は声をつまらせて押し黙った。

赤信号にぶつかると誠次はシフトをパーキングに入れた。そして背後を振り返り、武彦に向かって腕を伸ばした。突然の行為に武彦は思わず目をつむる。

誠次は息を吐きながら荒々しく頭をなでた。

「まあいい。たしかにお前の言うとおりだ。五木を相手によくやってくれた」

誠次の掌《てのひら》は温かかった。あのときと同じだった。あの男の血でベタベタになった武彦の頭や顔をなでてくれた――よくやった、お前はちっとも悪くない。

誠次は武彦の頬を軽くつねった。

「みんな忘れて、ゆっくり休め」

武彦は唇を嚙《か》んだ。忘れろ？　ずっと一緒にやってきた仲間の膝を吹き飛ばしたというのに。

だが誠次を安心させるためにうなずいて見せた。

ボスの神宮は公平な男だ。組織のなかで忠実に働くかぎり、裕福な暮らしは約束される。ただし一度忠誠心を疑われれば無事では済まない。オッサンは刈田兄弟と何年も一緒にＣＪを運んだが、組織を裏切って江崎組に情報を売った。とんだ愚か者だ。同情の余地はない。武彦はただそう思うことにした。

車のドアにもたれながら、窓にこつこつと頭を打ちつけた。恩人を殺した。今夜の記憶が兄の言うとおりに消えてくれたら。そう願いながら、車の窓に何度も頭をぶつけていた。

3

五木の始末を終えた刈田らは房総《ぼうそう》半島を南進した。

清掃業者の名が入ったワゴンで木更津《きさらづ》のセーフハウスまで移動した。住宅街の古い一軒家。神宮の組織にはこの手の隠れ家が多く存在していた。中堅幹部の刈田ですら、すべての数を把握してはいない。

シャワーを浴びて硝煙の臭いを消した。常備してある消毒薬とガーゼで頰の傷を治療してから、刈田誠次はひとり自家用車のジャガーに乗って館山《たてやま》へ向かった。屋敷たちには逃走車と作業着の始末を頼んでおいた。

別荘や企業の保養所が立ち並ぶ館山の海岸沿い。鏡ヶ浦《かがみがうら》が望めるリゾート地に神宮の別荘もあった。ひときわ大きな屋敷が見えてくる。

五百坪を超える敷地にヨーロピアンスタイルの建物。敷地内にはプライベートビーチとマリーナがあった。広域暴力団も一目置く新興シンジケートの首領が所有するセカンドハウスだ。神宮は一年のうちの三ヶ月程度をここで過ごす。

来るたびにどこかのリゾートホテルに入ったような気分になる。庭にはいくつか照明が設置され、丁寧に刈りこまれた芝生と木々が、幻想的にライトアップされていた。

腕時計を見た。ちょうど日付が変わるころだが、今夜なら神宮はまだ起きているはずだ。

駐車スペースには何台かの車があった。刈田はジャガーをレクサスの横に停めた。レクサスの車体にもたれながらガムを嚙んでいる小男がいる。刈田は顔をしかめながら車を降りた。

「よお」

阪本《さかもと》はにやにやと笑いながら、なれなれしそうに手をあげた。刈田がやって来るのを待っていたのだろう。「ちゃんと仕事は済ませてきたのか？」

「ああ」

刈田は相手にせずに邸宅へ足を向けた。

「待てよ。感謝の一言ぐらいあってもいいだろう」

阪本は後ろから刈田の肩に手を置いた。甘ったるいフルーツ味のガムの臭いがした。刈田はその手を不快そうに横目で睨んだ。

阪本は言った。

「人殺ししか芸のねえお前らの代わりにいろいろ調べてやったんだ。お前らときたら、あいつが裏切ったのも知らねえでいつまでものんきに慕ってたんだからよ。一歩まちがえばお前らも粛清されかねなかったんだぜ」

刈田は振り向いた。

阪本は唇を横にひろげて笑みを作っていたが、目元が細かく痙攣《けいれん》していた。自分以外はみんな神宮に反意を抱《いだ》いていると信じる妄想狂。興信所を経営し、組織内のスパイ狩りや構成員の身元調査を行っている神宮の側近だ。五木の裏切りも、阪本の執拗《しつよう》な調査で判明した。

刈田は阪本の肩を親しげに叩いた。

「まったくだ。助かったよ」

刈田は頭を深々と下げた。勢いをつけて。

阪本の頬骨に額を衝突させる。ボウリングのボール同士がぶつかりあうような重々しい音がした。阪本はうめきながら後じさる。顔面を両手で覆いつつよろけた。

「お前の目もあやしいもんだな」

刈田は唇を歪《ゆが》めた。くだらない意趣返しとわかっている。痛みに悶《もだ》える阪本を残して邸宅へと向かった。

玄関のチャイムを押す。エプロンをつけた奈緒美《なおみ》が出迎えた。長い髪をゴムでまとめている。刈田の顔のケガを見て、わずかに眉をひそめた。

「あら、どうしたの？」

「ちょっと転んでしまって」

「おれは暴力なんて苦手ですよ。おっかない」

「また喧嘩でしょ」

「入って。あの人が待ってる」

エプロン姿に思わず見とれる。意志の強そうな瞳と厚い唇が特徴的だった。

これまで神宮が囲ってきた女はモデルや女優の卵が多かった。今までの女たちのような華やかな美しさはないが、料理教室の講師をしていただけあって奈緒美の料理の腕はよく、気立てもずいぶんとよかった。かつての女たちよりはるかに上等といえる。問題があるとすれば、恋人である神宮をリッチな実業家だと頭から信じきっている点ぐらいだろう。

白い内装の広大なリヴィングの中央に会長の神宮寛孝《ひろたか》がいた。ドイツ製のソファにゆったりと腰かけている。豊かな黒髪をオールバックにし、細いメタルフレームのメガネをかけている。レンズ越しに柔和《にゅうわ》な光をたたえた細長い目が見えた。シルクのボタンダウンを上品に着こなしたその姿は、なに不自由ない上流家庭のなかで育った若社長といった印象を受ける。顔には何人《なんぴと》をも迎え入れるかのような温かい微笑が浮かんでいた。

神宮の向かい側に座っているのは刈田の上司である鏑木正志《かぶらぎまさし》だ。組織が抱えている企業のひとつである『東亜ガードサービス』の社長だった。銀髪を七三にわけた自衛隊出身の元軍人だ。佐官級の幹部だったらしく、周囲に厳格さを求めるかのようにシャツの襟《えり》のボタンをきっちりと留め、しわのないダブルのスーツを身につけていた。機嫌がよかろうと悪かろうと眉間《みけん》にはつねにしわが寄っている。神宮とは対照的で、この初老の男が笑っているところを目撃したことがなかった。

神宮が手をあげた。刈田にソファを勧める。

「待ってたよ、刈田部長」

「はい」

鏑木の横に座った。

「乾杯しよう。なにを飲む」

テーブルの間にはワインとスコッチが入った瓶とグラスが並んでいた。一見すると優男《やさおとこ》風に見える神宮だが、肝臓は下品と思えるくらいに頑丈だった。

「私はビールを」

「奈緒美さん」

神宮はキッチンにいる奈緒美に向かって手を振った。

彼女は品よく盛りつけた豆腐料理や漬物と一緒に、霜で白くなったタンブラーと冷えたビールを運んできた。

「お疲れさま」

彼女は刈田のタンブラーにビールを丁寧についだ。

かいがいしくホステス役を務める彼女に、神宮は感謝の意を示すかのように深くうなずいた。傍目《はため》には、裕福なおしどり夫婦のように映るが、目の前にいる男は全国の暴力団から恐れられ、警察が血眼《ちまなこ》になって追っている公共の敵だ。配下の刈田らを尖兵《せんぺい》として走らせ、数多くの犯罪に手を染めていると知ったら、奈緒美は果たしてどんな顔をするだろうか。彼女は刈田のために酒と簡単な肴を用意すると、客たちに一礼してリヴィングを出て行った。仕事の話をしている間は、席を外すように神宮が言って聞かせていた。

「よくやってくれた」

神宮はグラスを掲げた。刈田は同じくタンブラーを掲げ、ビールを一気に飲み干した。

小さなドラッグの密売組織の頭目《とうもく》だった神宮が、製造元であるインドからCJを直接買いつけるようになってから数年が経つ。

CJは、インドの製薬会社がナルコレプシーや多動性障害の治療を目的に開発した薬だった。ところが覚せい剤とほぼ同等の強い中枢神経刺激作用があると問題視され、政府によって販売禁止措置が取られたが、急激な経済成長を続けるインド国内では労働者やビジネスマンの間で絶大な人気を誇る。CJを開発したアーシュラム・ファーマシーは製造を中止したが、製造工程に関する情報が流出し、インド各地のマフィアがこぞってCJの生産を行った。州によっては政治家が所有する工場で半ば公然と作られたため、政府の取り締まりは焼け石に水でしかなく、膨大な量のCJが安価で国内に出回った。

CJは、個人輸入代行のショップを通じて日本へも合法的に入ってきていた時期がある。しかし多幸感や爽快感が得られるドラッグとして乱用が全国で問題視された。厚生労働省は国内での販売を禁止するも、すでに爆発的な数の愛用者たちのなかに強烈な飢餓感を育《はぐく》む結果となった。

神宮はそれを見逃さず、インドの西ベンガル州に飛んだ。製造工場を持った地元の有力者一族と直接取引を行い、大量のCJの買いつけを成功させると、日本国内で売りさばいた。CJは末端価格で一グラム数万円で取引される覚せい剤と比べて圧倒的に安く、国内でも一度は合法的に出回っていた経緯もあり、低賃金の労働者や学生、主婦や年金生活者に到るまであらゆる層に受け入れられた。デフレがいつまでも続く日本国内で、不安や憂《う》さを帳消しにする妙薬としてまたたく間に広まった。

厚生労働省や警察庁はCJの危険性を訴えるキャンペーンを展開したが、爆発的な流行の前に後手に回った。神宮はその隙をついて販売網を築き上げる。入ってきた金を惜しげもなく使って密売組織の懐柔を図り、その一方で自衛隊出身者や傭兵《ようへい》を主な構成員とした私兵集団を作り上げ、暴対法で身動きが取れない暴力団を圧倒的な武力で黙らせた。日本最大の組織である関西の華岡《はなおか》組とも提携し、全国の密売組織にCJを卸すまでに到った。そして莫大な財力を獲得したのだ。その過程には多くの血が流れ、敵の数は依然として多いが、渦中の人物である神宮はその軋轢《あつれき》や衝突さえも心の底から愉しんでいるようだった。

神宮はグラスのワインを口にしてから言った。

「江崎組はこのところ動きがにぎやかだったからね。むしろひどくわかりやすかった。地元の錦糸町でCJの売人をさらったこともあったしね」

「劉《りゅう》の密売人だった男ですね？」

神宮はうなずいた。江東区や江戸川区でCJを販売しているのは、神宮ファミリーとも仲のよい福建《ふっけん》マフィアの劉永建《えいけん》の組織だった。江崎組は覚せい剤を主なシノギとしている。価格を抑えたCJに押されて、江崎組は干上がりつつあった。

「なにか仕かけてくるとは思っていたけれど、案の定、先日は墨田区の保管倉庫をおまわりさんたちに踏みこまれた。江崎組が警察に密告したのはわかっていたけれど、問題はどこの誰がそんな情報を錦糸町のヤクザにくれてやったのか。そのあたりが不明だった。君もよくやってくれたが、阪本もいい仕事をしてくれた」

「五木が江崎組に出入りしていたのは意外でした。あの男は――」

鏑木が葉巻の吸い口をカットしながら言った。

「優秀な運び屋ではあったな。これまでの実績をわざわざふいにしてまで雇い主を裏切る理由は不明だが、こちらとしては粛々と排除するだけのことだ」

鏑木の口ぶりは淡々としていた。まるで実験結果を分析する科学者のようだった。

神宮が首をななめに傾けた。

「そんなに意外かい？　刈田」

「あの男はプロです。自分の仕事に忠実でした。今でも信じられません」

「君は正直な男だな」

「虚勢を張っても仕方がありませんから」

「昔、ぼくにやられたときもそう言ったね。かなわないから従うのだと」

「今でもときおり痛みますよ」

刈田は自分のわき腹を指さした。

四年前まで刈田は六本木のクラブで用心棒をしていた。図体《ずうたい》の大きな米兵や不良外国人が集まる荒《すさ》んだ店で。少年のころより暴力に慣れ親しんだ刈田にはお似合いの仕事だった。トレーニングを積んだ兵隊や、ウェイトで大きく上回る黒人を日々叩きのめした。格闘家のように背筋や肩の筋力が発達している刈田は、たいていの男を数発のパンチで戦意喪失に追いこめる。屋敷に言わせれば、岩を入れた靴下で殴られたような硬さと威力を感じるらしかった。

神宮に出会ったのもそのクラブだ。彼の部下のひとりが酔っ払ってバーテンに絡み、刈田はいつものようにつまみ出そうとしたが、喧嘩を売られたために殴り倒していた。

その腕を買われて神宮の会社に雇われた。後日、この邸宅の地下にあるトレーニングルームで、ボクシング用のグローブをつけた神宮にスパーリングを挑まれる。やさしい顔立ちをしたこの男に殴りあいができるとは思えなかった。しかしいざ拳《こぶし》を交えてみると、神宮のすばやい身のこなしにまったくついていけない。空手や柔術をマスターしているらしく、したたかにわき腹に足刀を叩きこまれ、床をのたうち回った。

神宮は肩をすくめた。

「この世界、君のような正直者はごくわずかだ」

「今後も間諜戦は激しさを増すことでしょう。桜田門だけでなく、敵対組織の動向にもさらに注意したほうがよさそうですな」

鏑木が言った。陸上自衛隊の高官という地位を捨て、わざわざ神宮ファミリーの一員になったのも、戦争が存分にやりたかったからだという噂《うわさ》があった。現役時代に実行に移せなかった鬱憤《うっぷん》を晴らしているのだとも。

神宮はきれいに整った歯をのぞかせた。

「いやはや。たまらないね。ますます混沌《こんとん》は深まるばかりだ。そしてぼくらはその中心にいる。これからも君を頼る機会が多くなるはずだ。期待してるよ」

「心得てます」

「それと君の弟にもね」

「今日まで生きていられたのもあいつのおかげです」

「君が五木を黙らせたと聞いた」

「……はい」

「それにその顔の傷。めずらしいこともあるものだね」

神宮の目がわずかばかり鋭くなる。武彦がいつも通りに撃っていれば負わずに済んだ傷だ。シヨットガンなど担がせることもなく、五木をあの世へと送っていたはずだった。神宮も武彦の腕を知り尽くしている。あいつのミスショットを訝《いぶか》っているようだった。

刈田はポーカーフェイスを保つ。

「相手は五木です。容易ではありませんでした。おれたちのやり方もよく知っている」

神宮は射るような視線を刈田に向けたが、すぐに和やかな目つきに戻った。

「安心してくれ。ぼくも厳しい戦いになるんじゃないかと思ってた。無事に終わって、ほっとしているところさ」

神宮はテレビのリモコンを手にした。ソファの正面にあるテレビをつけるとCSのニュース専門チャンネルに合わせる。ちょうど刈田らの銃撃戦が取り上げられていた。

錦糸町の住宅街はパトカーと警察官で埋め尽くされていた。画面は大量の赤色灯でまっ赤になった。現場のリポーターが興奮したように早口で状況を伝えている。

鏑木は息を吐いた。

「警察は激怒するでしょうな」

「もうとっくに怒らせてるさ」

「油断はできません。警視庁の組織犯罪対策部が、我々と対決するために人員を増やしていると耳にしています。主に公安出身者を受け入れていると」

「協力者《スパイ》かい?」

「五木のような例が、今後は増えるかもしれません」

神宮は背中をソファに預けた。

「おお、こわい。ぼくはホラー映画をよく見るんだけど、なんだか『遊星からの物体X』のカート・ラッセルになったような気分だ。知ってるかい? 我々がよく知っている仲間が、いつの間にか宇宙から来た化物にすり替わってる。今回もそうだ。職人だったはずの五木は情報をよそに売るモンスターになっていた。疑心暗鬼に陥りそうだよ」

刈田は言った。

「でもあなたは見抜いた」

おべっかを使うつもりはなかった。刈田にとってもっともおそろしいのは警察ではなく、新興勢力の王であるこの男だった。

「少しばかり心得があっただけさ」

「心得、ですか?」

「香港の黒社会の幹部から聞いた話だけれど、あっちの捜査官というのは気合が入ってて、何年も組織のなかに潜ってくるし、刺青《いれずみ》どころか顔や身体も平気で変えてくるそうなんだ。そんな変幻自在のモンスターと毎日熾烈な戦いを繰り広げてる。それに比べたら、まだ日本はかわいいものだよ」

神宮ファミリーから裏切り者が出るのは珍しくない。大組織の暴力団に恐れをなす者。罪を逃れるために刑事と通じる者――たいがいは商品であるCJに手を出したのが原因だ。端《はな》から忠誠心のかけらもない者。ファミリーの成長と比例するかのように犬の数もまた増えていた。しかしそのどれもが神宮や阪本によって炙《あぶ》りだされている。

ファミリーに忠実でいる限り金に困ることはない。だがそれには掟《おきて》に従わなければならない。商品のCJに手を出してはならない。戦いをおそれてはならない。裏切り者はもっとも近い人間が始末しなければならない。

「ぼくらも負けられない。今後も気を引き締めて臨まなきゃね」

神宮は余裕の笑顔で応じた。「さて仕事の話はこれくらいにして、奈緒美にもっと肴《さかな》を作ってもらうとしよう。彼女の手料理は絶品なんだ」

4

部屋についたころには日が暮れていた。

神宮と朝まで酒を飲み、仮眠を取ってから越谷《こしがや》のマンションに戻った。

途中、船橋の売春クラブに寄って女を抱いた。人恋しいわけではない。戦闘で興奮した神経をなだめるための儀式のようなものだった。人を殺るたびに頭のなかには熱風が吹き荒れている。いつもはひとりで充分だったが、今日は三人の女を代わる代わる抱いた。そうして五木の亡霊をどうにか振り払おうとした。

五木とは、長いことチームを組んでＣＪの運搬と警備についていた。喧嘩と根性しか芸がなかった刈田に、銃の撃ち方やプロとしての仕事を教えてくれたのもすべて五木だった。

自室はがらんとしている。備えつけの家具やベッドが用意されたマンスリーマンションだ。一週間前にバッグひとつでやって来た。もともと自宅は五反田にあったが、江崎組の周辺で仕事をしなければならないとわかってからは、住む場所を東京都から隣県へと変えた。仕事ではないかぎり、ほとぼりが冷めるまで都内に足を踏み入れるつもりはない。弟の武彦にも同じように住まいを変えさせている。

シャワーを浴びてからベッドにもぐりこんだ。五木との対決に神経をすり減らしていたが、それ以上に神宮との酒席で体力を消耗していた。メガネ越しに見える細長い目が、自分の内面すべてを見透かしているように思えて落ち着かなかった。優れた君主であり、実力を備えた人間であれば公正に扱う。忠誠に見合っただけの報酬を惜しみなく与えてくれる。それでも蛇《へび》に睨まれた蛙《かえる》のように萎縮《いしゅく》してしまう自分がいることを自覚せずにはいられなかった。

布団のなかでうとうととしかけたころにインターフォンが鳴った。

寝入りばなを邪魔され、刈田は不機嫌そうに唸った。頭を掻《か》きながらベッドから這《は》い出た。インターフォンのモニターには、ダークスーツを着た武彦の姿があった。

受話器を取って声をかけた。

「どちらさんですか」

〈おれだ、見ればわかるだろう。開けてくれよ〉

武彦のろれつがあやしかった。

刈田は不審に思いながらスイッチを押した。正面玄関の自動ドアが開く。武彦はたいして酒が飲めなかった。アルコールを摂取すれば、すぐに顔に出る。だが白黒のモニターでは顔色まではわからなかった。

玄関の扉を開けて出迎えた。やはりひどく酒臭い。呆《あき》れたことに手にはウイスキーのポケット瓶が握られていた。

「ずっと飲んでいたのか」

「帰ってくるのを待っていたんじゃないか。今までどこをほっつき歩いていた」

武彦の腕をつかんで部屋へ引っ張りこんだ。誰かに見られたくはなかった。

「早く入れ。ボスは底なしだ。朝までつきあっていた」

「殺しの報告をきっちり済ませたってわけだ」

刈田は武彦の手から酒瓶をもぎとった。武彦は続ける。

「それでいつものようにどこかの売女《ばいた》を抱けば、きれいさっぱり片がつくってことか。よくおっ勃《た》つもんだな」

「なんだと」

刈田は胸ぐらをつかむ。これまでも戦闘のあとに武彦の心が不安定に陥ることはたびたびあった。だがこれほどまでに正体をなくすのは初めてだ。「いいかげんにしろ、武彦」

刈田の手が振り払われた。酒臭い息を吐きながら、武彦は挑むような目つきで睨んできていた。

「いいかげんにするのは兄さんのほうだ」

「お前はまだ――」

「おれたちは女子供まで殺っちまったんだぞ」

刈田は顔をしかめた。

「なんの話だ」

「とぼけるな」

「どういうことかと訊《き》いてるんだ」

武彦はジャケットのポケットから、小さく折りたたんでいた新聞を取り出していた。無言のまま突きつけてくる。

ひったくって読んだ。全国紙の今日の夕刊だった。社会面を開く。火事や横領、タクシー強盗。それから晴海《はるみ》の海岸で女性と幼い子供の水死体があがったという記事。

武彦がつけ加えた。

「五木の家族だ。江崎組に人質に取られていたんだ」

記事に書かれた文字が読めなくなった。持つ手が震えた。

「本当なのか?」

「まちがいないよ。梁《ヤン》のじいさんから聞いた」

梁は新大久保の不動産屋で、不良外国人や風俗店に部屋を又貸ししている在日韓国人三世の老人だ。どの外国人や組織にも顔が利き、土地や建物だけでなく、商品として情報も扱っている。

「江崎組のやつら、頭に血が上ったのか」

刈田は再び新聞に目を落とす。

五木は金で転ぶような男ではなかった。だが家族を人質にとられていたとしたら——。わからない。五木の詳しい家族構成など知らない。知る気もなかった。仲間といえどそう簡単にプライバシーに触れてはならない。それが組織内の暗黙の了解となっていた。

「おれたちが殺した」

武彦は言った。

「殺ったのはヤクザだ。おれたちのせいじゃない」

「本気で言ってるのか？」

「お前こそどうかしている。それじゃどうしろと言うんだ。五木を生かすために、おれたちが殺されろというのか？」

「なにか方法があったはずだ」

刈田は武彦の胸を突いた。

「そんな考えだから弾を外すんだろうが。今度は脚にすら当たらねえ。おれを殺すつもりか？」

「もう、たくさんだ」

「今さら引き返せはしないぞ」

武彦は首をゆっくりと振った。顔は汗で濡れている。

「兄さん……あんたは使えなくなれば、おれまで捨てるつもりだろう。おれの弾が当たらなくなったら、オッサンを殺ったときのようにあんたは――」

腕が動いていた。それ以上は聞いていられなかった。

武彦の顎に拳を叩きこんだ。それほど強く殴ったつもりはなかった。だが武彦は他愛《たあい》もなくフローリングに尻をついていた。唇についた泡立った唾を手の甲でぬぐいながら、鋭い視線を投げかけてくる。

「あのころから兄さんは少しも変わってない。殺しまくった先になにがあるっていうんだ」

武彦は殴られた顎をさすった。後ろを振り返りながら立ち上がると、駆けるようにして部屋を出て行った。

「馬鹿野郎が……」

刈田は落ちた新聞を拾い上げ、再び記事に目をやった。

5

武彦はクラブのバーカウンターにもたれながらグラスに口をつけた。赤い液体を飲む。ノンアルコールのシャーリーテンプルだ。酒はもう身体が受けつけてくれなかった。

ブルーの間接照明があるだけの暗闇のなかで、兄の誠次につっかかったことを悔みながら頭を掻きむしった。横手にはメインフロアがあり、そこから大音量のテクノが聞こえてくる。音楽が武彦のうめき声をかき消してくれていた。

言い争いなどするつもりはなかった。ただ兄の意見を聞きたかった。

後ろを女の二人連れが通り過ぎていく。武彦のほうをちらちらと値踏みするような視線を送りながらフロアへと消えていった。武彦が身につけているのはイタリア製の高級スーツ。踊りに来るには場違いな格好だった。

バーテンダーに同じものを頼み、紙幣を放る。東京に出てきてからは金に頓着することはなくなった。田舎にいたころはいつも文無しだったというのに。それにいくつものトラブル。兄はいつも武彦を助けてくれていた。

刈田兄弟は北陸の貧しい漁師町に生まれた。武彦は両親の顔をろくに覚えていなかった。漁師だった父親は武彦が生まれた直後に海の事故で死に、母は車で二人を児童養護施設の前まで運ぶと、そのまま行方《ゆくえ》をくらましたという。

なぜ母が二人を捨てたのかは知らない。父の死で心を病んでしまったから。新しい男を見つけて人生をリセットしたかったから。兄が語る理由は毎回異なっていて、一貫性というものに欠けていた。両親の親族たちが引き取りを拒んだために、兄弟はそのまま母が連れていった施設に預けられた。

武彦の目に五木の最期の映像がよぎる。駐車場のアスファルトに倒れこんだ五木にトドメを刺すため、兄は電柱の陰から飛び出して彼に銃弾を浴びせた。恩人の頭を撃ちぬいたというのに兄は笑っていた。ぞっとするほど冷たい微笑だった。兄の魂の奥底には、この世のすべてに対する憎悪《ぞうお》と殺意が未《いま》だに潜んでいるように思えた。

——兄さん……あんたは使えなくなれば、おれまで捨てるつもりだろう。おれの弾が当たらなくなったら、オッサンを殺ったときのようにあんたは——。

なんてことを言ってしまったのか。酔いが徐々に醒めてからは、自分が投げつけた罵声《ばせい》が頭から離れてくれなかった。兄を闇の世界へと追いこんだのは施設であり、自分だった。

富山の地方都市にあった仏教系の児童養護施設『北陸慈恵苑』。潮風で傷んだ古い建造物だ。

海沿いにあるその施設には五十人以上の児童が押しこめられていた。児童への日常的な虐待や数千万円におよぶ使途不明金が発覚し、武彦が十二歳のときに閉鎖された。

施設内のモラルは兄弟が入ったときから崩壊しつつあった。理事には地元県議が名を連ね、かつては皇太子御夫妻が訪問したという由緒ある施設らしかった。地元住民との交流会やイベントが頻繁に催されたが、外部の人間は誰一人なかの闇には気づかなかった。創立者の息子である理事長は王として振る舞い、幹部たちは国や地元自治体からの助成金や寄付金を衣装代や遊興費として消費した。安い賃金でこき使われている職員はその鬱憤を児童たちにぶつけた。木刀や金属バットをいつもぶら下げ、しつけと称してはよく殴りつけていた。

武彦の右肘《ひじ》には茶色くなった火傷《やけど》の痕《あと》。食器を割ってしまった罰として、乾燥機のなかに放りこまれて負った傷だった。

こうした傷は兄のほうがよほど多く負っている。腐敗だらけのなかで子供らがまともに育つはずはなく、恐怖と憎しみを植えつけられた児童たちの間で盗難や喧嘩が毎日のように起こっていた。ひとかけらの菓子を奪うために歯ブラシの先を尖らせて武装した。消灯時間後は必ず誰かが暗闇のなかでリンチに遭っていた。大量の布団で身体を押しつぶされ、タバコの火を皮膚に押しつけられるのだ。

施設が兄弟の暴力の腕を磨きぬいたようなものだ。とくに服従を嫌う兄は年長者たちの格好の的だった。嗜虐的な上級生や中学生から身を護るためにプラスチックの定規を斜めに折り、刃物のようにして相手を切り裂き、もしくはフォークや割り箸で顔を突いた。武彦が五体満足で施設から出られたのは、そうした兄の奮闘のおかげだった。

誰よりも派手に暴れていた兄は職員からも睨まれていた。同じ児童を追い払えても、スタンガンや手錠を携帯した職員たちには歯が立たなかった。連中にとって兄は爆弾《はじ》だ。よってたかって殴りつけでもしない限り、兄は暴れるのを止《や》めたりはしなかった。手錠を嵌められたとしても、獣のように相手の手足や顔に嚙みつく。大怪我をさせれば虐待の実態が周囲にバレてしまう。そのため精神安定剤を大量に投与され、フラフラの状態のまま一室に監禁されていた時期さえあった。施設側は兄を外部の人間に接触させたがらなかった。地域住民と交流を目的としたイベントには参加させず、木刀で仕置きをくわえたときは、学校にもしばらく通わせなかった。

虐待を外部に訴えようとする子供は誰もいなかった。武彦と兄もそうだ。むしろ腕や脚についた痣《あざ》や傷を必死に隠していた。見つかればきっと殺される。外部の人間は信用できない。地域住民や教師はきっとやつらとグルなのだ。刈田兄弟は世界すべてを呪《のろ》いながら子供時代を過ごしてきた。

施設はいずれ放っておいても破滅していただろう。しかし終わりのきっかけを作ったのは刈田兄弟だった。

十歳のときに武彦は学校の近くのスーパーでチョコレートを万引きした。幹部職員のピンハネで食事の質は下がり続け、子供たちはみんな甘いものに飢えていた。陳列棚の板チョコをシャツのなかに隠し、足早に出口へと向かった。だがすぐに店員に取り押さえられた。

彼らは北陸慈恵苑の子を常にマークしていた。甘いものにありつけずに万引きに走る子は武彦だけではなかったからだ。どの子供も衣服は薄汚れていて、恐怖と怒りで目をぎらつかせていた。すさんだ空気を放っているためにすぐに見分けがついたという。後に雑誌のインタビューでスーパーの店長が答えていた。

理事長の妻である施設長が店長にぺこぺこと頭を下げた。その横で武彦はずっとガタガタと震えていた。店長が施設の教育をなじるたびに、それだけあとで殴打される数が増していくように思えた。

店から解放された武彦は、敷地内の外れにある農作業小屋へと押しこめられた。両腕に手錠を嵌められたまま。監禁されている間は食事も与えられなかった。夜中まで放置されていた。暗闇のなかでただ膝を抱えて過ごすしかなかった。

小屋のなかに充満していた化学肥料の臭いを今でも忘れない。ちょうど初夏に入ったころで、草むしりで刈られた雑草の山がいくつもあった。

寮にいる兄の怒声が小屋にまで届いていた。武彦が閉じこめられていると知り、職員たちに噛みついたらしかった。しばらくするとその声も途絶えてしまった。

時間の感覚をすっかり失っていた。震えながら懲罰を待った。ただ閉じこめておくだけで済むはずがなかった。監禁は罰のうちにも入らない。

消灯時間が過ぎて寮の灯りが消えたころ、小屋のドアの鍵が外され、ひとりの男がなかに入ってきた。理事長の塚本《つかもと》。親の財産をそっくり受け継いだまま大した苦労もせずに育ったせいか、顔に幼さが残った四十男だった。手にしていた懐中電灯で武彦を照らす。暗闇に慣れきった目に光が突き刺さる。武彦は床を這いながら小屋の奥へと後ずさった。

普段は施設の子供を鬼のような形相《ぎょうそう》で睨みつけてばかりいるというのに、そのときはなぜか笑っていた。着ていたシャツの袖のボタンを外し、腕まくりをしながら近づいてくる。

――腹、減ってるだろう。

武彦は雑草の山に背中をぶつけていた。笑顔に不穏《ふおん》なものを感じていた。

――食べなさい。

塚本の左手には板チョコがあった。武彦がスーパーから盗もうとしたものと同じ銘柄だ。万引きまでしたというのに、差し出されたチョコには手を伸ばせずにいた。食欲はなかった。武彦は首を振りながら口を動かした。

――ご、ごめんなさい。許してください。

――こわがることはない。さあ食べなさい。

チョコを鼻先にまで突きつけられ、武彦はおそるおそるそれを受け取った。塚本は満足そうにうなずく。だが手錠を外してはくれなかった。

武彦は包み紙を破ってチョコをかじった。味わう余裕はない。わけがわからなかった。いつもならチョコではなく、拳や木刀が飛んでくるというのに。

チョコを食べる武彦を塚本はじっと見下ろしていた。温情や慈悲で菓子をくれたのではないと肌で感じていた。職員たちの手を焼かせている刈田誠次の弟。笑顔でチョコを差し出される理由はなにひとつない。

武彦は思った。きっと毒が入っているのだと。万引きをして施設に恥をかかせた。だから武彦を死なせるつもりなのだ。

少しだけ食べたところで許しを乞うように顔をあげた。塚本の血走った目が見返してくる。

――どうした。もっと食べなさい。

やつの息は荒く、アルコールの臭いがした。

――食べなさい。毒など入っていないから。

武彦の心を見透かすように言った。その言葉を信じられず、涙や鼻水と一緒にチョコを少しずつなめた。手や口の周囲をベトベトに汚しながら自分の不運を呪った。

ふいに塚本が武彦の身体に覆いかぶさってきた。太い両腕で武彦の肩を押さえつけ、チョコで汚れた武彦の顎に舌を這わせた。武彦は息を呑《の》んだ。

――おとなしくしてろ。いい子にしてるんだ。

――や、やめて。

武彦は身をよじった。塚本を押しのけようとして、やつの胸を両手で突いた。子供の力ではどうにもならない。やつは武彦の顎や首筋に幾度も唇をつけ、犬のようにせわしくなめ回した。持っていた懐中電灯を床に置き、右手で武彦の股間をまさぐった。

武彦は両腕を振った。手錠が塚本の鼻に当たった。塚本は短くうめき、鼻を押さえて身を起こした。涙目になりながら鼻血の有無を確かめた。その顔からは笑みが消え、かんしゃくを起こす子供のように目を吊り上げた。

――このガキ、ふざけやがって！

塚本は拳を武彦の頬へと振り下ろした。頬骨と奥歯に衝撃が走った。手錠の鎖を左手で摑み、武彦を抵抗できない状態にしてから何度も頬を平手で叩いた。打たれるたびに視界がちかちかと点滅する。首がねじれる。口のなかからチョコの味が消え、代わりに血の味が広がった。耳鳴りがひどく、頭のなかがぼんやりとしてなにも考えられなくなっていた。

——誰がお前を食わしてやってると思ってんだ！　ああ？　死にたくなかったらじっとしてろ！

塚本は巻き舌で怒鳴ると、床に落ちたチョコを拾い上げ、武彦の口に無理やり押しこんだ。

——食え！　万引きしてまで食いたかったんだろうが！　食え！

塚本はチョコを武彦の顔に塗りたくった。武彦は何度も咳きこんだ。

後になって塚本が多くの児童に性的虐待を加えていた事実を知った。夜中に小便や糞を漏らす児童が多かったのを覚えている。塚本のレイプをおそれるあまり、無意識に自分の身を排泄物で護ろうとしていたのだ。

やつは武彦が穿いていた半ズボンを脱がせようとしてやっきになっていた。武彦はなおも逃れようとして雑草の山に両手を突っこんだ。意識を半ば失いかけた状態。草のなかに潜ろうとしたのかもしれない。雑草の山のなかで固いなにかに手が触れた。木の棒のようなものだ。

半ズボンとパンツが乱暴に引き下ろされていた。ペニスが露《あらわ》になった。外気の冷たさと塚本の息が股間に届き、全身の皮膚が粟《あわ》立った。

武彦は反射的に棒のようなものを握り、それを塚本目がけて振り下ろした。どすっという重たい手ごたえ。肉の奥まで深々とえぐるような感触があった。生暖かい血が武彦の顔に降り注いだ。

塚本は大きく口を開けて悲鳴をあげようとした。だがほとんど声にはならなかった。ゴボゴボと目詰まりを起こした配水管のような音が口から漏れ、涎《よだれ》とともに大量の血をあふれさせ、武彦の腹や股間にそれをぶちまけていた。

武彦が手にしたのは草刈り用の鎌《かま》だった。棒の先についた刃がやつの首筋に突き刺さっていた。

傷つけられた動脈から血が一本の筋を作りながら噴き出した。塚本は漏れるのを防ごうとして傷口を手で懸命に押さえたが、指と指の間から大量の赤い液体がこぼれ続けた。やつの顔が蒼ざめていく。

武彦の股間から湯気があがった。やつの血液と自分の小便が下半身を生ぬるく包みこんだ。武彦は必死になってあえいだ。口を大きく動かしても息ができない。許しを乞おうとしたが、言葉は出てこなかった。

塚本は白目を剝《む》きながら力を失ったように床に倒れた。びくびくと身体を痙攣させると、やがて動かなくなった。

しばらく塚本と同様に動けなかった。ふいにやつが起き上がって、武彦を殴りつけてくるのではないか。できればそうしてほしい。また罵声を浴びせてほしい。事態がどうにか好転しないかと祈りながら、動かぬ塚本を見つめ続けていた。乾いた血液が身体に貼りつき、チョコや小便がついた皮膚が猛烈なかゆみを訴えてくるまで。

武彦は手錠を嵌めたまま小屋を出た。半ズボンを穿き直すのも忘れて、何度も転びながら施設内の兄の部屋へ向かった。

消灯時間を過ぎても兄はまだ起きていた。やはりさんざん暴れたらしく、六人部屋の狭い二段ベッドのうえで、手を後ろに縛られたまま痛みに耐えていた。顔はきれいなままだが、腕や脚は痣だらけだった。

日ごろから凄惨《せいさん》な暴力にさらされてきた兄ですら、血液やチョコで汚れ、下半身をむき出した弟の姿に言葉を失っていた。目を大きく見開いていたが、なにも訊こうとはしない。武彦は感情を抑えきれなくなり、布団に顔を押しつけて泣いた。それから兄を縛《いまし》めるロープをほどいた。彼は静かに言った。

――案内しろ。

身体についた血が武彦のものではないと知ると、兄はなにが起きたのかを勘づいたようだった。もう戻りたくない。首を横に振る弟の頭を小突いた。

――死にたくないだろう。おれがなんとかしてやる。

兄を連れて小屋のなかへと戻った。消えてなくなっていれば。思ったよりも軽いケガで済んでいれば。武彦の淡い期待は砕かれた。首に草刈り鎌を突き刺したまま絶命している塚本がいた。兄の身体はぶるぶると震えていた。武彦は不安げに見上げる。怒りで歯を食いしばる兄の顔があった。険しい形相をしたまま弟の胸ぐらを掴んでいた。

――ごめんよ、ごめんよ。

武彦はべそを掻きながら許しを乞うた。兄はうなった。

――なんてことを。

バカなことをしやがって。憤怒《ふんぬ》の光をたたえた兄の目はそう言っているような気がした。だが兄の怒りの理由は少し違っていた。悔しそうに嗚咽《おえつ》を漏らすと弟から手を放した。死体につかつかと歩み寄り、兄は思い切り足を振り上げた。死体の尻をつま先で蹴《け》る。塚本の身体の肉が波打つ。兄はやつの尻や股間を執拗に蹴飛ばしていた。

――なんでもう死んじまってんだ！　くそ！　くそ！

塚本の尻の筋肉が緩んだのか、穿いていたスラックスが排泄物で茶色く汚れていた。

――勝手に死んでんじゃねえ！　もう死んだのかよ！

兄は首に刺さった鎌を引き抜くと、またそれを振り下ろした。刃先を塚本の首筋に叩きつけた。延髄のあたりに食いこんだ刃を引っこ抜き、頭や顔に何度も突き刺した。頭蓋骨《ずがいこつ》に鎌ががちりと衝突する。もはや痛みや苦しみは伝えられないというのに、それでも兄は塚本を痛めつけていた。小屋のなかに充満する血と排泄物の臭いと兄の狂気に耐えかね、武彦は床に胃液をぶちまけた。

そして悟った。兄は職員たちから暴力を振るわれていただけでなく、何度も塚本の毒牙《どくが》にかかっていたことを。

兄は脳漿や血で汚れた鎌を手にしながら、無数の傷痕をつけた死体を見下ろした。

――おれが殺った。

――え？

――おれが殺ったんだ。わかったな。

――で、でも、それじゃ……。

兄は強い視線を投げかけた。目には獲物を奪われた悔しさがにじんでいる。

――いいな。こいつはお前じゃない。おれが殺ったんだよ！

兄は念を押しながら小屋を出た。

それからは蜂の巣を突《つつ》いたような騒ぎとなる。凶器を持参したまま兄は施設を脱走し、警察署へと駆けこんでいた。

事態は兄弟にとって有利に進んだ。絶対的な存在に思えた施設の秩序はあっさりと崩壊した。

正当防衛を訴えるにはあまりに死体の損壊が激しすぎたが、当時十三歳だった兄が罪に問われることはなかった。おまけに兄の身体についた虐待の痕がものを言った。警察や世間を驚かせたのは、虐待や怠慢が常態化した施設側のモラルハザードのほうだ。記者やテレビクルーが施設を取り囲み、肩を怒らせた警察や役人が施設のなかにずかずかと踏みこんだ。テレビや雑誌は施設の非道を煽情的《せんじょうてき》に報道し、絶対的な支配者として君臨していた職員たちはあっさりと白旗をあげ、しおらしく罪を認める。施設長は取調室で子供のように泣き喚《わめ》いていたという。

カウンセラーや医者たちが猫なで声で武彦に接してきた。もう大丈夫だ。もうつらい想いをすることはない。堰《せき》を切ったような善意のオンパレードに戸惑いを覚えた。思いやりと慈愛の満ちた手紙が全国から押し寄せた。武彦の殺しがなければ届かなかった言葉。殺人をきっかけに好意や温情が届く運命の皮肉を嘲笑《ちょうしょう》せずにはいられなかった。

兄は県内の児童自立支援施設へと送られ、武彦とは別々に暮らすこととなった。施設の運営は一新。正義感にあふれた経営者や職員に総入れ替えとなった。悪い大人たちは罰せられ、怯《おび》えていた児童らはこれで救われる。施設はきちんと運営されるはずだ。世間はそう考えた。

だが北陸慈恵苑に平穏は訪れはしなかった。圧政から解放された子供たちが暴徒と化したのだ。それまでの鬱屈や憎しみを爆発させ、新しい職員たちの背中に熱湯をぶちまけ、顔を剃刀《かみそり》の刃で切り裂いた。これまでの暴力や虐待に復讐するかのように非道なリンチを繰り返し、施設側を徹底して混乱に陥れた。武彦もそれには加わった。自分でもコントロールできない激情に突き動かされ、罪のない新しい職員に襲いかかっていた。

北陸慈恵苑での日々は、理事長の死から二年後に終わりを迎えた。

施設の中学生が食堂で働くおばちゃんを強姦したのをきっかけに閉鎖が決まった。野生の王国と化した施設で働こうとする職員は集まらず、新たな経営者もさじを投げた。周囲がいくら勧善懲悪の物語に満足しても、当の子供たちの精神は壊れたままだったのだ。小さな暴徒たちは、それぞれ別々の施設へと預けられていった。

児童や職員たちから睨まれ、つねに私刑と陵辱の嵐のなかにいた兄の心がどれほど蝕《むしば》まれていたか。武彦には想像もつかなかった。

ただひとつだけ言えるのは、兄がいなければ武彦は今日まで生き残れなかったということだ。職員たちの暴力には耐え切れなかっただろうし、あの男を殺したところで、兄の助けがなければいつまでもその場でおろおろしていたはずだ。非道な職員たちにでも見つかり、口封じとして殺害されていたかもしれない。殺人者の汚名を背負ってくれた兄には、返しても返しきれないほどの借りがあった。

児童自立支援施設を出た兄はアウトローの道をひた走った。中学のころから中古車ディーラーを経営していたロシア人に飼われ、自動車窃盗グループの一員となり、盗難車の海外輸出に一役買っていた。盗みのテクニックをそこで学び、ひとりでこの世を渡り歩く技術を習得すると、兄は忌まわしい思い出が残る故郷を捨てるようにして東京へと出て行った。

殺人者であるはずの武彦は、兄とは違って平凡な道を進んだ。中学を卒業してから地元の自動車部品工場に就職したが、不景気で職場は倒産。手に職をつけるために自衛隊に入った。四年後に除隊してからは港湾荷役や運送会社で働いたが、不景気で再び職場をリストラされたうえ、いわくつきの施設出身という経歴が響いて再就職もままならなかった。苦しまぎれに施設の仲間と会社を立ち上げたが、それがさらなるトラブルを呼びこんだ。そんな八方塞《ふさ》がりの状況の武彦に、兄は救いの手を差し伸べてくれたのだ。

テクノの音楽にまじってかん高い絶叫が聞こえた。武彦は我に返り、クラブのダンスフロアに思わず目をやった。フロアの中央ではCJをキメた女たちが踊り狂っている。あやうい奇声をあげながら騒ぎまくるその姿に、周囲はすっかりしらけているようだった。まともに食事を摂《と》っていないのか、そのなかのひとりは一本の藁《わら》のように痩《や》せ細っている。非常口の近くでは、青白い顔をさせながらぐったりとしたジャンキーたちがたむろしていた。それを見た武彦は顔を歪ませた。同族嫌悪だと自覚しながら。

バーテンのひとりに目配せをした。やつはトイレのほうを見やった。武彦はトイレへと向かう。なかはわりと広い。複数の個室と小便器が設置されていた。

洗面台で売人は手を洗っていた。武彦はその横に並んで手を洗い、ハンカチで手を拭いてから金を渡した。代わりにCJを受け取る。用が済むと売人は無言のまま立ち去った。

武彦は自分たちが流しているドラッグを買っていた。洗面所の水でアルミに包まれたCJを次々に掌に落とす。耐性がついてからは、いくつかまとめて摂らないかぎり効かなくなった。

CJの摂取はファミリーの掟で禁止されている。それはよく、わかってはいた。今回で最後のつもりだ。一昨日も同じ決意をして守れなかったけれど、今度こそ嘘《うそ》はない。ただこの最悪の気分から抜け出したかった。

呑んでからはトイレの個室にこもった。便器に腰かけながら、夏の太陽に照らされているかのような爽快感がやってくるのをじっと待った。

6

刈田は武彦のマンションを見上げた。

松戸の駅前にある真新しい作りの建物。三階にある部屋の窓には灯りがなかった。

正面玄関前に設置されたパネルにナンバーを打ちこんだ。以前、武彦が入力するのを盗み見て、念のためにと番号を頭のなかに控えていた。

まるでマンションの住人であるかのように、なに食わぬ顔で武彦の部屋の前までやって来ると、周囲を見渡し、持っていたボストンバッグからドライバーを取り出した。

セキュリティに金を惜しむなと言っただろうが――。

武彦は貧乏生活が長すぎた。肝心なところで金をケチる。ドアにはピッキング対策を施した錠前がついている。だがそこまでだった。

扉の前に立つ。周囲を見回す。ドアスコープとドアのすき間にドライバーを差しこんだ。接着剤でくっついていたスコープを取り外す。ドアの壁に傷をつけないように。

スコープを外してできた穴から一本の針金を入れた。それを巧みに操って内側のサムターンを回して開錠する。少年時代に属した窃盗団の仲間の中国人から教わったやり方だった。針金を穴から引き抜き、ドアスコープを元に戻して室内に入った。

部屋は清潔だった。若いサラリーマンとさして変わらないだろう。衣服は高価だがシックなものが多い。本棚には魚や動物の図鑑。巨大な水槽ではグッピーやヤマトヌマエビが泳いでいる。

動物のドキュメンタリーのＤＶＤがたくさん並んでいる。

——そんなに好きなら猫か犬でも飼ったらどうだ。

かつてそうアドバイスをしたことがある。

——無理だよ。部屋に戻れなくなるようなアクシデントが、いつ起きるかわからない。そうなったらかわいそうじゃないか。

武彦は真顔で答えていた。殺人の腕は一級品だが、殺し屋をやるにはナイーブすぎた。その弱さに気づかないフリをしながら弟の腕を利用し続けていた。


武彦をこの世界に引き入れたのは三年前だ。北陸の田舎から上京した刈田は窃盗団や恐喝目的の探偵くずれ、用心棒などをしながら生きてきた。そして神宮に拾われてからは、都内の小さな麻薬密売組織に過ぎなかったファミリーを拡大させるために奮闘した。武彦が施設の理事長を刺し殺して以来、兄弟は別々に暮らした。しばらくは顔さえ見ていなかった。

きっかけとなったのは武彦からの電話だ。ファミリーが大量のＣＪを全国にさばいていたころ。久しぶりに耳にする武彦の声は切迫していた。

——兄さん、おれ……またやっちまったよ。

就職がままならなかった武彦は、中古建設機械の海外輸出を手がける販売会社を仲間と立ち上げた。日本では不必要になったブルドーザーやショベルカーを景気のいい新興国に売りさばく。だが軌道に乗らないうちに仲間のひとりが運転資金を持ち逃げした。暴力団が経営している高利貸しからも借金をしていたため、ヤクザともトラブルを起こした。身柄を拉致《らち》しようとするヤクザから仲間を護るため、軍隊で覚えた格闘術で何人かのチンピラを病院送りにしてしまったのだ。

——わかった。おれに任せろ。なんの心配もいらねえ。

刈田は高利貸しのバックについている暴力団の名前を聞くと、翌日には故郷へと飛んだ。出迎えた武彦は羽振りのよさそうな格好の兄に目を白黒させた。そのとき刈田が身につけていたのはイギリス製のデザイナーズスーツとパネライのバカ高い腕時計だった。武彦に道案内をさせ、相手の暴力団事務所へと直行した。

——正気なのかい？　殺されちまうよ。

——心配いらねえと言っただろう。お前は待ってろ。

刈田は単身で富山の街中にある事務所へと入っていった。

度胸だけを武器に乗りこんだわけではなかった。武彦と揉《も》めた組織は日本最大の暴力団である華岡組の系列に入る。関西の華岡組は神宮ファミリーとも友好関係にある。東京での勢力拡大を目指す華岡組系の組織にCJを好条件で卸していた。そうした経緯もあり、事務所での交渉はスムーズに進んだ。武彦らが作った借金六百万円も刈田が肩代わりすることで納得させた。神宮ファミリーの威光がなければ、治療費や慰謝料を含めて何倍もの金をふんだくられただろうが。

組事務所近くの駐車場で待っていた武彦は不安気な顔で刈田を出迎えた。

——兄さん……おれは。

——大丈夫だ。もう終わった。

刈田は告げた。まるで市役所に住民票でも取りに行ってきたかのような顔で。

——おれ、警察に自首しなきゃ。

刈田は大きな声で笑った。

——よせよせ、三下がケガしただけだ。

——だけど。

——あちらさんもな、警察なんぞに駆けこまれたら困るんだよ。商売はやりづらくなるばかりで一銭のメリットもねえ。それにろくな保証人のいない貧乏人のお前らにうんざりしていたところなんだ。

——だったらおれは、どうしたらいい。

——支度をしろ。いくらなんでもこの土地に留《とど》まるわけにはいかねえからな。

——東京に行くのかい？

——おれの会社で働けよ。お前には天職だ。貧乏暮らしともおさらばできる。

武彦は刈田の顔を戸惑ったように見つめていた。刈田は尋ねた。

——どうした。

——普通の仕事じゃないんだろう？

——お前はどうだ。借金こさえてヤクザに追いこみかけられるのが普通と言えるのか？

——だけど、おれなんか役には立てないさ。

——そりゃ役に立たないだろうな。この土地ではな。なんのコネもなければ金もない。あるのは使えない仲間とクズだけ。わざわざチンピラの腕を折るために軍隊に入ったわけじゃないだろう。お前の言う普通ってのはなんだ。このしけた土地でいつまでも足元を見られながら日銭稼いで毎日をやりすごすことか？　それがお前の目指す人生なのか？　違うだろう。

——まだ、おれは見るんだよ。

——なにをだ。

武彦はあたりを見回してから答えた。

——あそこでの日々さ。今でも夢に見る。見るだけじゃない。血の臭いもする。いくつになってもおれは子供のままで、いつまでもあいつらが追ってくるんだ。

刈田は武彦の肩を抱いた。

——お前は今までよくやった。間違っちゃいない。

——強くなれば振り払えると思ったんだ。だから隊に入った。だけどダメなんだ。

——無理をすることはねえ。元々おれたちには縁のない世界だったのさ。もうお前は縛られることはない。

——ただ平穏に暮らしたかっただけなのに。

武彦は突っ立ったまま、悔しそうに顔を歪ませて泣いた。

武彦にはカタギの道を進んでほしい。そう願った時期もある。裏社会の住人である刈田は、まじめに生きようとする武彦と距離を置こうと考えていた。だがそれを改めた。武彦も同じく闇の社会でしか生きられないのではないかと。母親に捨てられたときから、鬼畜どもの巣に放りこまれたときから、どうあがいても日の当たる側は歩めない運命にあったのかもしれないと。

刈田のほうにも事情はあった。勢力を拡大する神宮ファミリーは、周囲の組織と次々に摩擦を起こしている。腕のいい人間がひとりでも多く欲しかった。

ひとしきり涙を流すと武彦はうなずいた。唇を噛みしめながら。

――やるよ。金もきちんと返す。

刈田の勤務先は警備会社だ。それが普通の企業ではないことは武彦も理解していた。なぜそこの社員に過ぎない刈田が暴力団と話をつけられたのかも。それを承知で武彦は入社を選んだ。武彦はこの上なく怒っていた。親から捨てられ、収容所のような施設で痛めつけられ、社会からも冷遇されてきた。負け犬の人生にケリをつけるために燃えていた。

武彦には訓練や研修はほとんど必要なかった。自衛隊での成績は優秀だったらしく、身のこなしや銃の扱いは、猛者《もさ》たちが集まるファミリーのなかでも抜きん出ていたのだ。とくに狙撃の腕に関しては右に出る者はいなかった。

ファミリーに入った武彦の最初のターゲットは名古屋のヤクザだった。CJを神宮ファミリーから仕入れたものの、代金を踏み倒そうとした愚か者だ。刈田が説得を試みたが、ヤクザは組の代紋をちらつかせるばかりで最後まで取り合おうとはしなかった。施設の職員連中と同じでなんの価値もないクズ野郎だ。武彦にはそう教えた。

喫茶店の窓辺の席でそのヤクザと最後の話し合いをしていた刈田は、あきらめたように首を振った。それが五百メートルほど離れたビルの屋上にいた武彦への合図だった。

武彦は撃った。喫茶店の窓ガラスに穴を開け、ヤクザの頭蓋骨と脳みそを吹き飛ばした。武彦はそうして借金や貧乏と縁を切った。

兄弟はそれからいくつもの殺人を手がけた。裏切り者、敵対組織の構成員、身のほどをわきまえない恥知らず。報酬は充分すぎるほどだ。

口座に振りこまれた金額を見て、武彦は苦笑しながら首を振った。

――皮肉な話だね。麻薬売ってる組織のほうが、普通の会社よりも公正なんだから。

武彦はいつも懸命だった。ファミリーや刈田のためというよりも、自分の境遇や社会を呪うかのように銃弾を放ち続けた。首に鎌を突き刺した血まみれの怪物から逃れるために。

とっくに身を引かせるべきだったのかもしれない。もうあいつは限界を超えている。

刈田はタンスや冷蔵庫を漁《あさ》った。武彦の胸ぐらを摑んだとき、なにかが心にひっかかった。身体からアルコールに混じってきつい香水の臭いがした。以前はそんなものを使っていない。ひとつの疑念が刈田を不法侵入へと駆り立てた。

CJ中毒者はたいてい自分の体臭を気にするようになる。摂取し続けると汗や小便が臭ってくるからだ。感覚が鋭くなっているために余計にそれを放っておけない。香水だのデオドラントだのを過剰に振りかける傾向があった。

気のせいであってほしい。部屋の家捜《やさが》しを続けた。ゴミ箱を漁り、カーペットの下をめくった。冷蔵庫のドアを開ける。数本のビール缶やスポーツドリンクのペットボトルと調味料が入っているだけ。キッチンの戸棚に入っている鍋やボウルをひとつひとつ調べた。なかは空っぽだ。刈田は大きくため息をついた。

「なにも出るんじゃねえぞ」

ひとり言を呟きながら水槽に近づいた。熱帯魚のエサ箱を漁る。なかにはヒンドゥー語と英語で記されたCJ入りのアルミシートがあった。

刈田は唾を吞みこんだ。固く目をつむる。

処刑されるとわかっていてなぜ使う。早く見つけなければ。ボスは武彦の異変に勘づいている。

「馬鹿野郎が」

刈田はアルミシートを握り締めた。シートはパキパキと音をたてながら手のなかで潰《つぶ》れていた。

7

武彦の足取りは軽かった。

トイレでCJを服用したあと、クラブでしばらく踊ってから店を出た。急に人恋しくなって、フロアで踊っている女の子らに声をかけようと思ったが、それよりも先にやらなきゃならないことがある。

柏《かしわ》駅前の商店街を歩いた。クラブへ寄るまではよそよそしく思えたが、今では武彦を迎え入れてくれるかのように町の照明が温かく感じられた。いい気持ちだ。

「ああ、いい気持ちだ」

そのまま思ったことを口にしてしまう。いけない。

「いけない、いけない」

武彦は口を手で覆った。いいかげんにしなきゃ。せめて心だけはしっかりしていないと。バレたら兄の誠次に半殺しにされてしまうだろう。誠次以外に知られたらそれこそ消されてしまう。

チラシを手にした居酒屋の呼びこみたちが奇妙な視線を武彦に向けていた。与えてくれる快楽が偽物なのはわかっているつもりだった。秋がだんだんと深まっているのに、春の陽射《ひざ》しのなかを歩いているかのように肌や頭がぽかぽかした。身体の表面は熱いくらいだ。

ただ初めて使用したときのようなピュアな気持ちよさはもうなかった。胸のまん中だけが寒い。洞窟の濡れた岩のようにじとじとと冷たい。精気や血液がそこから漏れていくようだった。ガソリンタンクに穴が開いたまま、アクセル全開で突っ走っているような危うい感覚がつきまとっている。

もういい。もうたくさんだ。今夜でＣＪとはこれでおさらばだ。今がチャンスだ。しばらくは暇ができる。リゾートホテルにでも閉じこもって、外に一歩もでないで薬を断つ。それほど難しくはないはずだ。

「もうたくさんだ。今夜でＣＪとはこれでおさらばだ。今がチャンスだ。しばらくは暇ができる。リゾートホテルにでも閉じこもって、とにかく薬を断たなきゃ」

武彦は早足で駅に向かう。その時、水色の制服を着た二人の男が立ちはだかった。警官だ。

「ちょっとすみません。あなた、よろしいですか？」

中年の太った警官が腰をかがめながら目の前に立った。顔には硬い笑みが貼りついている。

武彦も微笑《ほほえ》んでみせた。

「なんですか？」

「どちらに行かれるんです？」

「兄のところです。ちょっと喧嘩をしちゃったもんだから、これからあやまりに行こうと思ってるんです」

二人の警官は顔を見合わせていた。彼らの間を通り抜けようとした。「じゃあ、ちょっと急いでるので」

　警官らがあわてたように寄り添う。若いほうの警官はきつい顔をしていた。

　武彦は眉をひそめる。

「まだなにか御用なんですか？」

　中年の警官が上目づかいになって尋ねた。

「失礼ですが、持ち物をちょっと見せていただけませんかね？　時間は取らせませんから」

　武彦のこめかみが痙攣した。邪魔くさい。

　かすれた声で武彦は答えた。

「急ぐんです。かんべんしてください」

「なにか見せられないもの、あるの？」

　防弾チョッキで身体が膨らんだ中年警官は、壁のように行く手をさえぎる。若い警官が睨みながら横に回る。

「ここがなんだったら、交番に行こうか？　そのほうが早く終わるかもしれないし」

「うるさい！」

　武彦は吠えた。二人はひるんだように上体をそらした。通行人の無数の視線がそそがれる。

「君──」

「うるさいったら！」

　武彦は動いた。肩に触れようとした中年警官の股間を膝で蹴り上げた。ぐにゃりとした重みが膝にのしかかる。中年警官は一オクターブほど高い悲鳴を漏らすと前のめりに路上へ崩れ落ちた。

「おい、お前！」

若い警官がホルスターに入れた警棒の柄に手を伸ばす。

武彦は若い警官の襟首をつかむと、大外刈りを放ってやつの背中と後頭部をアスファルトに叩きつけた。そのうえから掌を顔面へ打ち下ろした。前歯が砕ける感触が伝わる。

生暖かい血が手を濡らす。若い警官は獣のようにうめいたが、周囲にいた女たちの金切り声にかき消された。

「おれは行かなきゃならないんだ！」

道路を駆けた。中年警官が無線のマイクに叫ぶのを耳にしながら。大量の汗が背中やわきの下を流れる。

「なんでこうなるんだよ！　いつもいつも邪魔しやがって！　おれを狙いやがって！」

早く逃げなければ。さっきまでカラフルに思えた視界が急に色褪せる。街そのものが、武彦を丸呑みするために待ちかまえているように思えた。

飲み屋街の古ぼけた路地に入った。太腿《ふともも》に積まれたビールケースが当たり、無数の空き瓶が砕ける音を聞く。千鳥足で歩く酔っ払いを突き飛ばす。

先を急いだ。どこに向かうのかを忘れていた。自分がどこにいるのかもわからなかった。ごわごわとべたつく血におののく。武彦のライフル弾で脚を破裂させた五木の姿がちらつく。首筋に鎌が刺さった塚本がよぎる。これまでスイカのように破裂させてきた人間たちが浮かび上がる。

「そこのお前、止まりなさい！」

路地の出口に人影。青い制服に帽子。

すでに警棒が振り下ろされていた。武彦は腕で防ごうとしたが間に合わない。右肘をかすり、こめかみに食らう。重い金属の衝撃で視界が大きく揺れる。火花が飛び散る。首の骨と筋肉がきしむ。身体がよろける。

また警棒がうなる。それは空を切った。武彦は頭をかがめていた。カウンターの要領で脛《すね》を蹴飛ばす。警官は片足で地面を跳ねると、痛みに耐え切れずに尻餅《しりもち》をついた。つるっとした顔の若い警官だった。

「こっちだ！　助けてくれ！」

少年顔の警官は脚を抱えながら転がった。

「おれのせいじゃない！」

武彦が街道に出たところで銃声がした。三メートル先の歩道で別の警官が空にニューナンブを向けていた。街灯は少ない。暗くて顔はよく見えない。ただがくがくと膝が震えている。

「止まれ！」

右半分が赤く染まる。目玉がひりひりする。武彦はこめかみに手をやった。乾いていた警官の血液に、今度は自分の生暖かい血が混ざる。

「動くな。動くんじゃないぞ！」

近づいてくるのは警官ではなかった。MA—1ジャケットを着たひげ面《づら》の大男。なぜか五木が銃口を向けながら、じりじりと距離をつめてくる。

「なんでオッサンが……撃たれたはずじゃないか」

武彦は悲鳴をあげながら、その場でしゃがみこんだ。「やめて！　やめてくれ！」

「手をあげろ！」

「やめろ、殺さないでくれ！」

膝から血を流しながら五木は首を振った。

「お前は死ななければならない。罪もない妻と子も殺した」

「許してくれ」

武彦は血だらけの手で自分の顔を掻きむしった。目の前にいたはずの五木が消え、必死の形相の警官に変わっていた。

「手をあげろ！　撃ち殺されたいのか！」

警官の声がかん高く裏返る。

五木ではない。それだけはわかっていた。それとも塚本なのか。どうでもいい。もう誰も殺したくはない。傷つけたくはない。頭からどくどくとあふれる血液と一緒に、ドラッグがもたらした興奮も流れ出ていく。

武彦は歩道に尻をついた。力が抜けていく。ニューナンブを持った警官は正反対に、ますます興奮したように顔をまっ赤にしている。下あごに白い涎がついていた。

警官がにじり寄ってくる。

「このジャンキーが！　動くなよ、動くんじゃねえぞ！」

「お前が動くな」

別の男の声がした。聞き覚えがある。警官の後頭部に別の拳銃が突きつけられる。

背後には黒のハーフコートを着た男。武彦は目を見張った。

「兄さん……」

警官は肺が破裂する勢いで息を吸った。目が大きく見開かれる。

「……う、撃つな」

「うるせえ」

誠次は警官のリボルバーをつかんだ。誤射をふせぐために、レンコンと呼ばれるシリンダーを握る。拳銃を無理やりもぎ取ると、グリップで警官の後頭部をどやしつけた。岩で殴りつけたような重々しい音が響く。警官は白目をむきながら地面に倒れていた。

武彦は顔をくしゃくしゃに歪めた。長く伸びた自分の頭髪を血だらけの手でつかんだ。

「兄さん……おれは、おれはもうだめだ」

「任せておけ」

「ごめんなさい、ごめんなさい。またおれは――」

「喋《しゃべ》らなくていい」

誠次はしゃがみこんだ。まるで小さな子供を相手にするかのように。武彦の頭をひとなでしてから肩に腕を回した。

8

刈田は柏市で武彦を保護するとジャガーを飛ばした。

千葉県警の追跡をかわすために流山《ながれやま》市へと入り、江戸川を越えて埼玉県の三郷《みさと》市へと到った。

三郷インターチェンジから首都高に乗る。首都高6号線を南下して湾岸方面へと向かう。

武彦は助手席で身体を小さく縮めながら震えている。アルコールも摂取していたせいか、ハンカチでは拭《ぬぐ》いきれない量の血が頭からあふれていた。着ていたスーツはもはや使い物にはならない。助手席のシートやフロアマットも血に染まっていた。

ビルだらけの首都の風景が広がる。五木を始末したばかりだ。できれば都内に足を踏み入れたくはない。だがまともな医者のところには連れていけない。

夜の首都高を猛スピードで突っ切り、湾岸地域に着いた。のっぺりとした埋立の平地を進む。豊洲《とよす》の高級マンションの前で車を降りた。ここへ来るのは二年ぶりだ。一階の玄関でチャイムを鳴らす。

〈誰?〉

「おれだ」

美帆《みほ》から返答がなかった。「待て、切らないでくれ」

〈なにしに来たの?〉

「助けてほしい」

〈話がしたいとか、そういうことですらないのね〉

「そう言ったんじゃ、お前は相手にしてくれないだろう」

〈なんなの?〉

「入れてくれ。武彦と一緒だ」

しばらくしてから玄関の自動ドアが開いた。招かれざる客。それでも武彦の名を出せば、必ず耳を貸すはずだという計算があった。美帆は武彦を実の弟のように可愛《かわい》がっていた。

車から武彦を連れ出す。ＣＪの力を借りて無理に暴れたためか、今は虚脱状態にあった。顔には乾いた血がこびりついている。顔色が悪い。

応接セットが置かれた玄関ホールをくぐり、彼女の部屋がある最上階へと向かった。東京湾が一望できる一室。すべてパパに買ってもらったものだ。美帆のパトロンは大病院を経営している老医師。ただし昔からそれほどひんぱんに来るわけではなかった。

チャイムを押す前に、美帆がドアを開けた。武彦を見て言葉を失っていた。

「早く入って」

「すまない」

美帆は化粧をしていなかった。オシャレで豪華な部屋の作りとは反対に、野暮ったいジャージの上下を身につけていた。タオルと救急箱を取りに洗面所へと駆けていった。刈田はキッチンの木製の椅子に武彦を座らせた。

リヴィングと部屋を取り囲むようなパノラマ型の窓に懐かしさを覚えた。かつてはまるで自宅のようにこの部屋に入り浸った。銀座の売れっ子ホステスだった彼女に食わせてもらっていた時期もある。六本木のクラブで酔っ払った外国人にからまれていたところを刈田が助けた。それをきっかけにつきあうようになった。

刈田が神宮ファミリーのなかで頭角を現すようになってから、美帆との関係は徐々におかしくなっていった。稼ぎが美帆の給料を超えるようになると、刈田は水商売から足を洗うように彼女を説得した。パトロンとも別れてくれと頼んだ。

彼女は頑として応じなかった——あなたが好きよ、だけどあの人のことも愛してるの。

美帆は弟の顔を水をたっぷり浸したタオルでやさしく拭った。洗面器に入れた水で傷口を洗い流す。

「出入りでもやらかしたの？」

「つまらない喧嘩だ」

「寝室のベッドを使って」

「いいのか？」

美帆は顔をうつむかせた。

「あの人なら、もうここには来ないから」

「そうか」

刈田は彼女を見やった。美帆は、それ以上尋ねられるのを拒むかのように、武彦へやさしく語りかけた。

「大丈夫？　痛くない？」

「美帆さん……どうして。おれ、ごめんなさい」

「飲みすぎたのね」

傷口をていねいに水で洗い流すと、美帆は白色ワセリンを塗った。それから食品ラップで頭をくるんで、絆創膏で貼りつけた。傷の治療に過度な消毒は禁物だと教えてくれたのは彼女だ。ガーゼで傷を乾燥させてしまうのも。

看護学校を中退した彼女は、これまでも兄弟のケガを何度となく診てくれた。

「頭だけ？」

「肘も」

武彦は弱々しく返事をする。

二人で汚れたスーツとシャツを脱がした。右肘が赤く腫《は》れあがっている。皮膚がパンパンに膨らんでいた。美帆が部位に指で触れると、武彦は苦しげにうめいた。

「骨にヒビが入っているみたい」

彼女はテーブルに置いてあった女性誌を掴むと、それを副木にして包帯で巻いた。武彦が締めていたネクタイを三角巾代わりにして吊るす。その手際のよさに改めて驚かされる。鎮痛剤を武彦に呑ませ、二人でベッドに運んだ。

寝室には二つのベッドがあった。どちらもクイーンサイズの大きなものだ。使われているのはひとつだけのようで、もうひとつは大量の衣服や本で埋まっていた。それらをどかして武彦を寝かせる。頭よりも肘のほうが痛むらしく、右腕がマットレスにつくと武彦は歯をむいて苦しみを訴えた。

彼女のベッドの枕元には茶色い木枠のフォトフレームがあった。なかの写真を伏せるように倒している。なんの写真を飾っているのか。パトロンと仲良く写っているものか、それとも新しい恋人とのものか。だが確認しようとは思わない。そんな権利はもう与えられていない。

寝室を出ると美帆は刈田を睨んだ。頬がまっ赤だ。怒ったときの癖だった。化粧などしなくとも、目鼻立ちがくっきりとした華のある美しさを持っていた。胸と尻が大きいラテン系のような体型で、よく外国人と間違われる。

「病院で診てもらうべきよ」

「そうするさ。まずあいつを落ち着かせたかった」

「なにがあったの？　ここまでしたんだから、あたしには訊く権利があると思うけれど？」

美帆は腰に手をあてて刈田に迫った。刈田はポケットからＣＪのシートを取り出した。

「これって……」

手渡された美帆は怪訝《けげん》そうに眉をひそめる。

「遊びがすぎたんだ」

美帆はシートに目を落とした。

「……流行《はや》ってるみたいね。あたしの店でも使ってる娘《こ》がいたわ。つらいことがみんな消えてハッピーになれるって。覚せい剤より安くて安全だからなんて言ってたけど嘘っぱちよ。けっきょく食事は摂らなくなるし、無駄にテンション高くなったあげくに客と揉めたりして、すぐにクビにされてた」

それを扱っているのは自分の組織だ。刈田は黙るしかなかった。

「こんなのに手を出すなんて。武彦君になにをさせてるの？」

「仕事さ。詳しいことは言えないが」

「なんにしろ、ろくなことじゃないわね」

刈田は顔を歪めながらうなずいた。美帆の言葉が胸に突き刺さった。

「武彦にはもう足を洗わせる。おれとちがって金を貯《た》めてるだろうから、しばらくは食うに困らないはずだ」

「あなたは？」

「おれは――」

とっさに尋ねられ、刈田は返事に窮した。美帆はため息をついた。

「武彦君、なにかに怯えているような目をしてた」

「派手にやられたようだ」

「あなたもよ。同じ目をしてる」

美帆は憐《あわ》れむような表情を向けた。

「兄弟だからな。形は似るさ」

刈田は玄関へ向かった。

「どこへ行くの？」

「簡単な用を済ませてから、すぐに迎えに来る。部屋に入れてくれて助かった。近々、礼をさせてくれ」

「お茶ぐらい出すけど」

「やらなきゃならないことがある」

後ろから美帆が刈田の腕をつかんだ。

「あのときの言葉、覚えてる？」

「忘れてはいない」

この女と永遠に過ごせたら。熱望した時期があった。二年前、彼女の腹のなかに子供ができたのをきっかけに打ち明けた。美帆は答えた。

――あなたと一緒になってもいい。ただし条件があるけど。

――なんだ。

――あなたがその世界から抜け出せたら。できる？　あなたにはそれができない。だから別れましょう。あなたの子は産めない。

玄関のドアを開けながら刈田は言った。振り向かなかった。

「愛してる。今でも」

返事は聞かずに部屋を出た。

9

阪本克也《かつや》の朝は早い。本来の活動時間は夜が中心だった。だがボスの神宮が早起きであったため、自分の生活スタイルを思い切って変えた。今は朝のさわやかさを満喫している。

今の住居は館山のリゾートマンションの一室にあった。所有しているのはそこだけではない。ボスがいくつも抱えている別荘の近くに部屋を借りていた。都内や関西、九州にもある。

七時三十分に神宮の別荘に到着した。車のなかでゼリー飲料とコンビニのサンドウィッチを食べた。刈田誠次から不意打ちの頭突きを頬に食らい、ここ数日は硬いものを食べるたびに上の奥歯がずきずきと痛んだ。この代償は必ず払わせてやる。痛むたびに頭が締めつけられるような怒りが湧いた。

携帯電話が鳴った。出るとボスの快活な声が聞こえた。

「おはよう。来てくれないか？」

着ていた背広を脱いだ。別荘の地下にあるトレーニングルームに向かう。

「わかりました」

バーベルやランニングマシーンといったフィットネス器具が置いてある。階段を下りるにつれて、その部屋から威勢のいい音が響いてきた。グラブをつけた神宮がサンドバッグを叩いている。神宮は朝と夕方に身体を鍛えるのを日課としていた。

「阪本さん、今日も早いわね」

エアロバイクに乗った奈緒美が笑顔を見せた。グレイのTシャツはすでに汗で濡れていた。阪本は会釈《えしゃく》しながら、ぼそぼそと呟いた。

「邪魔が入ったな」

聞き取られることはない。室内には洋楽のポップスが流れている。奈緒美は健康にも気を使う美女で、今まで神宮が連れてきた昆虫みたいな脳みそしかない売女たちとは毛並みが違う。

しかし、これはこれでおもしろくはない。自己管理がしっかりできる女も考えものだ。せっかく神宮と一対一で過ごせる貴重な時間だというのに。阪本はゲイではない。ないはずだ。ただ自分以外に神宮に近づける人間を見ると、それだけで胸がどうしようもなくムカムカした。

奈緒美がプールへと向かったのをきっかけに、神宮はトレーナーを脱いで裸になった。再びサンドバッグを打つ。フットワークを駆使しつつ、コンビネーションブローを次々に叩きこんでいく。まるでヘビー級ボクサーのパンチのような重たい音が鳴っている。サンドバッグ自体が上下左右に弾む。支えている鎖がぎしぎしときしんでいた。

阪本はボクシングミットをつけながら、その様子にしばらく見とれた。探偵として裏社会を嗅《か》ぎまわった彼は、数多くの腕自慢をさんざん目にしてきた。格闘家くずれやボディガード。その誰よりも神宮はキレのある打撃とスピードを有していた。いくつもの武術や格闘技を身につけているらしく、耳は柔道家やレスリング選手のようにカリフラワー状の形をしている。その腕は達人というべき領域にまで到達している。『天は二物を与えず』なる言葉があるが、神宮を見るたびに嘘っぱちだと思わざるを得ない。インドに単身で乗りこんでは地元マフィアと契約を交わす胆力や組織を巧みに拡大させてきた知略。そのうえ格闘技も一流。そばに仕えているだけで、自分の存在がひと回り小さくなったような気分になる。

阪本の目では追いきれないほどのラッシュ。まるで機関銃の発砲音のようにサンドバッグが鳴り続ける。彼の身体は朝日に照らされ、肩のあたりからうっすらと蒸気が漂っていた。サラブレッドの名馬のような滑《なめ》らかな肉体。阪本は胸にせつなさを覚えて思わず視線をそらした。

神宮は根っからの戦士だ。富や権力を手に入れるよりも、敵を粉砕することに喜びを見出《みいだ》す。だからこそ暴力だけが取り柄の刈田兄弟や屋敷のような粗暴な野良犬どもを可愛がるのだ。神宮は部下を公平に扱うが、どちらかといえば命知らずのタフガイを好む。阪本も側近として重用されてはいるが、刈田のようにボス直々《じきじき》に酒を酌み交わすような機会には未だ恵まれてはいない。

「そろそろ始めましょうか？」

湧きあがる寂しさを隠そうとして、両手のミットをバンバンと派手に叩いた。

「ああ、そうじゃないんだ」

「え？」

神宮はデッキチェアのうえに置いてあった新聞を拾い上げていた。それを阪本に突きつける。

「こいつは……」

拍子抜けした阪本だったがすぐに背筋を伸ばした。

神宮の細長い目に危うい光があった。汗の臭いが鼻に届く。阪本は社会面をめくった。そこには警官に対する暴行事件の記事が載っていた。

神宮は微笑んだ。

「ちょっと気になるんだ。調べてきてくれないか？」

10

美帆のマンションを出た刈田は再び首都高に乗り、渋谷を通過して東名高速へと入った。

神奈川県の海老名《えびな》サービスエリアで二時間ほど仮眠を取った。朝になったのを見計らい、ジャガーを海老名駅まで走らせた。シネコンが入った巨大なショッピングセンターの駐車場に車を停めた。

武彦の足を洗わせるための準備だ。まずはあいつの薬を抜く必要がある。いつまでも美帆の寝室に寝かせておくわけにはいかない。どこかのホテルで数日は軟禁状態にして薬を断たせる。それから海外にある薬物依存症者向けのリハビリ施設に連れて行く。幸い大きな仕事を片づけたばかりだ。時間はある。

国内にも薬物治療の病院や施設はある。だが神宮の耳に情報が伝わるおそれがあった。いや、確実に伝わるだろう。神宮が生存競争の激しい闇社会のなかで頭角を現せたのも、地獄耳とも言える情報収集能力にあった。それに今の日本ではどこでも気軽にＣＪは手に入ってしまう。

商品には手を出してはならない。とくに依存性の強いＣＪには。それがファミリーの掟でもあった。トラブルの原因となり、必ずファミリーを崩壊に導くと。組織への裏切りに等しいと神宮は常々口にしている。一般社会では気軽に消費されているが、売りさばいている組織自体はその効用を世間が思う以上に危険視していた。現に武彦はとち狂って、警官を何人も殴った。サービスエリアの売店で買った新聞には、五木との銃撃戦と合わせて昨夜の柏市での乱闘が取り上げられていた。急がなければならない。

ショッピングセンターの駐車場から三分ほど歩いたところに古ぼけたマンションがあった。そこにはマニーが住んでいる。七階の部屋の前までやって来ると、スチール製のドアをガンガンと叩いた。

「どちらさんですか？」

カタコトの日本語が返ってくる。

「おれだよ、マニーさん。チャチャイから聞いているだろう。朝早くにすまない」

「入んなさい」

小柄な老人が玄関で出迎えてくれた。

だいぶ今朝は冷えこんだというのに、マニーは半裸姿だった。下にステテコを穿いただけの格好。浅黒い肌には梵字《ぼんじ》や虎の刺青がびっしりと入っている。頭を短く刈り、丸メガネをかけたその姿はインドの偉人ガンジーにそっくりだったが、似ているのはあくまで容貌《ようぼう》だけだ。

キッチンが併設された狭いリヴィング。応接セットが置かれてあった。テーブルに脚を投げ出した娼婦たちがマニキュアを塗り、もしくは気《け》だるそうにケータイをいじっていた。タイ出身の老人は裏商売のベテランだ。管理売春やその他もろもろのビジネスを手がけている。

「ほいほい、お嬢さんたち。お客さんだよ。そこをちょっとばかり空けておくれ」

豹柄のガウンやピンク色のスウェットなど、やたらと派手な部屋着を着たアジア系の女たちを追い払い、にこやかに笑いながら刈田にソファを勧めた。

簡単な挨拶を済ませると、刈田はスーツの内ポケットから証明写真を取り出した。

「こいつを頼む」

「そう慌てないで、まずはゆっくりお茶でも飲んでいったらどうだね」

マニーは訪問客に決まってはちみつや砂糖がたっぷり入った茶を振る舞う。前に訪問したときはストロベリー風味の緑茶が出されて魂《たまげ》消た覚えがあった。

「けっこうだ」

マニーはメガネを老眼鏡に替えて写真に目を落とした。

「なんだ。こりゃあんたの弟のじゃないか。どっかに出張かね」

「そんなところだ。いつできる」

マニーは唇をなめてから答えた。

「そうだね……通常は二週間ってところか」

「五日でできないか？」

間髪入れずに刈田は訊いた。

マニーは上目づかいになって刈田をしげしげと見つめた。まるで珍しい生き物でも目撃したかのように。やつは写真をテーブルのうえに置いた。

「無茶を言うね。弟さん、なにをやらかした」

「できるかと訊いている」

「特別料金がかかるよ」

「かまわない。おれの分も頼む」

刈田は前傾姿勢になって顔を近づけた。「言うまでもないだろうが、秘密厳守で頼むよ。なんなら口止め料もプラスしてくれてかまわない」

「脅かさんでくれ。必要ないね。もとからわしの商品を欲しがるのはみんなワケアリの人ばかりよ。口が堅いのを知っているから、わしのところに来たんでしょうが」

「まあな」

マニーはテーブル脇のラックに手を入れた。タイ語の雑誌や英字新聞が乱雑に突っこまれている。そのなかには何冊かのファイルがあった。オレンジ色のファイルを刈田に見せた。拳銃の写真や性能が記載されている。

「ついでにウェポンはいらないか？　質の悪いコピーじゃなくて、正式のコルトやスミス&ウェッソンがあるよ」

「なんだかんだ言って商売っ気出すなよ、爺《じい》さん。おれは下手《へた》を打ったわけじゃないんだ」

マニーは偽造パスポートの売買を手がけてもいる。むしろ今はメインの売春よりもそちらで儲《もう》けているのかもしれない。日本のパスポートは人気が高く、主にアジア人の間で高値で取引される。マニーは腕のいい職人を何人も抱えていた。

　壁にかけられた液晶テレビはワイドショー番組を流している。顔を強張《こわば》らせたアナウンサーが錦糸町で発生した銃撃戦を伝えている。〝暴力団抗争か！　恐怖の銃撃戦に怯える住民〟おどろおどろしい字体のテロップが表示され、殺害された五木の写真が映し出される。数十年も前の写真らしく、そこにはサーファーのような長い髪をした青年が視聴者に笑いかけていた。

　マニーの部屋を出た。今度は武彦をどこに連れていくべきか考えなければならない。ゆっくりとリハビリができる環境のいい国へ。神宮ファミリーの影響力は今や日本国内のいたるところまで及んでいる。これまではこのうえなく心強かったが、今は武彦が生き延びるための巨大な障壁として立ちはだかっている。

　ジャガーに乗った刈田はため息をついた。武彦の逃亡に手を貸したことがバレたら、刈田自身も無事ではすまないかもしれない。

　五木のひげ面が脳裏をよぎった。やつの家族は江崎組の人質にされていたという。自分は組織を裏切るわけではない。ただ武彦をどうにかして逃がしてやりたいだけだった。

　携帯電話が鳴る。相手は屋敷だった。

〈刈田か？　今、どこにいる〉

　彼の声には焦りがあった。背筋がすっと冷たくなる。

「どうした」

〈阪本の馬鹿が武彦を探し回っていたぞ。一体、なにがあった〉

「おれはなにも聞いていない」

〈あの犬野郎め、ボスの命令だとぬかしやがった。えらそうに部下連れながら事務所の机や棚を漁っていったよ。なにが起きてるのか知らないが、早く弟に連絡を取れ〉

まさか。マニーが漏らしたか。疑念がよぎったがすぐに思い返す。やつのマンションを訪れたときにはすでに阪本は動いていた。一体どうして。軽い目まいを覚えた。

「わかった。すまない」

それだけ言うので精一杯だった。刈田は電話を切る。考えても仕方がない。目まいが治まらないうちにアクセルを踏みこみ、東名高速のインターチェンジへと向かった。

11

早く武彦を逃がさなければ。

せめて美帆のマンションから弟を連れ出さなければならない。彼女にまで累が及ぶのを防ぎたかった。運転中に何度か美帆の携帯電話にかけた。呼び出し音がするだけで誰も出ない。

阪本は猟犬だ。探せと命じられれば地獄まで追ってくる。やつが神宮に重宝がられているのも、つねに人を監視しながら情報収集に明け暮れているからだ。

どうする。ハンドルを握りながら思い巡らせた。このまま武彦を逃がせば刈田も裏切り者として処分されかねない。五木のように。

掌が汗ばむ。自分がどこを走っているのかを忘れかける。神宮に背くというのか？　バカな。ファミリーのために死ぬことはあっても、追われる日が来るとは考えてもいなかった。

刈田はずっと一匹狼の悪党だった。兄弟が押しこめられた施設は、いかに組織なるものがもろく、価値がないかを教えてくれた。絶対的な力を持った職員らは、刈田以外の児童からは反抗の芽を摘み取り、絶望という鎖で縛りつけた。毎日のように反抗的な態度で暴れた刈田にしても、あの連中による支配体制があっさり崩れるとは思ってもみなかった。理事長のみっともない死をきっかけに、虐待やリンチをやらかした罪を職員同士でなすりつけあった。刑事たちにすがって泣いて詫びる者もいた。連中に唯々諾々と従っていた施設のガキたちとも刈田は敵対していた。すべてが信じるに値しなかった。

外国人窃盗団に所属し、何人かの悪党たちに仕えたが、一度として忠誠心を抱いたことはない。どこかに属するのは生きるための技術を盗むためであり、どの組織にも長くは留まらなかった。

神宮ファミリーに下駄を預けたのも、クラブの用心棒よりはずっとうまい話のように思えたからにすぎない。神宮の戦闘能力や統率力に魅せられてはいたが、当時の彼はレストランや若者向けの衣料品店を経営しながらドラッグをさばく一密売人でしかなかった。いつまでも彼のもとで働くつもりはなかった。

神宮ファミリーの一員だと強く認識するようになったのは、オカマのバゲリとの取引に失敗したときだった。ファミリーのメンバーになって数ヶ月目のことだ。バゲリはイラン系の不良外国人で、大量のCJを買い入れたいとファミリーに申し出た。やつにはそれなりに実績があった。小口ではあるが過去に何度か円滑に取引を行ってきた。そうやって信用を作りつつ、やつはファミリーのブツをそっくり奪い取るプランを立てていたのだ。海千山千の不良外国人をまとめるリーダーだけあって、残忍で悪知恵がよく働いた。

神宮の命《めい》を受けた刈田たちファミリーのメンバーはやつが所有している荒川区の自動車整備工場へと赴いた。手ぶらで。ＣＪを積んだトラックは工場の近くを走らせた。取引が大口だったせいもあったが独特の勘が働いていた。様子を見ろと。

刈田を含めた三人の男たちが工場のなかに入った。出迎えたバゲリは顔に笑顔を貼りつかせていたが、目に戸惑いの色が浮かんだのを見逃さなかった。縮れた長い髪を神経質そうにいじっていた。握手をしながら挨拶を交わした。やつは目をわずかに泳がせながら訊いた。日本在住歴が長く、流暢《りゅうちょう》な日本語を操った。

――さて、それで今ブツはどちらに。

――近くで待機させている。

刈田はさっそく中止を考えていた。バゲリ本人は友好的な態度を崩さなかったが、やつの両脇を固めるプロレスラーのような体つきのボディガードからは、露骨な殺気がにじみ出ていた。

なんとか脱出しなければ。手段を模索したが、バゲリ側に先手を取られた。整備中の車の陰からやつの部下が飛び出し、短剣とナイフで刈田らに襲いかかった。仲間は喉や腹を裂かれて絶命した。刈田もボディガードに羽交い絞めにされ、わき腹をナイフで刺された。

バゲリは刈田に携帯電話を突きつけた。

――報告しなさい。なんの問題もないとね。トラックが来なかったら死ぬだけよ。あなた、死にたくないでしょう？

苦痛にうめきながら刈田は唾を吐きかけた。

――さっさと殺れよ。

怒りに顔を歪ませたバゲリは刈田の腹の傷を殴った。腹から頭のてっぺんまで電流のように激痛が駆け抜けた。全身を震わせながら絶叫した。

――侍にでもなったつもり？　神宮に義理立てしても、時間と体力の無駄よ。

――自分を賢いと勘違いしているようだな。救いがたいぜ。

再びパンチを傷の上から浴びた。刈田は顎の関節がおかしくなるほど口を大きく開けた。だがもはや声も出なかった。

忠誠心を発揮しているわけではなかった。ただ憎悪と憤怒だけが刈田を支えていた。この裏切り者の思惑を潰せ。誰がおいしい思いをさせてやるか。

バゲリの目が冷たくなった。手下たちが青い台車を運んできた。その上にはアセチレンバーナーの赤いボンベが載っかっていた。

――困ったもんねえ。

バゲリは掌を上に向けた。そばにいたボディガードがアセチレンバーナーの切断機を載せた。手下たちが台車に載ったボンベのバルブを緩める。やつは慣れた手つきで点火用スパークライターで火をつけた。パイプの先から青い炎が噴き出した。

バゲリは無表情で刈田を見つめた。

――最後の警告よ。五秒以内に電話をかけなさい。おちんちんを黒焦げにされたくなかったら。

――やれよ。お前らは最後までなにも得られねえ。おれの焦げたブツで我慢するんだな。

バゲリは顎をしゃくった。手下たちが刈田のベルトを外し、スラックスを下ろした。やつは面倒臭そうにバーナーの炎を調節した。手下のひとりが刈田の男根を手で摑んだ。

死を覚悟した瞬間、工場のシャッターがけたたましい音をたてながら吹き飛んだ。近くを流していたはずのトラックがシャッターを破壊しながら侵入してきた。荷台や運転席から作業服姿の男たちが姿を現し、急襲に浮き足立ったバゲリたちを拳銃で次々に撃ち倒した。

先頭に立っていたのは神宮だった。運転席から降り立ち、正確な射撃で手下やボディガードの頭に銃弾をすばやく叩きこんだ。神宮は、バーナーの切断機を抱えたまま固まっていたバゲリの鼻先に拳銃を突きつけた。

――なにか言い残すことはあるかい？　お嬢さん。

バゲリは叫び声をあげながら火のついた切断機を振り上げた。神宮が先に動く。やつの顔を銃のグリップで殴り倒すと、ゆっくりとした動作でバルブを締めてバーナーの火を消した。それから床を這って逃げようとしたバゲリの後頭部を撃った。

神宮は刈田へと振り向き、頬を紅潮させながら尋ねた。

――まだ生きてるかい？　遅くなってすまなかったね。

刈田は返事に窮していた。あまりの事態の急変についていけない。死ぬことだけを考えていたうえに、誰かが助けにやって来るなど予想もしていなかった。

――どうしてです。

――許してくれ。情報を得るのに手間取ってしまってね。急いで駆けつけたけれど……。

――そうじゃないですよ。なぜ助けになんか。

神宮の笑みが大きくなった。白い歯がこぼれた。血と火薬の臭いが充満する野蛮な世界のなかでは、おおよそ似つかわしくない爽《さわ》やかな笑顔だった。

――やだなあ、そんな薄情な男だと思ったのかい？　さあ、帰って一杯やろう。

神宮は手を差し出した。表情は底抜けに明るい。しかしその瞳の奥に深い闇が覗けた。彼の肩に担がれながら思った。ボスは度胸のある男には違いなかった。ただ情に厚いのではない。洗練された見かけとは異なり、その内面は獰猛《どうもう》だということを。神宮は戦闘を心の底から愉しむ。だから刈田を助けに来たのだ。

この男と行動をともにしていれば長生きはできない。だがついていけば、きっと自由に生きられそうな気がした。嘘や虚勢に脅かされてきた人生だった。くだらない連中に虐《しいた》げられ、不信と疑念にまみれながら生きてきた。神宮は誰よりも清廉だ。素性はよくわからない。それでも自分自身に嘘をまったくついていないことだけは明らかだった。

それからの四年はファミリーのために費やしてきた。多くの汚れた仕事をこなした。無数の命を奪った。後悔はしていない。だが組織のルールや考えに染まりすぎたのかもしれなかった。武彦を誘い入れたのも、その戦闘力を組織のために使いたかったからだ。もう充分だ。そろそろ戦いとは無縁の平穏を与えてやりたかった。


運転中に何度か携帯電話をかけた。美帆がでることはなかった。そのたびに悪態をつき、ハンドルを拳や掌で叩いた。

豊洲へ戻った刈田は路上に車を停めた。マンションの正面玄関はいつもと変わらないように見えた。ホールに人の姿はない。刈田は奥歯を噛み締める。朝から常駐しているはずの管理人まで見当たらない。玄関のインターフォンを押す気にはなれなかった。マンションの地下にある駐車場へと駆けた。

打ちっぱなしのコンクリートの空間。片隅にはゴミ捨て場が設けられている。その近くには非常階段用のドアがあった。施錠はされているが、こちらの防犯設備は正面玄関に比べると質が劣る。鍵は古いタイプのシリンダー錠だ。

刈田はピッキング用の道具を取り出す。ピックとテンション。二つを錠前に差し入れ、なかのバネを操作した。焦りで何度か手元が狂ったものの、三分で開錠した。

暗い階段を駆け上がる。美帆の部屋がある最上階に近づくにつれ、ゆっくりとした足取りを心がけた。口から静かに息を吐いた。コルトをホルスターから抜き出しながら。

非常ドアを慎重に開けた。カーペットが敷かれたコの字型の通路を歩んだ。曲がり角まで来たところで刈田は歩みを止めた。壁に寄り添いながら手鏡を取り出した。

美帆の部屋の玄関ドアが見える角度に鏡を向ける。果たしてそこには大男が立っていた。

刈田は歯を食いしばった。阪本の部下のフリーザー一号だ。本名は梶だが、見た目が冷蔵庫のようにでかいためにそのあだ名がついた。ナポレオンコンプレックスの阪本は、自分の身長の低さを補うかのようにデカブツの部下ばかり揃えていた。自動車会社の柔道部にかつて所属していたという梶は、無差別級選手のような巨体の持ち主だ。険しい表情をしながらドアの前に貼りついている。

刈田は小さく口のなかで数字をカウントして、通路の陰から飛び出した。ウィーバースタンスになってコルトを構え、銃口を梶の頭へ向けた。突然の奇襲にやつは遅れた。腕力はあっても、頭の回転は鈍い。あわてたように腰の拳銃に手を伸ばそうとする。

　刈田は首を振り、目で警告する。梶はあきらめたように肩から力を抜きながら語りかけてきた。

「刈田部長、待ってくれ。おれは――」

「口を閉じろ」

　一気に距離をつめると膝で腹をどやしつけた。梶の身体がくの字に折れる。銃の台尻で後頭部を殴った。梶は胎児のように背中を丸めながら倒れた。髪をつかんで確認する。白目をむいて気を失っている。腰のスミス&ウェッソンを奪った。

　玄関のドアを開け放って突進した。コルトとS&Wの両方を構えながら。

　室内には二人の大男がいた。ひとりはフリーザー二号の藤村だ。梶と同じく相撲取りのような巨漢だ。もうひとりはわからない。阪本の興信所のスタッフだろうが、身長と体重は刈田を凌駕《りょうが》していた。二人とも背広を着用していたが、フリーザー二号の袖は肩のあたりから破れていた。もう片方のスタッフは大量の鼻血を流していた。武彦との格闘でダメージを負ったのだろう。刈田の襲撃に慌てたように拳銃へと手を伸ばす。

　二人にコルトとS&Wを向けながら怒鳴った。

「動くんじゃねえ！」

　刈田は大股で近づいた。

「人の家でなにをしてる」

「う、撃つな」

　鼻血のほうが目をうるませながら訴えた。

「阪本はどこだ」

室内は荒れ放題だ。サイドボードにあった大量の皿が砕け、ヨーロッパあたりの高級そうな人形や電気スタンドが壊れたまま床に落ちていた。巨大な書棚が横倒しになっている。武彦の抵抗は激しかったのだろう。

阪本の部下らと銃を突きつけあっていると、奥の寝室から後ろ手に手錠をかけられた武彦が出てきた。背後には阪本がいた。暴れる武彦に手こずったのか、右頬を赤く腫れあがらせていた。

武彦は兄の姿を認めると顔をくしゃくしゃにした。頭に巻いていた包帯は外れかかっている。涙と鼻水で顔中が濡れている。

「兄さん……」

刈田は武彦に訊いた。

「無事か」

刈田はコルトを阪本に向けた。

「てめえ、なにやってんだ」

阪本はガムをくちゃくちゃと嚙みながら、なれなれしそうに武彦の肩に腕を回した。右手にはリボルバーが握られていた。勝ち誇ったように顎を上げた。

「ボスの命令だよ、刈田」

「会長にはおれから話をする。弟を放せ」

阪本は武彦の首筋に鼻を近づけた。獲物にからみつく蛇を想わせた。やつは言った。

「汗がひどく臭うぜ。だいぶＣＪを食ってるみてえじゃねえか。ボスの読みどおりだな」

「放せと言ってんだ。ぶちこまれたいのか」

「お前こそ、自分の立場をわきまえたらどうだ」

阪本はわざとらしく腹を抱えながら笑った。「放せだと？　そいつはケッサクだ。お前のジョークに初めて笑ったぞ、刈田。暴れるしか能がねえお前にしちゃ、まあまあの出来だな。お前ら兄弟は組織を裏切った。なんだって裏切り者の言うことを聞かなきゃならねえ。教えてくれ」

「あいにくジョークじゃねえんだ。こっちは」

刈田は阪本の額に狙いを定めた。だがやつの薄笑いは消えなかった。

「おいおい。この部屋の主に悪いと思わないのか？　こんだけ荒らされたうえに、命まで失えってのか？　たいした男だな」

キッチンのほうで物音がした。S&Wをそちらに向けた。その先には美帆がいた。やつの部下が美帆の喉に刃物をあてがっている。

「銃を捨てろ」

美帆に大きなケガはなさそうだった。昨日のジャージを着たまま、長い髪を後ろに縛っている。やつらに殴られたのか、唇が切れたらしく口の周りを血で汚していた。目は怒りで燃えるが、手首をタイラップで縛られている。

阪本が繰り返す。

「捨てろ」

刈田は二つの銃をそれぞれ放った。鉄の塊《かたまり》が床に落ち、重々しい音を響かせた。阪本は弟の背中を突き飛ばしながら、美帆へと近づいた。

「いい女だ」

「そいつに手を出すな。バルコニーから突き落としてやる」

「おお、おっかねえ。わかった、わかった」

阪本は刈田のほうへと寄った。

そして左手で刈田の腹を殴った。息をつまらせながら、刈田は前かがみになった。「さっきからなんだってお前は偉そうに命令してるんだ？　あ？　立場をわきまえろと言っただろ。それがわからないほどお前の頭は腐ってんのか？」

こめかみを銃身で殴り払われ、たまらず刈田は膝を床につけた。阪本はしゃがみこんだ彼を執拗に蹴りつけた。胃袋をサッカーボールのようにつま先でキック。肩や背中を踏みつけられた。

「やめて！」

美帆の悲鳴が耳に届いた。阪本は刈田の髪をつかんで首をのけぞらせた。顔に唾を吐きかける。

「よく聞けよ。おれはボスから二つの命令を受けていた。ひとつはお前の弟を連行してくること。もうひとつはなんだと思う？」

「知るか」

腹にまたつま先が埋まった。今度は強烈だった。胃が衝撃で揺れる。たまらず刈田は胃液を吐き出した。黄色のすっぱい液体をフローリングに撒《ま》きちらした。喉が焼けつく。涙で視界が歪んだ。まともな呼吸ができるまで時間がかかった。

「まあいい。こっちも遊んでる暇はねえんでな」

やつは棚に置かれていた花瓶を抱えた。晩秋らしく菊やリンドウ、コスモスが活けられていた。

水がたっぷり入った重そうな陶器。それでなにをするつもりなのか。予想はついた。内臓をしたたかに蹴られた刈田は動けずにいた。

「お前も連れてこい。これがもうひとつの命令だ」

花瓶が頭のうえに落とされた。頸椎《けいつい》がきしむような衝撃と痛みを感じた瞬間、刈田は暗闇に包まれていた。

12

後頭部が破裂しそうだった。喉が焼ける。

何度か咳きこみながら身体を丸めた。殴られた腹の筋肉が痛みを訴える。刈田は自分が置かれた状況を思い出した。花瓶を頭に叩きつけられて気を失っていたのだ。その後は一度だけ目を覚ましたが、無理やり睡眠薬のようなものを呑まされた。それからはずっと意識を失っていた。

低くうめく。鼻が潮の匂《にお》いを嗅ぎ取る。床がせり上がったり、沈みこんだり。殴られたショックで平衡感覚がおかしくなったか。

見覚えはある。硬い床から身体をひきはがす。どこかのマンションのリヴィングのような作り。ポニータッチのカーペットが中央に敷かれ、そのうえには楕円形のガラステーブルが置かれている。それらを高そうなレザーチェアとソファが取り囲む。ただし天井は異様に低い。

神宮が所有する高級クルーザーの船室だ。

刈田の横には意識を失った武彦がいた。後ろ手に手錠をはめられたままだ。

刈田は手首をさする。自分には手錠はない。それでも状況は武彦とさして変わらない。奥歯を噛み締めながら彼は床を拳で叩いた。神宮は裏切り者の処刑をよくここでやった。手間がはぶけるからだ。死体を海に放って魚の餌《えさ》にする。

死刑台の階段を上るような気分で甲板に出た。船首付近にデッキチェアに腰を下ろした神宮がいた。

生暖かい潮風が吹きつけてくる。空はすでに陽が落ちていてまっ暗だ。正確な時間はわからない。波の音がする。クルーザーの周りは黒い海に囲まれている。陸地を探す。遠くに灯台の光が小さく見えるだけだ。

神宮の前のテーブルには料理が盛られた皿とワインの瓶があった。その横にはアウトドア用のグリルがあり、海の匂いに混じってバターと焼き魚の芳香が漂う。

神宮の隣には奈緒美の姿があった。顔を蒼ざめさせながら座っている。なぜこんな血なまぐさい場に彼女がいるのか不思議だった。

刈田のすぐ横に阪本がいた。すました顔でクーラーボックスに腰かけている。まるで教師に褒められるのを待つ学級委員長のような表情。ガムをくちゃくちゃ噛みながら、湧きあがる歓喜を必死に抑えているように見えた。

今すぐに襲いかかって殺すべきだ。本能がそそのかす。その助言に従いかけたが、ナイスアイディアとは言えそうになかった。歯を食いしばって耐えた。

神宮はトングで魚の焼き加減を見ながら言った。

「具合はどうだい」

刈田は腹をくくった。平静を装う。

「まあまあです。いい匂いをさせてますね」

「昼間にアイナメが何匹か釣れたんでね。これから刺身も作ろうと思ってる」

奈緒美が同席していたがかまわない。

「おれの女は、どうされましたか？」

「なにも。用があるのは君らだから。この前の酒はうまかったね。今度はちがうワインを用意した」

「あつかましい話ですが、できればもっと強いやつを」

「それじゃ料理とあわない」

「お願いします」

神宮は根負けしたように肩をすくめた。

「わかったよ。奈緒美さん、ラフロイグを」

奈緒美はひと言も喋らず、誰とも目を合わせようともしないまま、キャビンへと降りていった。

神宮は湯気のあがった魚を皿に盛りつけた。

「熱いうちに食べてくれ」

刈田はボスの真意に戸惑いながら向かい合うようにして椅子に座った。神宮は魚の身を箸《はし》で食べた。

「うん、うまい」

刈田はなにも口にする気にはなれず、瓶に入った冷水をグラスに注いだ。何杯もそれを飲む。

奈緒美が船室から戻り、スコッチの入ったグラスと瓶を彼に渡した。

刈田はそれをあおった。ひと口で空にする。胃液でただれた食道に刺激を与えながら火酒は胃に落ちていく。

神宮はグラスにたっぷりと入っていたワインを同じく飲み干した。涼しい顔をしながら瓶からグラスへ注ぐ。刈田もラフロイグをグラスになみなみとつぎ、氷も入れずに二杯目を空にした。

神宮は言った。

「弟を助けるために、警官も殴り倒したそうじゃないか」

「はい」

神宮は柔和な目で四方の海をぐるりと見渡した。

「兄弟愛か。ぼくには家族がいないから、そういうのがうらやましく思える」

「…………」

「親も兄弟もいなかった。だから自分で家族を一からこしらえるしかなかったんだ。五木のときもそうだったけれど、血族というものが絡むとなかなかうまくいかなくなるもんだね。血は水よりも濃いっていうのは正しいのかもしれない」

「組織を軽んじたわけではありません」

「三国志を知ってるか？」

「は？」

「中国の歴史物語だよ」

「ゲームで知った程度ですが」

「充分だ。関羽《かんう》を知ってるだろう。あっちの国じゃ神様となってる有名な武将だ」

「主君と義兄弟になった」

「そう。忠義に厚い男の代名詞さ。君主の劉備《りゅうび》に命懸けで仕えた。だがそんな男でも、過去の義理から、宿敵曹操《そうそう》を戦場でみすみす逃してやったことがある。忠君の士にも例外があったんだな」

まるで慈悲を与えてやるかのような物言いだった。だがそんな甘い男ではない。三杯目のスコッチを空けてから言った。

「その関羽も部下の裏切りにあって死に、劉備の作った国もすぐに滅びた」

「なんだ。よく知ってるじゃないか」

神宮はサラダの皿をつかんで彼に勧めた。刈田は首を振った。

「早く済ませていただけますか」

「そうだね。これじゃまるで嫁をちくちくいびる姑みたいだ」

神宮は阪本にうなずいてみせた。

やつはキャビンに入った。ぐったりしている武彦を無理やり歩かせて、再びデッキへと上がってくる。神宮は言った。

「心の広い名君でいるつもりはないけれど、暴君でいるのもおもしろくない。ぼくはただもっと絆を深めたいだけなんだ。血なんかどうでもいいと思えるくらいにね」

「おかまでも掘るつもりですか」

「そりゃいいや。だけどあいにくそっちの趣味はないよ」

刈田はグラスを握り締めた。ここで神宮に酒を浴びせて殴り倒し、返す刀で阪本を叩きのめす。

百パーセントの確率で失敗するだろう。神宮が無防備であるはずがない。

神宮は奈緒美の肩を抱いた。

「たとえば奈緒美さん。すばらしい女性だよ、聡明で美しく、なにより気立てもいい。ぼくの恋人だからといって、君ら部下たちにもおごることなく接していた。そうだね、阪本」

「はい」

阪本はうやうやしく頭を下げた。

刈田はあからさまに舌打ちした。当の奈緒美自身は目の前の現実を拒むかのように萎縮していた。蒼ざめた顔をうつむかせている。

「ぼくはこの女性に心底惚れている。妻にしたい。二人の血をわけた子を作り、育て上げたいと思っていた」

神宮は奈緒美の頬にキスをした。メガネ越しの目に危険な光が見えた。「でもそうはいかない。ぼくは築き上げた家族を守らなければならない」

神宮はジャケットの内側に手を伸ばし、愛銃であるワルサーを引き抜くと、奈緒美の腹に押し当てて引き金を引いた。ためらいはなかった。銃声が鳴り響く。

彼女は恐怖と驚愕で口を大きく開けた。そこから大量の血が吐き出される。テーブルの上に倒れこんだ。硝煙が目にしみた。皿やグラスがデッキに落ちて砕け散った。

刈田は思わず椅子から立ち上がっていた。テーブルの上に血の池ができる。縁からポタポタと赤い滴が垂れる。奈緒美はかっと目を見開いたまま絶命していた。

神宮は笑みを消し、冷ややかな目で恋人だったはずの女を見下ろした。

「警察の協力者《イヌ》だよ。お上はずいぶんとえげつのないことをするね」

刈田の奥歯が鳴った。警察の情報提供者とはいえ、神宮は自分の女をいとも簡単に射殺した。

まだ煙がのぼっているワルサーのグリップを刈田に向けた。射貫くような強い視線とともに。

「今度は君の番だ。弟をやれ、刈田」

刈田は渡されたワルサーを握った。

神宮は横に倒れたワイングラスを拾った。滴り落ちる奈緒美の血をグラスですくい上げた。

「ぼくは妻になるはずの女を殺した。君も意気を示してくれ。家族の血を盃《さかずき》にして、新たな兄弟になろう」

「おれは……」

神宮は無表情になった。刈田をじっと見すえる。阪本は武彦をデッキの縁へ連行した。

武彦が咳きこみながら叫んだ。

「撃て。兄さん、あんただけでも」

刈田は荒く息をついた。グリップが汗でぬめった。

「黙ってろ、武彦」

「おれを助けてくれた。もう充分だ」

ワルサーを握る手が震える。神宮が急《せ》かす。

「さあ早く。儀式を済ませよう」

刈田は武彦にワルサーを向けた。銃口が震える。引き金に指をかけたが、そこで動きを止めた。

「どうした。あともう少しだ」

「なぜです」

武彦の頭に狙いを定めながら刈田は尋ねた。「なぜこうまでしておれを」

神宮はくすくすと笑った。答えに窮する児童に優しく接する教師のような口調で語りかけた。

「君はぼくとよく似ている。だから気持ちがよくわかるんだ。君はまだ自由になりきっていない。もう装う必要はないんだと知らせたかった」

「言っている意味がわかりませんよ」

「違うね。ただわかっていないフリをしているだけさ。刈田、君の心のなかには憤怒がのた打ち回っている。あらゆるものを破壊し、すべてを皆殺しにしてやりたい。たとえそれが血のつながった弟だとしてもね」

「なんのことですか」

「君はどうして弟をこの世界に連れてきた。この世界の水と合わないのはすぐにわかったはずだ。君は弟が憎くて仕方がなかったのさ」

神宮は武彦に微笑みかけた。「武彦君、身に覚えがあるんじゃないか？」

武彦は泣き笑いのような表情をしながらただ震えていた。

「兄さん……」

神宮は刈田に言った。

「初めて会ったときからピンときたよ。君は火炎そのものだ。魂を砕かれたまま育った者特有の昏《くら》い火だよ。つねになにかを燃やしてなければ生きていけない」

「お願いです。口を閉じてください」

神宮は腕を組みながら兄弟を交互に見た。

「君らのことが気になって調べたことがある。刈田、君が殺したとされる事件さ。弟を助けるために草刈り鎌を振り回したらしいね。だけど本当のところはどうだったんだろうね。君を見ていると違う印象を持ちたくなる。あれは――」

「黙れ！」

神宮は満足そうにうなずいた。

「やっぱりね。悔しかっただろう」

「黙れ！」

銃をまっすぐに持てない。神宮の言葉がウイルスとなって心の奥底まで侵入してくる。理事長の姿がよぎった。やつは毎晩のようにやって来ては、手錠で刈田の手足を縛め、腹や背中をなめ回した。必ずこの手で殺してやると心に決めていた。

「我慢することはないんだ」

視界が歪む。理事長の唾液や精液の臭いが鼻に届いた。頬や鼻筋を涙が流れている。

「もう止めろ」

「撃つんだ。これでもっと自由になれる」

「おれはあいつが……」

刈田は嗚咽を漏らした。武彦は同じく涙で顔を濡らしながら刈田を見上げていた。

「撃ってくれ。兄さん、おれはもう充分だ」

「撃つんだ」

神宮の言葉が耳をくすぐる。

「おれは……」

刈田は銃を持ち直した。改めて武彦に狙いを定める。武彦があの男を殺害した晩、たしかに刈田はこの弟を憎んだ。あらゆる人間の息の根を止めたいと。だが今は。

銃口を弟から神宮へと向けた。

「船を陸につけてください」

懐に手を伸ばす阪本に狙いを移した。「動くんじゃねえ!」

神宮は血液の入ったグラスを口にした。奈緒美の血で口元が赤く濡れている。

「やれやれ。うまくいかないものだね」

刈田は後じさって距離を取った。神宮に再び銃を突きつける。

「動かないでください」

「これからどうするつもりだ」

「おれはあなたのようにはなれない」

「ジャンキーの弟を連れてぼくから逃げ切れると思うのかい?」

神宮は赤く濡れた唇を横に広げた。「ましてや弾が一発しか入ってなかった銃で」

「なに?」

刈田は思わず握っていたワルサーに視線を移した。

阪本が銃を取り出すのが見えた。刈田は横に身を投げながら、反射的に引き金を引いた。

弾は入っていた。ワルサーのスライドが動く。銃弾を吐きだす。手首に発砲の衝撃が加わる。

刈田と阪本は同時に撃っていた。

刈田の銃弾は阪本の左手を貫いた。何本かの指を吹き飛ばす。肉片が甲板の床に飛び散る。

刈田は右肩に衝撃を受けた。阪本の銃弾の威力で身体が回転する。船の縁に後頭部をしたたかに打ちつけた。視界が激しく揺れる。

ほんの一瞬、意識を失った。手のワルサーが消えた。数メートル先の床を転がっている。

神宮がそれを拾い上げた。

「弾がない銃なんて渡すはずがないじゃないか。ぼくはいつだって本気さ。刈田、君はこうすべきだったんだ」

神宮はためらわない。刈田は叫んだ。

「武彦、逃げろ！」

武彦を狙う。武彦は甲板のうえで身をよじる。

「やめろ！」

乾いた銃声が響いた。武彦の頭から血煙があがった。海風が硝煙と赤い霧をさらっていく。武彦の身体は崩れるようにしてクルーザーから落ちた。

神宮は顎を引きながら、刈田の顔を覗きこむようにして見下ろした。

刈田の心のなかでなにかが弾《はじ》けた。無意識に脚が動いていく。甲板のうえを駆ける。視界が赤く歪んだ。わめき声をあげながら、神宮に襲いかかる。左腕を振り上げる。

横からさらに銃声がした。右わき腹に激痛が走る。左手の指を吹き飛ばされた阪本が、苦痛にあえぎながら拳銃を撃っていた。

刈田は身体のバランスを大きく崩す。進行方向が斜めに傾く。神宮にはたどりつけなかった。撃たれた腹の痛みに耐えかねて傷口に手をやった。自分の血液が手と下半身を濡らした。エネルギーが失われていくのを感じながら、秋の海へと落ちていった。

13

浜田茂男《はまだしげお》はカップの熱いコーヒーをすすった。

まだ頭がふらついている。昨日の夜は飲みすぎた。焼酎の味を思い出すだけで吐気がした。砂糖をたっぷり入れたアメリカンコーヒーをがぶがぶと飲む。それが二日酔いからすばやく立ち直れる方法だと信じていた。

浜田が乗る漁船はスピードを落とした。館山湾沖五キロの地点に水産会社の浜田漁業が所有する定置網がある。この時期であればヤガラやアオリイカ、ブリやヒラメが獲《と》れる。

浜田の気は重かった。今日もひっかかるのは魚ではなく、あのいまいましいクラゲどもではないかと。今年はエチゼンクラゲが大発生し、網を引き上げるたびに赤字の額が増えていく。クラゲの毒で傷がついた魚は売り物にならない。

「あん?」

定置網のブイの周辺にぷかぷかとなにかが浮かんでいた。浜田は双眼鏡を手に取った。発泡スチロールやウレタンの建材だ。「ちくしょう。なんだってんだ」

このあたりにはたまに建築廃材を不法投棄する不届き者がいる。先日も神奈川の産廃業者が海上保安庁に逮捕されたばかりだ。海面は浮遊物で覆われている。コーヒーではなく、今すぐ船を引き返して、迎え酒をあおりたくなる。

「ゴミだらけじゃねえか。なんだってわざわざうちの漁場にぶん投げてくんだよ。まったく」

船に設置されたライトを向けた。

浜田は目をこらす。白いウレタンのボードになにかがこびりついている。死んだ魚だろうか。それにしては大きい。海草でもない。

「なんだあ？」

操舵室の部下に呼びかける。廃材に引っかかっている正体不明の物体のほうを指さしながら。

「あそこへ寄ってくれ！　もしかしたらありゃあ」

このあたりで海難事故があったとの知らせは届いてはいない。浜田は鼻を指でこすった。死臭はまだない。船を近づけるにつれて、その正体がわかりつつあった。

人間だ。波にさらわれた釣り客でも漁師でもなさそうだった。ダークスーツを着用した、がたいのいい短髪の男だった。肩やわき腹の生地が破れ、そこから覗ける赤黒い傷口が痛々しい。船員らの間でどよめきが起きる。

浜田は救命ボートを用意するように命じた。いまいましげに頭をぼりぼりと掻く。

「クラゲにゴミでおまけにこれか。なんだってこんな変なもんばっかり引っかかるんだかね。泣きたくなるぜ」

14

暗闇のなかにいた。

冷たくじめじめとしている。洞窟のなかに迷いこんでしまったようだ。

なにをしなければいけなかったのか。思い出せない。大切ななにかを忘れてしまったようでむずむずする。

ただわかっているのは、ここではないどこかに行かなければならないことだった。底冷えのするこの場を離れたい。

岩自体が発光しているのか、ぼんやりとした青白さに包まれている。昼なのか夜なのかもわからない。

もっと光のあるほうへ。もっとぬくもりのあるほうへ。

手探りでしばらく先を進むが、やがて行き止まりにぶつかってしまう。冷たい岩肌に触れるだけだった。

出口はどこだ。ひとりでいるのがつらい。さみしい。

人はおろか、どこにも生き物の姿はない。コケひとつ生えていない死の穴。死。

急にせつなさがこみあげてくる。なにかを失ってしまった。もう永久に戻らない。それだけは覚えていた。

15

空を舞っていた。

洞窟から逃れられたのがうれしかったが、どこに行こうとしているのかがわからない。激流に呑みこまれるかのようだ。身体の自由がまるで利かない。手足をばたばたと動かしたが、空気そのものが圧倒的な力となって彼を運んでいく。

連れて行かれた先は中華料理店だった。

おれは天井から部屋を見下ろしている。赤と金を基調とした派手派手しい壁やカーペット。丸いテーブルには、二人の男が大皿の料理に箸をつけていた。

ひとりはおれだ。豚肉の大きな角煮を一口でたいらげると、紹興酒を元気よくあおっていた。もうひとりは弟の武彦。高級スーツを着用しているおれとは対照的に、量販店で売っているような安めのシャツと綿パン、スニーカー姿だった。髪はぼさぼさに伸びている。

――どうした、もっと食えよ。

おれは料理の皿を武彦へと押しやった。

――もうダメだ。腹いっぱいだよ。

武彦は中国茶をすすった。

――こんな田舎でしけた暮らしをしているから、闇金のチンピラなんかにつけこまれる。

天井のおれは叫んだ。もうよせ、やめろ。

おれは腕時計を外してテーブルに置いた。パネライの高級品だ。

――お前にやるよ。

武彦はさして驚く様子も見せずに腕時計に視線を送っている。それが百万以上もする品だとは気づいていないようだ。

――だけど、本当におれなんかが役に立てるのか？

――お前次第さ。

おれはカキソースで煮たアワビをつまらなそうに箸で突きながら続けた。

――今までとは違う。働けば確実に金になる上に、お前の腕を存分に生かせる世界だ。

天井にいるおれは二人に怒鳴った。やめてくれ！

おれはミニグラスに紹興酒を注ぎ、テーブルを滑らせて武彦に渡した。武彦はザラメを何杯も入れてちびちびと舐《な》めた。

――悪党になれというのか。

――お前がチンピラを痛めつけたのは偶然じゃない。お前が善人の人生に飽きたからだ。

天井のおれは顔を両手で覆う。その瞬間、また空気の流れに身体を押しやられていた。

再び気づいたときには、昼間のビルの屋上にいた。地方都市のどこかだ。

兄弟は屋上から下を見下ろしていた。おれは双眼鏡で。武彦はレミントンM24につけたスコープで。おれはひび割れたコンクリの床に膝をつけていた。

――出てくるぞ。

腹ばいになってライフルを構える武彦に告げた。

二人の見つめる地点になにがあるのかはわかっている。約五百メートル先は広島ヤクザの幹部が住むマンションだ。

武彦の手首にはパネライの腕時計が巻かれている。針は朝の九時半を指している。マンションの玄関から幹部が姿を現した時刻。

武彦が訊く。

——風は？

おれは手に持った風速計に目を落とす。

——北西方向に〇・五メートル。

二人の背後にいるおれはその光景が目に浮かんだ。なぜならおれ自身が経験した過去だからだ。

玄関の自動ドアが開く。子分を連れながらダブルのスーツを着た悪相の中年男が姿を現す。

おれが武彦に問う。

——いけるか？

返事をする代わりに武彦はライフルの引き金を引いた。バイポッドで固定していたレミントンが火を噴く。尾を引くような重々しい銃声。

双眼鏡を覗いていたおれは満足そうにうなずいた。

——たいした腕だ。

空気の流れに押し流される。もうたくさんだ。

次は美帆のマンション。荒れた部屋で彼女は泣いている。

涙で濡れた唇で美帆は語りかける。

――あなたは抜け出せない。

視界がぐらぐらと揺れる。美帆の顔が神宮へと変わる。波で揺れるクルーザーの上でやつは弟の頭を撃ち抜いた。白煙をあげるワルサーを掲げながら神宮は笑っていた。

おれは耳をふさぐ。それでも銃の轟音《ごうおん》とあの男の声がいつまでも頭のなかで響き渡っている。

16

火で炙られているような痛みに目が覚めた。

思考が働かない。ただ苦しい。焼け火箸でも突っこまれているのか、わき腹と肩が激痛を訴える。刈田は背中をのけぞらせながら大きく深呼吸をした。

汗が大量に入りこみ、うまく目が開けられないでいた。舌で唇をなめた。枯れた木肌のようにがさがさしていた。

ここはどこだ。刈田はうめいた。激痛が思考を粉々に砕く。

鼻にはチューブが取りつけられていた。腕にも点滴のチューブがある。病院特有の消毒薬の臭いがした。生命維持装置らしき機械の電子音。

なにがあった。思い出せない。思い出したくない。だがすぐに記憶が奔流となって押し寄せてくる。美帆の部屋で身柄をさらわれ、クルーザーに乗せられ……。

刈田は身をよじった。身体にとりついているコードやチューブを引きちぎりたかった。腕を動かせない。身体が重い。

刈田は唇を動かした――おれが殺した。

記憶は蘇った。神宮が武彦の頭に銃弾を放った。それから刈田自身がどんな行動に出たのかは知らない。ただ海の冷たさ、塩水のしょっぱさ、そしてひりつく痛みは覚えている。

病院の集中治療室なのか。ベッドの周辺はビニールの壁で覆われている。部屋には刈田しかいない。

動けずにいること自体が苦痛だった。ガキのころは毎日のように身体の自由を奪われた。動けないというだけで尻や下腹部がむずむずしてくる。

天井を見つめながら理解した。なにもかも失ってしまったのだと。だがその先はまだなにも考えられなかった。

17

海から救出されてから三週間後、刈田は一般病棟の個室へと移された。

館山湾の海域で浮遊物にしがみついていたと聞かされた。長い危篤状態を経て、奇跡的な生還を果たしたのだという。

一般病棟のベッドに移ってから、自分の身体の衰えぶりに絶句した。手足は細くなり、筋肉で厚みのあった胸はしぼんであばら骨が浮き出ていた。上腕二頭筋や大胸筋が過剰に発達していたために、オーダーメイドのスーツしか袖が通らなかったはずだが、今着ている病院服はダブついている。

ドクターや看護師らとはほとんど口を利かなかった。スタッフ側も必要以上に話しかけてこようとはしない。海から助けられたこの不審人物を警戒していた。彼らがつけている身分証から、そこが都内にある民間の病院だと知った。

鉄格子のはまった窓から外を見た。副都心から近い位置にあるらしく、首都高と高層ビル群で構成された寒々しいコンクリートの風景が広がっていた。

なぜ生きているのか。刈田には不思議に思えてならない。神宮が裏切り者を放置しておくはずがなかった。

病室のドアが開かれ、女がずかずかと入ってきた。

緑色の看護服とマスクをつけていたが、病院関係者ではないとすぐにわかった。眼光がやたらと威圧的で鋭い。

女は冷たく刈田を見下ろした。

「はじめまして。具合は？」

「まだよくはない。あんたは？」

「私は絶好調。あなたに会えて喜んでいるところ」

「どこの人だ」

「警視庁組織犯罪対策五課の園部《そのべ》佳子《けいこ》よ。よろしく」

女はマスクを外した。薄い唇と高い鼻、ほっそりとした顎が露になる。マル暴というよりも広報課が似合いそうな整った顔をしていた。

年齢は三十前後。刈田と同じくらいだろう。刈田は警戒を解かなかった。瞳には妥協を知らなそうな嫌な輝きがある。最悪のおまわりだと直感した。

「はじめまして。名を名乗りたいが、あいにくおれはまだ自分の名前が思い出せない」

佳子は自分の耳たぶに触れた。刈田のとぼけにつきあうつもりはなさそうだった。

「弟さんは気の毒でした。刈田誠次さん」

刈田は片頬を歪めた。弟と同じく射殺された奈緒美の姿が脳裏をよぎった。

「お前らも災難だったな。飼い犬を消されちまって」

「そうね」

佳子は鼻で笑った。それから看護服のポケットに手を入れると、中からニューナンブを取り出し、刈田の鼻先に突きつけた。

「なめた口を利かないで。せっかく生き延びたのに、また弾をぶちこまれたい？」

刈田は女を睨んだ。威嚇《いかく》する犬のように歯を剝いた。

「拷問でもしようってのか？」

「それも悪くないわね」

「元気のいいねえちゃんだ。撃てよ、好きなだけ穴を開けりゃいいだろう」

「弟を殺されても、まだ組織に義理立てするわけ？」

「お前らに教える理由はない」

刈田の額に銃身が触れる。鉄の冷たさが皮膚に伝わってくる。佳子は声を荒らげた。

「かっこつけないで、チンピラ。なんのためにお前みたいなダニを生かしたと思ってるの」

「生かしてくれと頼んだ覚えはない」

佳子は苦笑いを浮かべた。だがすぐに怒りの表情に変わり、それから刈田の股間を拳で殴った。

刈田は身体をねじりながらうめいた。

佳子はシーツで自分の手の甲をぬぐった。

「また改めてお邪魔するわ」

激痛にうめく彼の腹の上に折りたたんだ新聞を置くと、佳子は肩を怒らせながら病室を出て行った。

「イカレてる」

刈田は浅い呼吸を繰り返した。

部屋には誰もいない。わかっていながらも周囲を確かめずにはいられなかった。

それから佳子が置いていった新聞に手を伸ばした。なぜこんなものを。

日付は三週間前だった。刈田が海から落ちた翌日だ。豊洲のマンションで起きた殺人事件。被害者は首をロープで絞められて死んでいたという。名前は関根《せきね》美帆。

新聞を持つ手が震えた。視界がにじんで文字が読めない。新聞をくしゃくしゃに握りつぶしながら吠えた。

18

刈田は一階のロビーにいた。

暗闇にまぎれながら床を這いずる。深夜まで待ってから行動を開始した。警官の監視はない。病室のドアを慎重に開けて外をうかがったが、たまに看護師の巡回があるだけだ。エレベーターを使ってあっさりと一階までたどりつくことができた。

低くうなる。あっさりといかないのは刈田自身のほうだ。動くたびに傷口をライターで炙られているかのような痛みが走る。長い寝たきり生活のおかげで脚の筋肉が削《そ》げ落ちた。自分の脚だという感覚はない。くにゃくにゃとしなるだけで、体重を支えるだけの力はない。

ただ廊下を移動するだけで嫌な脂汗《あぶらあせ》が湧いた。病院服がぴったりと身体に貼りつく。しんと静まりかえったロビーでは、何台かの自動販売機が低いうなり声をあげている。非常出口を示す緑色の誘導灯が室内を寒々しく照らしている。

正面玄関の自動ドアへと向かった。汗で掌がぬめる。何度かリノリウムの床をすべってバランスを崩した。自動ドアの下部についた内鍵を外す。

ドアの上部にも鍵があった。右肩の傷のせいで片腕しか自由にならない。左腕でドアにしがみつき、そちらも開錠する。ロッククライミングでもしているかのように、腕の筋肉が疲労を訴えていた。床に尻餅をついて肩で息をした。

「こんな時間にリハビリ？」

背後からだしぬけに声をかけられる。声の主は園部佳子だ。「犬みたいに這いつくばって。いい格好ね」

佳子は自動販売機にもたれながら缶コーヒーを飲んでいた。現場の刑事らしく、濃紺の地味なパンツスーツに身を包んでいる。長そうな髪を編みこみ、それをピンで後ろにまとめている。

「ほっといてくれないか」

「ほっとけないわね。あなたは暴行、脅迫、複数の殺人と死体遺棄……あらゆる犯罪にまみれている。本来ならさっさと吊るされるところよ」

後ろに目をやりながら、左手で自動ドアを押し広げようとした。腕自体の筋力もかなり落ちている。重たい鉄扉を相手にしているかのようだ。

「どのみち長生きするつもりはない」

佳子は缶コーヒーを床に放った。ゆっくり近づいてくる。ヒールを履いていたが身長はそれほど高くはない。刑事にしてはスリムな身体つきだった。

「かっこつけたいなら、まずはちゃんと立てばどう？」

佳子は刈田の襟首をつかんだ。彼の身体を吊り上げる。見かけと異なり、かなりの腕力の持ち主だった。

柔道の払い腰の要領で床に投げつけられた。リノリウムの床に尻と太腿を叩きつけられる。削げた脂肪と筋肉のせいで、骨にまで衝撃が届く。刈田は身をよじった。銃弾が通り抜けた傷口に激痛が走る。声も出せずに床を転がった。

佳子が小馬鹿にしたように首を傾《かし》げながら見下ろしてくる。

「あら、もしかして敵を討ちに行くつもりだったの？　笑わせるわね。こんなんじゃ子供にも勝てない」

　刈田はわき腹を抱えた。

「殺されてえのか？」

「あなたたち兄弟は暴力のプロだったんでしょ？　だけど今は女にすら軽くあしらわれてる」

「てめえ――」

　佳子の左足を左手で払おうとした。動きを読んでいたらしく、佳子は足を上げてかわした。手はむなしく空を切る。

「全然ダメ。がっかりさせないで」

　逆に傷を負った右肩をヒールで踏みつけられた。刈田は獣じみたうめきを漏らすと、陸に打ち上げられた魚のように身体をばたつかせた。あまりの痛みに目の前で火花が散る。涙で視界がぼやけた。

「どうしたの？　終わり？」

　佳子が上から見下ろす。侮りや蔑《さげす》みはなく、挑むような口調だ。全身が熱く痛む。それでも暴れるのを止めなかった。そうせずにはいられなかった。まるで自分を罰するかのようにもがく。

「取引がしたいんだろう。だからおれを匿った。だが応じるつもりはない」

「誰が取引すると言った？」

　佳子は踏みつける力を強めた。万力《まんりき》に挟まれているかのような圧力が加わる。佳子の顔は朱に染まっていた。

「拷問が趣味の変態メスデカってことか」

「品のないことを言わないで。合コンが趣味の普通のおねえさんよ。あなたを神宮に引き合わせたい。だからこんなよたよたした状態でいられると困るの」

刈田は動きを止めた。胸を大きく上下させ、唾を何度も呑みくだした。

「どういうことだ」

「あなたが海に放り出されてから、篠崎《しのざき》奈緒美を救出するために、警視庁と千葉県警は館山の別荘と鎌倉にある神宮寛孝の自宅を家宅捜索したわ。だけどすべて手遅れだった。家はどちらももぬけの殻。徹底的に掃除されていて、毛髪ひとつ取れなかった。神宮は情婦とあなたたち兄弟を消してから行方をくらませている」

「……地下にもぐったのか？」

「やっかいなのは神宮寛孝という名前が偽名で、その正体が不明なところ。もしかすると日本人ですらないのかもしれない」

「なんだと？」

刈田は目を見開いた。佳子は真顔だった。

「あなたたちのような荒くれ者を統率していたにもかかわらず、その実体は幽霊みたいにはっきりとしていない。すべてはおぼろげなまま」

「親や兄弟はいないと言ってはいた」

刈田は思わず話をあわせていた。

神宮の過去を知る者はファミリーのなかでもごく限られている。神宮自身は酔えばよく故郷の話をした。日本人商社マンの子で、中東の国で暮らしていたときに両親をイスラム系ゲリラに殺害された。九州の生まれで筑豊《ちくほう》の田舎の貧しい家で育った。東北の資産家の子供で……口を開くたびにいつも異なる半生をなめらかに語った。アメリカで格闘技や銃の扱い方を学んだというが、その話も半信半疑だった。

神宮が話せるのは日本語だけではない。英語や中国語もなんなく操った。日本人ではないのではないか。以前からそんな考えを抱いてはいた。

佳子は顎をしゃくった。いかにもふてぶてしい態度だったが、刈田の怒りはとうに失せていた。

「神宮はどこへ行ったと思う？」

「おれは知らない。知るわけがない」

「あなた程度の中堅が知っているとは私も思えない。だから取引なんかしても意味がないの」

刈田は不思議そうに佳子を見つめた。この女の意図をつかみかねていた。

「……昼間は本気でおれを撃ち殺そうとしていただろう」

「わかる？」

「あれは脅しじゃなかった」

佳子は刈田の肩から足をどけた。

「生き残ったのはあなただけ。許せなかった」

刈田の目の前を武彦と美帆がよぎる。許せないのは刈田も同じだ——なぜ生きているのはおれなのか。

「おれになにをさせたいんだ」

佳子は上から手を差し出した。
「顔を変えて、戻ってもらうわ。神宮を見つけるために」

19

園部佳子は西新宿の病院をあとにした。

駐車場の車に乗りこむ。警視庁の公用車ではなく、レンタカーを借りていた。銀色のコンパクトカーを走らせる。疲労のあまり背中がシートに溶けていきそうだった。佳子は顎をさする。奥歯を嚙みしめたせいで顎がくたびれていた。あやうく本気で刈田を痛めつけるところだった。

弟と元恋人を殺されたからといって同情などできない。神宮ファミリーの殺し屋として暗躍していた事実を考えれば因果応報といえる。共通の敵が神宮だという点で一致している。それだけにすぎない。刈田をコントロールする前に、まずは自分の感情を抑制しなければ。

佳子はハンドルを握りながら極細のロザリオネックレスをいじった。一ヶ月前に奈緒美がくれたものだった。月島のフィットネスクラブで。そこは女性専用のジムで、奈緒美と接触するには好都合の場所だった。

バスルームの横に設置された休憩所で、奈緒美は首にスポーツタオルをひっかけていた。Tシャツとトレパン姿だが、その日の彼女は汗を流した様子はなかった。

佳子は自動販売機で買ったスポーツドリンクを飲みながら、ベンチで奈緒美と並んで座った。

——これ、もらってくれない？

奈緒美はベルベット地の青い小箱を佳子に渡した。

——どうしたの？

——安心して。あの人が買ってくれたものじゃないから。私が若いときにつけてたやつ。

奈緒美の表情は硬かった。せっぱつまったような感情が小箱を通じて伝わってくる。奈緒美は言った。

——ここには通えなくなるかもしれない。

——どうして。海外にでも行くの？

——違うわ。しばらく運動ができそうにないから、ここに来る理由が見つからなくて。

奈緒美は自分の腹をさすった。佳子は持っていた缶を取り落としそうになった。

奈緒美は先回りするように答えた。

——三ヶ月。まだあの人には言ってない。

——産むの？

——そのつもり。

——幼馴染《おさななじみ》として忠告する。考え直して。

奈緒美は苦笑いを浮かべた。

——でしょうね。

——待っているのは悲劇だけよ。

奈緒美の目のふちに涙がたまっていた。何度か鼻をすする。

──愛してるの。こうしてあなたと会ってはいても。

奈緒美から連絡があったのは半年前だった。自分の恋人が犯罪に手を染めているかもしれないと打ち明けてくれた。

釣りやマリンスポーツが趣味の奈緒美は、釣り仲間を通じて神宮と知り合った。物流会社をいくつも所有し、不動産売買や警備会社を手がける若い実業家だと紹介された。それまで勤務していた料理学校の経営が思わしくないこともあり、神宮が所有する不動産会社の事務員に転職した。

神宮は裕福なうえに知的で教養があった。多くの会社と従業員を抱えているにもかかわらず、驕《おご》りやうぬぼれはなく、奈緒美にはいつもやさしかったという。彼の恋人となるのにはそれほど時間がかからなかった。

神宮が人格者といっても、取り巻く人間たちの多くは剣呑《けんのん》な雰囲気をまとっていた。彼らは奈緒美の前で仕事の話は一切しない。

彼の側近の阪本は、奈緒美を警戒するようにときおり厳しい視線を投げかけた。鋼鉄のような筋肉を持ち、暗い目つきをした社員たちが自宅や別荘にひんぱんに出入りしていたという。

盗み聞きするつもりはなかったが、奈緒美は応接室で神宮と重役らとの密談で気になる単語を耳にした。「広島での件」「広島のトラブルは片づいた」奈緒美はその日の新聞を手に取った。広島で暴力団関係者が白昼に射殺された事件の記事が載っていた。

ただそれだけだった。殺人事件と彼らを結びつける接点はなにもない。だが奈緒美は胸騒ぎを覚え、警視庁に入った旧友に連絡を取った。

中高時代の同級生から話を聞いた佳子は告げた。有力な確証をまだ得てはいない。新型ドラッグの密売を行う危険なシンジケートの頭目である可能性が高いと。聞かされた奈緒美は泣いた。それ以来、何度か接触するようになった。

佳子は口を開こうとした。そのたびにためらって黙りこむ。何度かそれを繰り返してから言った。

——私の父のことを覚えてる?

奈緒美は叱られた子供のように首をすくめながらうなずいた。

——ごめんなさい。

——こっちこそ。そんなつもりじゃないの。

佳子は軽く息を吐いた。それ以上はなにも言えず、ただ奈緒美の手を握ることしかできなかった。友人を苦しめるつもりはなかった。

佳子の父親も警官だった。台東区の交番に勤務する地域課の巡査部長。生まじめな性格だけが自慢の下町のおまわりさんだ。佳子が高校生のときにこの世を去った。殉職だった。

夫婦喧嘩が起きているとの通報を受けた父は、若い部下を連れて自転車をこいで現場へと向かった。古い木造アパートが密集する住宅地。だがそこで発生していたのは喧嘩などではなかった。暴れているのは覚せい剤を売りさばいていたヤクザ。売り物のシャブを毎日のようにつまみ食いしているうちに幻聴と幻覚に襲われ、部屋に棲《す》みついた悪霊を追い払おうと包丁を振り回して妻をなます切りにしていた。

ランニング一枚のヤクザは、妻の血で濡れた包丁を握りながら玄関を飛び出すと、通路でばったり出くわした父に刃を振り下ろした。

奈緒美の父親は父と親友で、年に何度かは一緒に泊りがけで釣りをしに行く仲だった。奈緒美を連れて葬式に参列し、棺《ひつぎ》に覆いかぶさるようにして号泣した。奈緒美は悲しみにくれる佳子のそばにいてくれた。

そうした過去があるだけに奈緒美は、危険を冒してまで告白しようと決意したのだ。二人はドラッグを憎んでいた。

奈緒美はタオルで目元をぬぐった。

――ごめんなさい。佳子にこうして打ち明けたときから、覚悟を決めていたつもりだったのに。

――しばらくは私と接触しないほうがいい。今は自分の身の安全だけを考えて。

――どこか連絡が取れる場を考えるわ。

――だめ。神宮を甘く見ないほうがいい。

彼自身は無数の犯罪に手を染めている。奈緒美は首を振りながら、懇願するように友の顔を見上げた。

――どうしても佳子と会っていたいの。そうしないと、あの人がおそろしい犯罪者だということを忘れそうになる。自分でも信じられないけど、佳子が嘘をついているんじゃないかと思うときすらあるから。会わずにいたら、あたしはあの人の闇をすべて認めてしまいそうになる。あの人のせいでたくさんの人が不幸に追いやられているはずなのに、このままだとなにも感じなくなってしまう。それが一番おそろしいの。

――ひとつだけ忠告しておくわ。時間はあまりないということだけは忘れないで。迷っていたら気づかれる。決断の先延ばしはだめ。それが難しいなら、私のことをきれいに忘れて。

――え？

奈緒美は意外そうに眉をあげた。佳子は彼女の腹をやさしくなでた。

――正義なんてどうでもいい。なにも考えずにボスの女となって、ただ生き延びることだけ考えて。その子のためにも。


あのときの会話を何千回思い出したことだろう。佳子は自分の愚かさを呪い続けた。無理やりにでも彼女をファミリーから引き剝がすべきだったのだ。胸に痛みを覚えながらハンドルを握りしめていた。

大森にある自宅のマンションで仮眠を取ると、レンタカーに乗って府中市にある警察学校へと向かった。そこに佳子の上司がいるはずだった。組対五課の課長の丸谷はここに講師として月に何度か通っている。

丸谷は正面入口近くのロビーにいた。制服姿で日本茶をすすっている。ずんぐりとしたヒグマのような身体をソファに沈めていた。彼は部下の姿を認めると黙ってうなずいた。佳子に椅子を勧める。

まだ朝が早いため訓練生や職員の姿はまばらだ。周囲には誰もいない。佳子は座るなり言った。

「刈田誠次と接触しました」

「様子はどうだった」

「驚異的な回復を見せています。ついこの間まで、生死の境をさまよっていたとは思えないくらいに。とはいえ完治するまでにはまだかなりの時間が必要かと」

「応じそうかね」

丸谷はうつむき加減になりながら訊いた。マル暴と公安畑を行ったり来たりしている老刑事で、言葉には若干の東北なまりが残っている。制服の肩のあたりには白いフケがいくつか落ちている。見た目は地味な口数の少ない五十絡みの男だったが、手の甲には暴力団員の日本刀で斬られた傷痕が残っている。ヤクザ社会や過激派のなかには彼の協力者《エス》が多く、数々の大物を検挙した功績を買われ、ノンキャリアでありながら二年前に組対五課の課長職についた。

「まだわかりません。弟と元恋人を失ったことで、精神的にも深い傷を負っています。果たして使えるかどうか」

「神宮寛孝に対抗できるだけの牙《きば》が残っているかだな。しかしこちらにも余裕はない」

重要な協力者をファミリー側に消され、丸谷の立場はあやういところにある。だが丸谷はいつもの口調で淡々と語るだけだった。

「例の件は」

「退けられるだろう。自分の組織が汚染されているとは、誰も思いたがらない。警察関係者が神宮ファミリーに情報を売ったのではない。あくまで君と篠崎奈緒美との連絡にミスがあった。そう結論づけたがっている」

「だとすれば私はどうなりますか？」

「しばらくはＣＪの対策チームから外れることになる」

「課長――」

丸谷は手をあげて佳子の言葉をさえぎった。

「悪いが冷飯を食っているフリをしてもらう。君を公安から引っ張ってきたのは私だ。実力はよく知っている。篠崎奈緒美との接触に問題があったとは思えない。篠崎自身がボロを出したか、それともこちら側の情報がどこからか漏れていたかと考えている」

佳子は唇を噛んだ。奈緒美がミスを犯すとは考えられなかった。とくに胎内に新たな生命を宿していたとなれば、なおさら慎重に行動していたはずだ。

警察官が神宮ファミリーに情報を漏らす。可能性はまったくないわけではない。とくにやつらは諜報戦を得意としている。広域暴力団や外国人組織が生き残りをかけて鎬《しのぎ》を削りあっているなかで、神宮ファミリーはCJの密売で勢力を一気に拡大した。ドラッグで得た巨額の資金を惜しみなくバラ撒き、きびしい上納金の支払いと不景気で追いつめられた暴力団幹部をスパイとして飼っている。神宮ファミリー側と対立したグループが次々と壊滅させられているのも、密《ひそ》かに築きあげたスパイ網によるところが大きかった。

佳子は尋ねた。

「刈田の存在を知るのは……」

「課内では君と私だけだ」

口のなかがからからに乾く。ロビーのなかは冷えていたが、身体が火照《ほて》って仕方がなかった。

刈田誠次の入院先を指示したのも丸谷課長だ。警察病院を選ばなかった理由がわかった。彼は自分の身内を疑っている。丸谷は言った。

「あの男が入院している病院の外科部長は、私の大学時代の友人だ。無理を言って受け入れてもらった」

「危険な捜査になりますね」

丸谷は佳子を見すえた。

「長い戦いになる。きれいな仕事ともいえん」

佳子はうなずきながら思う。自分は地獄に落ちるだろう。友人をみすみす死なせ、その上さらに獰猛な犬を放ち、多くの流血を誘おうとしている。

「神宮を排除してみせます。必ず」

20

刈田は三百回目のスクワットを終えた。

深呼吸をしながらベッドに腰かけ、入念に太腿とふくらはぎをマッサージする。それから床にうつ伏せになり、ゆっくりと腕立て伏せを始めた。撃たれた右肩がまだひきつるように痛む。かまわずにプッシュアップを続けた。五十回を三セットこなし、三本指による指立て伏せに移った。腕の筋肉が張りつめ、身体を支えている指がしなった。

病院に運ばれてから二ヶ月が経過した。リハビリだけでは足りず、ドクターの目を盗んで病室で肉体を痛めつけた。筋力は日に日に回復していくが、まだ撃たれる前のレベルにまでは戻っていない。

「病室でそんなことしてたら、また看護師さんから叱り飛ばされるわよ」

戸口には佳子が立っていた。あきれたように腕組みをしながらトレーニングを続ける刈田を見下ろしている。

「もうケガ人じゃない。ドクターもそう言っていただろう」

「肉体だけはね。頭まではどうか聞いてないけど」

「安心しろ。おれはあんたほどイカレちゃいない」

刈田は立ち上がった。タオルで汗をふく。窓を開け放っていた。冷たい風が吹きつけてくる。今にも湯気が出そうなくらいに身体が熱を放つ。

刈田は佳子に近づき、ドアに手をついた。威圧的に顔を寄せた。だが佳子はつまらないくらいに無表情だった。

「本気なのか?」

「なにが?」

「顔を変えておれをファミリーに戻す。うまくいくと思ってるのか」

「顔だけじゃない。身体にある傷痕やホクロもいじらせてもらう」

佳子は無遠慮に刈田の身体を見回した。「体型はもう問題ないようね。生死の境をさまよったおかげで体重はかなり落ちたみたいだし。今でも充分別人みたい」

「正気の沙汰とは思えん」

「そんなことないわ。どこの国でもCJの蔓延を防ぐために本腰を入れてるし、撲滅のためなら手段も選ばない」

刈田はかつて神宮と交わした会話を思い出した。香港には、姿形を変えてまで潜り続ける捜査官がいると。インド生まれの新型薬物のおかげで、世界のあちこちで激烈なドラッグ戦争が繰り広げられている。

佳子は言った。

「それにあなたの口から正気なんて言葉がでるなんて。あなたの殺し屋稼業はまともだったとでも言うの？」

「狙いはなんだ」

「言ったでしょ。あなたと同じよ」

佳子は挑発的な瞳で彼を見上げた。刈田は真意を悟る。

「まさか、お前ら」

「彼と会いたいんでしょう。見つければいいわ」

「神宮を殺して、おれを後釜《あとがま》に据えるつもりか」

かりに神宮を討ち取り、ファミリーを崩壊させたとしても、CJを扱う組織は必ず現れる。警察の管理下でコントロールしたほうがいいという腹だ。

「仇が討てるうえに、彼のすべてを奪い取れる」

「ふざけるな」

「拒めば娑婆《しゃば》には戻れない。今までの罪をつぐなってもらうだけね。何年も裁判をやって、ロープで頸椎を砕かれるまでだらだらと生きることになる。あの世で弟たちに会える日をただ待ちながら」

刈田は佳子の襟をつかんだ。

「道連れにしてやろうか。お前らの犬になるつもりはない」

「神宮がこわいのね」

「言葉に気をつけろ。こうしてケガが治れば、お前をぶち殺すことなんか目じゃねえんだ」

「ちっとも治ってなんかいないわよ、腰抜け。あなたたち兵隊はみんなあの男に骨抜きにされている。あなたがあの身体で病院を抜け出そうとしたのも、本気で対決するつもりがないからよ。ムチで打たれるマゾヒストみたいに、自分を痛めつけながらよがりたかっただけ」

刈田は拳を振り上げた。佳子の瞳に恐れの色は見られなかった。憤怒と執念を感じさせる不気味なきらめきがあった。「私はあなたとちがう。あの男と対決して、どんなことがあっても勝ってみせる。奈緒美と彼女のお腹にいた子のためにも」

「な――」

刈田は動きを止めた。思わず拳を緩める。

神宮は奈緒美の腹を撃っていた。奈緒美とその子を貫こうとするかのように。神宮はなんのためらいも見せなかった。

――君はぼくとよく似ている。

反射的に神宮の言葉を思い出していた。自分の子を無慈悲に殺害したという事実に驚いたものの、刈田も似たような選択をし続けてきた。弟や恋人を巻きこみ、子を慈しむよりも殺戮《さつりく》に生きるもうひとつの家族を選んだ。

拳を握りなおして佳子を睨み、うめき声をあげながらパンチを放った。タコのできた硬い拳が佳子の顔の横を通過した。壁に衝突する。佳子はまばたきひとつしない。

刈田は佳子の襟から手を離した。

「今、ファミリーはどうなってる。神宮はまだ姿をくらませているのか」

「相変わらずよ。勢力を維持したままＣＪの市場を独占している。ただ彼がいなければ、この先どうなるかわからない」

「だろうな」

「ファミリーは神宮という絶対的な君主がいたおかげで成立していた。彼がいなければ必ず組織は揺らぐはず。それに他の暴力団や外国人組織がこの機を逃すとは思えない」

刈田は最高幹部たちの顔を思い浮かべた。神宮に忠誠を誓い、勢力拡大に尽力した四天王と呼ばれた男たち。刈田の上司で軍事を司る鏑木《かぶらぎ》。ＣＪの物流を担当していた元運び屋の宋《ソン》。ファミリーの外交面を仕切っていた弁護士の小林《こばやし》。海外からＣＪの買いつけを行っていた元商社マンの久我《くが》。

神宮不在となれば、彼らの誰かが代行して組織を運営しなければならない。それぞれが優れた能力を有しているが、神宮がいない今はどのような力関係で動いているのかわからなかった。

「神宮はいずれ戻ってくる」

刈田は窓から都内の風景に目をやった。神宮の姿を無意識に求めていると気づく。

「なぜそう思うの？」

「あの男は闘争を生きがいにしている。ファミリーはやつにとっては最高のおもちゃだ。それを放ったまま、いつまでも逃げているとは思えない」

やつの言葉が脳裏をよぎった。

――いやはや。たまらないね。ますます混沌は深まるばかりだ。そしてぼくらはその中心にいる。

そう言いながら神宮は白い歯をのぞかせて笑っていた。

「だとしたらこっちには好都合よ。そろそろあなたの答えを聞かせて」

「おれは……」

ベッドの横の鏡を見た。

三十年ほどつきあってきた刈田自身の顔がそこにはあった。頬骨が浮き上がった馬面で、よく言えば男性的な顔立ちだったが、つまりは用心棒や荒事にはもってこいの悪相だ。美帆や武彦がいない今、この顔を必要としている人間はもういない。

無精ひげに触れた。再び猛虎のいる穴へと戻る。正気のアイディアとは思えない。抑えきれない昂《たか》ぶりを覚え、思わず顔をなでる。

佳子の手が動く。刈田の頬を平手でひっぱたいた。じんじんと痺《しび》れるような痛みが走る。

「なにをしやがる」

「弟さんたちに代わってやっただけ。不謹慎よ」

「なんだと？」

「あなた、微笑んでたわ」

退院した刈田は佳子とともに韓国へ渡った。ソウルの明洞《ミョンドン》にある小さな病院で整形手術を何度も受けながら、数ヶ月を陽が射さない古アパートで過ごした。いじるのは顔だけではない。刈田時代に負った身体の傷を消し、あるいは麻酔を打って新たな刺し傷や銃創を腹や肩に作った。

マスクで顔を隠しながらジムで身体を鍛え続け、衰えた戦闘能力を取り戻すために射撃場へ通った。

ソウルでの用が済むと、佳子にタイのバンコクへと連れていかれた。待ち受けていたのは性転換を手がける巨大な総合病院だった。

刈田は佳子を睨んだ。

「冗談だろう？」

「あの男を殺すためなら、なんでもする約束でしょ」

佳子は意地悪そうに笑った。「安心しなさい。女になれなんて言うつもりはないわ」

その総合病院で声帯手術を受けた。以前よりも声のトーンが高くなり、慣れ親しんだ刈田誠次の声ともおさらばした。バンコクでもトレーニングは欠かさなかった。

すべての手術を終えた刈田は、パッポンストリートの賭博場にいる用心棒に喧嘩を売った。元ムエタイ選手の屈強な男だが、刈田は五発のパンチと頭突きで眠らせた。身体のキレは悪くなかった。

日本に戻ると生暖かい風が待っていた。季節はまた春になり、もうじき梅雨を迎えようとしている。神宮に撃たれてから一年半もの月日が経とうとしていた。

21

屋敷直道は六本木のクラブで酒を飲んでいた。

店内は吹き抜けになっている。二階席のラウンジから一階のダンスフロアを見下ろした。半分以上は外国人だ。

週末だけあってひどく騒々しかった。白人や黒人が日本人女性を連れながら、攻撃的なビートに合わせて踊り狂っている。野卑な英語が飛び交う。酔っ払いが投げたコロナやハイネケンの瓶が二階にまで飛んでくる。いずれあちこちで喧嘩が起きそうな爛熟《らんじゅく》した空気が横たわっている。CJでぶっ飛んでいるのか、二階のバーカウンターでも、OLらがずっと肩を叩きあいながら狂人のように絶叫をあげている。店を仕切る黒服の用心棒らが、盛り上がる客とは正反対に、怒りを溜めこんだ顔つきをしながらあちこちを駆けずり回っていた。

「んで？　どこにいるんだよ」

騒がしい店のなかで、屋敷は気だるそうに椅子にもたれながらビール瓶を振った。

対面に座っていた部下の南《みなみ》が首をひねった。

「今日はまだ見えないっすね」

ぼさぼさに伸びた髪で隠れていた南の右耳が露になった。上半分がちぎれている。

「お前なあ、そういうのはちゃんと確認しとけよ。わざわざこんなところまで呼びつけやがって。帰るぞ」

屋敷は腰を浮かせた。南はあわてたように両手を向けた。

「ちょ、ちょっと待ってください。訊いてきます」

南はフロアを駆けていった。従業員のひとりを捕まえて話しかける。よれたアーミージャケットにジーンズというみすぼらしいバックパッカーのような格好のせいで、この店の常連であるにもかかわらず、従業員からは不審がられていた。

「まったくよ」

屋敷は頭をガリガリと掻いた。

クラブで騒ぐのは嫌いじゃない。だが今はそれどころではない。先週は神宮ファミリーが所有している木更津の海運会社が何者かに襲撃された。末端価格にして数十億円分のCJを奪われた。悠長に酒など飲んでいる場合ではないのだ。

屋敷は南を顎で指し示しながら、同じく部下の円藤《えんどう》に語りかけた。

「あの野郎、その用心棒ってやつにずいぶんとご執心じゃねえか。こっちの気《け》でもあるんじゃねえのか？　お前、知ってる？」

屋敷は手の甲を自分の頬にあて、オカマの仕草をしてみせた。

円藤は南を見すえながら答えた。南とは対照的に、タイトな高級スーツを着こなす。モード系の細長いネクタイをつけている。

「そちらの趣味はないと思いますが」

「こんなことしてる場合じゃねえってのによ」

南が遠くから嬉しそうに手を振っていた。

「いました、いました」

「それにだな、いくら腕がいいって言ってもよ、酔っ払いやジャンキーを相手にしている荒くれ者を雇うほど、うちの会社は落ちぶれちゃいねえんだ」

自分の出自を棚に上げて言った。

屋敷はマニラのギャンググループに属し、子供のころからコルトのコピー品をおもちゃ代わりに使っていた。繁華街のエルミタ地区では知らぬ者がいないほどの札つきだった。

「まあ、見るだけ見てみましょう」

円藤がなだめる。温和な表情をした三十男で、モデルのような細い身体つきだが、引き締まった筋肉の持ち主で、射撃の腕は屋敷よりも上だった。

戻ってきた南が息を切らせながら下を指さした。

「あそこです。あそこ」

「どこだよ」

屋敷は大儀そうに一階を見る。南が示す方向に目をこらす。

無数の頭が見えるごちゃついたフロアのなかで、赤ら顔の大きな白人を組み伏せている従業員がいた。黒いスーツを着た日本人らしき痩せた男だった。釣りあがった目と高い鼻。軍用犬のような精悍《せいかん》な顔つきをしていた。首の後ろが隠れるほど伸びた髪は灰色だ。

一見すると四十代ぐらいの年恰好《としかっこう》に思えたが、横顔に皺《しわ》らしきものは見えない。年齢はよくわからなかった。ただでかい白人ビジネスマンを後ろ手にねじ伏せ、床に這いつくばらせているところを見ると、かなり身体を鍛え上げているはずだ。

「あのおっさんがそうか」

南がしきりにうなずく。

「そうっす。なんでも東北のちっぽけな組にいたらしいんですが、たいして食えなくて上京してきたらしいんです」

「名前、なんてえの？」

「佐伯達雄《さえきたつお》です」

「詳しいねえ」

屋敷は底意地悪く笑ったが、南は意に介さずに熱っぽく語った。

「先週は超やばかったんすよ。あんなんじゃなくて、もっとでっかい米兵二人のケツを蹴飛ばしてて」

「だけどあれじゃわかんねえな」

佐伯はおイタをした外国人客を淡々と玄関まで連行した。屋敷は見下ろしながら南に命じる。

「お前、ちょっと暴れてきてよ」

「マジっすか！」

「一発いいの、かましてこい」

南は両の掌を振った。

「待ってくださいよ。そんなのダメっす。おれたち、ならずものみたいじゃないですか」

屋敷はビールを飲み干した。

「ならずものだよ、馬鹿野郎。お前だって行きてえんだろうが。本当は」

「まあ、そうなんですけどね」

南は妙な照れ笑いを浮かべていた。

「アホ、さっさとやってこい」

グラスに入ったワインをぐいっとあおると、南は軽い足取りで一階へと降りていった。

南は何不自由のない中流家庭に育った。長野の普通高校を卒業して警察官となったが、ミリタリー好きが高じてフランスの外人部隊に転職した筋金入りの戦争狂だ。除隊後はアメリカの民間《P》軍事会社《MC》に入社し、イラクやアフガンで働いたのちに日本に帰国した。

屋敷は円藤に訊いた。

「賭けるか？　どっちがやると思う」

「仲間を賭けの対象にするのはどうも」

円藤は困ったような表情を浮かべた。下戸《げこ》の体質でウーロン茶をすすっている。一年前に社長の鏑木が連れてきた新人だ。自衛隊の元将校で鏑木の元部下でもあった。実力はあり、今や屋敷の右腕となっている。

「お前はまじめすぎる」

南はふらふらと千鳥足でダンスフロアを横切った。まるでコメディアンが演じる酔っ払いだ。ときおりしゃっくりをしながら身体をよろけさせている。

屋敷はあきれたように力なく首を振る。

「酔拳やってるジャッキーにでもなったつもりかよ」

それでも南の勝ちは揺るがないだろう。屋敷はそう踏んだ。南は格闘術のエキスパートだ。へらへらとした性格の裏には、無邪気に他人を破壊できる残忍さがあった。

南は白人を連行している佐伯の背中にぶつかった。後ろから佐伯の肩をつかむ。声は聞こえなかったが、南のセリフは容易に想像がついた——てめえ、おれの連れになにしてんだよ。

佐伯はうんざりとしたような顔で振り向いた。鉛色の瞳をした暗い目つきをした男だった。

南は嬉しそうに挑みかかった。大振りのパンチを放つ。大きな弧を描いて佐伯の顔に襲いかかる。佐伯は上体を後ろにそらせて楽々かわす。

二階から見下ろしていた屋敷は鼻を鳴らした。パンチは南のフェイントにすぎない。すぐに南は身を沈めると、アマレス風のすばやいタックルをきめた。佐伯の両脚にしがみついて床へ倒す。周囲で踊っていた客が蜘蛛《くも》の子を散らすように逃げる。

「あーあ」

屋敷は拍子抜けしたように呟いた。

馬乗りになった南は右の拳を佐伯の顔面に見舞う。佐伯はそれを腕でブロックした。佐伯のガードが上がったところで南は左でボディを叩いた。相手を打撃で怯《ひる》ませ、腕を取って関節を極《き》めるつもりだ。

だが佐伯は南の計画には乗らない。顔色ひとつ変えてはいない。佐伯は無造作に右手を南の太腿に伸ばす。神経が集中する内腿のあたりを下からつねりあげた。

「いでえ!」

二階まで悲鳴が聞こえる。よほど強い握力を持っているのか、南の身体が跳ね上がった。

佐伯の腕が蛇のように伸びる。南のジャケットの襟をつかむ。ぐいっと下へ引きつける。寝そべっていた佐伯は上半身を起こし、南の鼻に自分の額を叩きつけた。馬乗りになっていた南は背をそらし、後ろへひっくり返った。

佐伯はスーツについた埃《ほこり》を払いながら、ゆっくりと立ち上がった。倒れた南に向かってなにかを言っている。屋敷は唇の動きを読んだ。

〈いたずらが過ぎますよ、お客さん〉

〈すいません〉

南は鼻を押さえながら頭を小さくさげた。鼻骨が折れたらしく、ぼたぼたと大量の鼻血があふれ出ていた。

円藤は冷ややかな目で佐伯を見下ろしていた。

「なかなかえげつない男ですね。私が行きますか?」

エリート軍人の身分を捨てて、密売組織のメンバーになるような男だ。冷静を装っているが、円藤も戦いにひどく目がない。

「お前が行ったら試し食いじゃ済まなくなっちまう。もう充分だ」

屋敷は前のめりになって見ている自分に気づいた。

あれほどイキのいい喧嘩を見たのは久しぶりだ。かつて似たような荒っぽいファイトをやる男がファミリーのなかにいた。テクニックをねじ伏せるような怪力の持ち主。ボスの神宮によって処刑された。

屋敷はクラブを見回した。また何事もなかったかのように客たちは踊り、酔っ払い、ラリって叫んでいる。死んだ刈田誠次もここで働いていたのを思い出していた。

22

クラブが閉店するのは朝五時ごろだ。

夏の朝日を浴びながら、屋敷は愛車のキャデラックをクラブの入口につけ、やつの帰りを待っていた。CJを管理している倉庫の部下らとケータイでやりとりしながら。今夜は襲撃や盗難のトラブルの報告は届いていない。キリキリと痛む胃を押さえた。キャデラックの横の歩道を、朝まで飲んでいた酔っ払いたちが千鳥足でよろけながら歩いている。地下鉄の駅へと向かう歩行者の列ができていた。

社長の鏑木にメールを送信したころ、仕事を終えた佐伯が入口から出てきた。ネクタイを外した白シャツ姿で空を見上げる。じりじりと熱を持ち始めた大都会の暑さに辟易《へきえき》した様子だ。まぶしそうに目を細め、ボタンを外した襟をはためかせている。

屋敷は窓を開け、運転席から声をかけた。

「おい、兄さん」

佐伯はすばやくポケットに手を入れながら屋敷を睨んだ。髪は白髪《しらが》混じりの灰色だったが、顔は思ったよりも若々しい。二十代後半くらいにも見える。「そんな身構えんなよ」

「どこの組の人ですか」

「そんなんじゃねえ。ただ話がしたいだけだ」

「勘弁してくれ。疲れてるんだ」

そう言いつつ佐伯は油断なくあたりを見回した。

「さっきはいいもんを見せてもらった。お前さん、なかなかいい腕してるな」

佐伯は路上に唾を吐いた。

「ふざけるな。あんたがけしかけたんだろう。格闘技が見たけりゃ、後楽園にでも行けばいい」

「そう怒んなよ。ただの遊びじゃねえか」

屋敷は肩をすくめた。佐伯ははためかせていた手を止め、声のトーンを落とした。

「ここであんたを叩きのめしたとしたら、それも遊びだと笑って許してくれるのか？」

屋敷はヘッドレストに頭を載せて微笑んだ。

「ああ。どれもくだらねえ遊びさ」

「つきあってられない」

脅しの効果がないとわかると、佐伯はあきらめたように首を振った。

「酔っ払いやジャンキーのお守《も》り。路上の喧嘩。そんなもんはみんな遊びだ。せっかくいい身体持ってんだ。もっとおもしろい男の仕事をしてみねえか？」

「あんた、自衛隊のリクルーターか？」

「似たようなもんだな。兵隊あがりがいっぱいいる職場だ」

「…………」

「極道やってたんなら、耳にしたことがあるだろ？　金は弾む。信じられねえぐらいにな」

佐伯はキャデラックに近づいた。

「木更津でひどい殺しがあったと聞いた。新聞やニュースには出なかったようだけど」

「どこで聞いた」

「みんな言ってる。この店に来てるヤクザやガラの悪い中国人とか」

佐伯はタバコに火をつけた。屋敷は親指を立てて、キャデラックのなかを指差した。

「続きはメシでも食いながらどうだ。うまいハンバーガーとビールを出す店がある」

「遠慮しておくよ。好《す》き好《この》んで修羅場に足を踏み入れる馬鹿はいない」

「名刺だけでも取っといてくれ。いつでも来い……と言いたいが、人手不足なんでな。早いほうがありがたい」

屋敷は胸ポケットから名刺を差し出した。彼が所属する東亜ガードサービスなる会社名と部長という肩書き。それに屋敷の名が刷りこまれている。

佐伯は興味なさそうにそれを一瞥《いちべつ》した。

「なぜおれなんだ。腕の立つやつならいくらでもいるだろう」

「笑うやつはあまりいねえな」

「なに？」

「おれの部下がタックルをきめて、お前さんを床に倒したときだ。わけのわからねえ野郎に、いきなり不意打ちかまされたってのに笑ってた」

佐伯の顔色が初めて変わった。屋敷はシフトレバーをドライブに入れた。「うちで働くには腕も大事だが、なによりも資質そのものが問われるんだ。お前は向いているよ。待ってるぞ」

屋敷はアクセルを踏みこんで、キャデラックを走らせた。バックミラーにちらっと目をやる。

佐伯は立ち去る屋敷の車をじっと見つめていた。

屋敷は満足そうに微笑んだ。やつは近いうちにやって来るだろう。勘がそう告げていた。

23

二日後に佐伯から連絡があった。

屋敷は東亜ガードサービスの事務所へ来るように指示した。事務所はしょっちゅう移転を繰り返しているため、室内はがらんとしている。書類やファイルケースの数は少ない。パソコンが数台あるだけだ。

事務所は三郷市郊外の県道沿いにある。以前は食品会社の営業所が入る二階建ての建物のなかにあった。車での機動力を生かすために高速道のインターチェンジ近くに構えていた。

佐伯が警察の犬か厚生局麻薬取締部《マトリ》の囮《おとり》捜査官である可能性はある。ただの食いつめたチンピラには見えなかった。屋敷はヤクザを蔑んでいる。人の生命の値段が安い故郷で血で血を洗うような抗争を潜《くぐ》りぬけた屋敷からすれば、建物に銃弾を放ちあうだけの儀式めいたヤクザの戦いはバカバカしく、その構成員たちのほとんどは酒と不摂生でぶよぶよに肥えた豚に見えた。それゆえ佐伯が何者であるかを見極める必要があった。

佐伯は人気《ひとけ》のない事務所をうさん臭そうに眺め回した。形として置いてはいるものの、じっさいにここへ顔を出しても仕事にはならない。社員はみんな出払っていた。

屋敷は自室に案内した。応接セットと重役然とした大きな執務机が置いてある。事務員として雇っている女性社員にお茶を持ってくるように命じた。

屋敷はブラックの革椅子に腰をかけ、デスクにどっかりと足を載せた。

「よく来てくれた。待ってたぞ」

佐伯はむっつりと不機嫌そうな顔をしながらソファに腰を下ろした。

「履歴書を持ってくるべきだったか？」

屋敷は鼻で笑った。

「ジョークのセンスはあんまりねえな。いらねえよ。だいたいなんて書くつもりだ。『組の構成員として産業廃棄物《サンパイ》の不法投棄と管理売春に長年従事』とか？」

「盃はもらってなかった」

「どうしてだ。あんだけの腕なら重宝されただろう」

佐伯は口をへの字に曲げた。

「世渡りがうまくなかった。兄貴分にはうとまれていたから」

「なんて組だ」

屋敷は革椅子に身を沈めながら、デスクの上にあったノートパソコンを抱えた。

「奥州《おうしゅう》　藤原《ふじわら》組。八道《はちどう》会系の団体で仙台を本拠地にしていたが、二年前に解散した」

「八道会……奥州藤原組ね」

屋敷はキーを叩いた。「腕はどこで磨いた。元ヤー公にしちゃあ殴る蹴るがうまいじゃねえか」

「ヤクザなら暴力に長《た》けていて当然だろう」

「よせよ。あいつらみんな豚だ。顔だけはごついが、ぶくぶく太りやがって、手だって女みてえにつるつるしてやがる」

「ガキのころ、ゾクの先輩に無理やり右の団体に引っ張られた。山のなかでさんざん行軍だの軍事教練だの、いやというくらいにやらされた」

「それなら銃を撃ったことがあるな？」

「やっぱり履歴書が必要だったか？」

「気を悪くするなよ。うちの社は精鋭ぞろいだが、たまに変な虫が入りこむんだ」

「忙しいんだな。ただでさえ外から派手に攻撃されているというのに」

「どこまで耳にしている」

「詳しくは知らない。この前もあんたに言ったとおり、木更津だかの港の倉庫で銃撃戦があったとだけ聞いている。死人が出たうえ、荷を奪われたと」

「荷はなんだと思う」

「さあな」

「噂にはなっているだろう」

「やめてくれ。クイズ番組じゃないんだ。口にしてもあんたは素性の知れない男に正解を教えちゃくれないし、教えてくれたとしたらあんたは底なしのアホということになる。命を預けて働くところじゃない」

　屋敷は満足そうにうなずく。頭の具合もそう悪くはなさそうだ。

「そういうこった。だがひとつだけ言えるのは、うちを襲ったやつらの正体はまだわかっていないってことだ。撃退が主な目的だが、倉庫に侵入してくるネズミをひっ捕らえることができた場合は一千万のボーナスをだす」

「景気がいいのはけっこうだが、言葉じゃなんとでもいえる。一億だろうが、百億だろうが」

屋敷はノートパソコンをデスクに戻し、大げさな仕草で机を拳で叩いた。

「おいおい、見くびるなよ。お前さんがいた組はどうだったか知らねえが、うちは成長株の会社なんだ」

机の引き出しを開けて札束をふたつ取り出した。

どちらも帯封のついた新札だ。佐伯につかつかと近寄り、見せびらかすようにして応接セットのテーブルに放った。「準備金だ。道具もこちらが用意する。東欧だろうとアメリカだろうと、たいていのものなら揃えられる。粗悪なコピー品じゃねえぞ。どれも正規のやつだ」

佐伯は札束を冷ややかに見下ろした。

「待遇がよけりゃ、それはそれで薄気味悪くなってくる」

佐伯の肩を叩いた。

「そりゃまだ互いにコミュニケーションが足りないからだ。もう少しお前さんのことを聞かせてくれ」

屋敷は再びデスクに戻ってパソコンと向き合った。

しばらくその後も質問を続けた。宮城出身の佐伯の経歴は思ったよりも平凡だった。ゾクや右翼団体を経て暴力団に入り、組が解散してから上京した。ビル建設といった肉体労働やラブホテルの清掃業などを経て、もっと稼げる仕事を求めてあの騒がしいクラブの用心棒をやるようになった。

「それともうひとつ」

佐伯がうんざりしたように口をへの字に曲げた。事務所を訪れてから一時間以上が経っている。

「まだあるのか？」

「ラストクエスチョンだ。人を殺ったことがあるだろう」

佐伯は鉛色の瞳で屋敷を見返した。周囲の光を吸いこんでしまうかのような暗い目。

「答えるつもりはない」

「どうしてだ」

「あんた自身が警察の犬かも知れない」

屋敷は手を叩いた。

「スカウトした甲斐《かい》があったってもんだ。座布団を一枚やるよ。ここでぺらぺら殺しの自慢話でもされたらどうしようかとヒヤヒヤしたぜ。面接官ってのは大変なんだよ」

「それで？　どうすればいい」

「三日ぐらい時間をくれ。また改めて連絡する」

テーブルのうえの札束をつかんで佐伯に突きつけた。「ここまでの交通費だ」

佐伯はあきれたように苦笑した。

「雇うかどうかはわからないんだろう」

「言っただろう。うちの会社は成長株なんだ」

佐伯に金を持たせて帰した。屋敷は事務所の玄関までにこやかに彼を見送った。

屋敷は踵《きびす》を返すと笑顔を消した。十人ほどが座れる小さな会議室へと入る。

そこには神宮の側近だった阪本がいた。ボスが不在の今はもっぱら組織の憲兵きどりで、あちこちに顔を出しては幹部や構成員らを監視している。両手には黒い革手袋を着用している。左手はマネキンのようだ。亡き友に何本もの指を銃弾で破壊されて以来、シリコン製の義手をつけていた。

パイプ椅子に腰かけながら、長テーブルのうえに置いたモニターをじっと見つめている。屋敷の部屋に隠しカメラを設置し、佐伯の様子をチェックさせていた。

屋敷はやつを見下ろした。

「見ていただろう。あいつの身体検査を頼む」

「あの野郎を雇うつもりか？」

阪本は不機嫌そうにうなった。

「問題がなけりゃ、そうするつもりだ」

「おれは反対だ」

阪本は唇を歪めながらモニターを睨んだ。

屋敷は大きく息を吸った。それからやつが座る椅子を思い切り蹴飛ばした。椅子は部屋の隅のほうまで飛んでいった。阪本は尻を床に打ちつけ、痛みに目をつむった。

屋敷は阪本の襟をつかんだ。

「お前の意見なんざ訊いちゃいねえ。黙って仕事しろ」

「あいつはくせえ」

「お前にかかりゃ誰だってそうだ。円藤を入れたときもしつこく疑《うたぐ》りやがって。お前のおかげでこっちは万年人不足なんだぞ」

阪本は屋敷の手を払いのけた。

「田舎ヤクザの三下だっただと？　そんなはずはねえ。妙に落ち着きやがって。金にもたいして興味がなさそうだった。こいつはなにかある」

「だったらそのなにかってのを見つけてこい」

「なめるなよ。眼力はおれのほうがあるんだ」

屋敷は近くにあったパイプ椅子をつかんで、やつ目がけて振り下ろした。阪本は短い悲鳴をあげながら顔を両手でかばった。

椅子を衝突寸前で止める。椅子の影が阪本の頭を覆った。

「黙って仕事をしろ」

阪本は恐怖と憎悪が入り交じったような表情で部屋を出て行った。

屋敷は神宮の手で処刑された刈田兄弟とチームを組んでいた。阪本はそれを揶揄《やゆ》したのだ。

モニターには誰もいない屋敷の仕事部屋が映っていた。たしかに佐伯には秘密があるように思えてならない。それでも引き入れる気になったのは、死んだ友にどことなく似ていたからだった。

24

晃龍《こうりゅう》会会長の錦匡史《にしきただし》はウイスキーグラスに入った琥珀色《こはくいろ》の液体を飲み干した。

中身はウイスキーの色に似せた薬草茶だ。酒はけっして弱くはないが、目の前のロシア人らとつきあっていたら、どんな肝臓でも壊れてしまう。そのあたりの呼吸は、店のママで愛人の梓《あずさ》が心得ている。なに食わぬ顔でバランタインの瓶に入った茶をグラスに注ぎ、錦の前に置いた。

駐在武官のバサロフ中佐はすでにメートルが上がっている。せっかく高価なスコッチやブランデーを用意しているというのに、量産品のウォッカを生のままでぐいぐいやっていた。店に招待した錦にはばかることなく、酒と性欲で顔を赤くしながら品のない手つきで店の女らの胸や太腿をなで回していた。ロシア製の武器を運ばせるための必要経費だ。女をあてがうだけでなく高級車も与えている。日本の裏社会は共存共栄の図式が崩れ、激しい抗争が全国で起きている。銃器の需要は増すばかりだった。

錦はボーイに耳打ちされた。それをきっかけに席を外す。ロシア人らは女をまさぐるのに夢中で気にも留めなかった。

「あとを頼む。女はてきとうに見繕ってくれ」

錦は梓に命じると奥にある個室へと移った。そこはもっぱら錦のプライベートルームになっている。関西系暴力団華岡組の二次団体にあたる晃龍会を統《す》べる錦は、赤坂や麻布《あざぶ》に似たような店をいくつか所有していた。
七、八人はゆったりとくつろげる室内で、鳴海元《なるみはじめ》が前かがみになりながらサイダーを飲んでいる。それまで鷹揚《おうよう》な笑みを浮かべていた錦が普段の機械的な無表情に戻った。
鳴海は鳥打ち帽に開襟シャツ姿。まるで昭和時代の刑事のような格好だ。頬や顎にはひきつれたような疵《きず》があり、顔全体に深い皺が刻まれていた。帽子からのぞく頭髪は白に近い。

錦は冷ややかに見下ろした。

「店には来るなと言ったはずだ」

「残りの金を」

鳴海はぼそぼそと囁《ささや》くように答えた。

「口座番号は前に聞いた。今週中に振りこむ」

鳴海は唇を片側だけ吊り上げた。笑ったつもりのようだ。ゆっくりと拒むように首を振った。

錦は心のなかで舌打ちした。泣く子も黙る華岡組の直系若衆に向かって、そんな尊大な態度を取れる人間はごく限られている。錦は華岡組の悲願である東京進出を成功させた有望株だ。それなのに目の前の男は少しもへりくだる様子を見せない。

錦は携帯電話で部下に連絡し、現金を持ってくるように命じた。胸ポケットにしまい、椅子に身体を沈めた。テーブルには酒と氷が用意されていた。

錦はトングで氷をつかんだ。グラスにそれを放りながら語りかけた。

「ロックでかまわないか？」

鳴海はサイダーが入ったタンブラーを黙って掲げた。錦はかまわず鳴海の前に氷入りのグラスを置いた。

「遠慮するな。ここは私の店だ。一杯、やっていけ」

ウイスキーを注いだ。琥珀色の液体が氷の上を滑り落ち、グラスを満たす。

錦は手を止めない。やがてグラスの縁から液体があふれた。

鳴海はわずかに目を細めた。テーブルにはウイスキーの湖ができる。それを見届けてから錦は口を開いた。

「現金は今すぐ用意する。お前の要望にもこたえる。だが私も命かけてるんだ。依頼主の注文を聞いてくれないか」

「…………」

錦は口調を変えた。荒っぽくうなる。

「来るなと言ったら来るんじゃねえ。連中を甘く見るな。どこから足がつくかわからねえんだ」

「わかった」

「いつでも連絡がつくようにしておけ。またごく近いうちに情報が入る」

個室のドアがノックされた。錦は声をかける。

「入れ」

しばらくしてからホスト風の若者がおずおずとドアを開けた。以前、ノックもなしで入室してきた若者を灰皿で半殺しにしていた。現金の入ったジュラルミンケースを手にしている。なかには八千万ものキャッシュ。成功報酬としてすでに五億を鳴海には支払っている。

鳴海はバッグを開け、指を唾でしめらせると札束を念入りに数え始めた。不遜《ふそん》な態度が許されるのも、高い実力と有能な配下を抱えているからだ。

鳴海という名は偽名だ。口にする日本語には若干の中国なまりがある。九〇年代半ばに日本へやって来た人民解放軍の元将校だった。軍が商業行為に励んでいたころ、カーディーラーをしていた上官が兵器の密輸にかかわっていることを知り、告発しようと動いたが、逆に罪を着せられて本国にいられなくなった。

日本に来てから鳴海は蛇頭の仕事をこなしたが、今は軍時代の部下を従えながらフリーとして裏社会で暗躍している。兵器の密輸を防ごうとした清廉の士が、皮肉にも今は兵器の密輸をシノギとするヤクザに雇われている。

　鳴海は事務的に紙幣を確かめながら呟いた。

「こちらも注文がある」

「また金か」

「武器だ」

「アメリカ産が気に入らないのか？」

「問題ない。いつもなら」

「そっちには損害はなかったと聞いている」

「次がそうなるとは限らない。あんたも今言ったばかりだ。甘く見るなと。やつらの大半は元兵隊だ。戦い方を知っている」

　錦はおしぼりでテーブルを拭きながら訊いた。

「どこのやつならいいんだ」

「故国の。北方工業公司《ノーリンコ》の81式自動歩槍《バーシーイーシズードンブーチヤン》」

「アサルトライフルだと？　戦争でもするつもりか」

　鳴海は雇い主を見上げた。

「仕事を完遂させるためだ。要望にこたえると言ったが、嘘だったのか？」

　二人は見つめ合った。錦は根負けしたように吹き出した。膝を掌で叩きながら笑った。

「いいだろう。大いにやれ」

　鳴海は金を数え終えると、自分が用意したボストンバッグにつめた。なみなみと注がれたグラスのウイスキーを、まるで水のように喉を鳴らして飲み干し、ボストンバッグを担いで個室を出て行った。

錦は自分のグラスにミネラルウォーターを注いだ。それを飲みながら考えた。

鳴海の実力を疑ってはいない。東京への本格進出が果たせたのも、やつらの働きによるところが大きい。在京の暴力団幹部の拉致や恐喝をやすやすと成功させた。

今回も鳴海は淡々と仕事をこなした。相手は新興勢力の神宮ファミリーだ。先週、鳴海の兵隊は木更津にある港湾会社を襲撃した。神宮ファミリーが所有するダミー会社だ。倉庫を管理していた構成員を蜂の巣にし、保管していたCJをのきなみ奪い取った。奪ったCJは晃龍会が所有している雑居ビルの地下室で眠らせている。

神宮ファミリーは大流行を巻き起こしているこの新型ドラッグを一手に扱い、猛烈な勢いで組織を拡大させているマフィア集団だった。傭兵や元自衛官を雇い、暴対法など歯牙《しが》にもかけない戦闘的な姿勢で裏社会のパイをぶん捕っている。暴力団が売りさばいているCJのほとんどは神宮ファミリーからの仕入れ品だ。晃龍会も例外ではない。やつらから買いつけ、それらを秋葉原や新橋といった東京東部の繁華街で売りさばいている。

これまでも独自のルートでCJを買いつけた組織はいくつもあるが、神宮ファミリーの苛烈《かれつ》な攻撃によって潰された。なかには事務所に手榴弾を放りこまれた組さえある。

しかし精強無比な組織と目《もく》された神宮ファミリーだったが、その破竹の勢いに歯止めがかかろうとしている。逮捕をおそれたボスの神宮寛孝は海外に逃亡しているらしい。一昨年の秋から姿を消している。

トップ不在で浮き足立ち、鉄の結束に綻《ほころ》びが生まれている。それを裏づけるように、錦のもとには貴重な情報が入ってきていた。神宮ファミリーにいるあの男から。

錦は腕時計に目をやった。もうじき連絡が入るはずだ。

携帯電話が鳴った。男は時間に正確だった。すぐにはそれに出ず、アダプターのついたICレコーダーを電話に接続した。録音の用意をしてから通話ボタンを押した。

押し殺したような男の低い声が耳に届いた。

〈会長ですか〉

「ああ」

〈再び荷が届きます〉

彼は簡潔に告げた。つねに連絡は一分以内で済ませる。

「早いな」

〈ファミリーが東ヨーロッパ向けに輸出される分を緊急に押さえたんです〉

錦は鼻で笑った。

「余裕のなさが露骨に出ている」

〈これまでだって需要に供給がなかなか追いついていなかった。木更津の強奪事件がかなりの痛手となっています。CJの魅力はなんといっても低価格な点にある。ただでさえ今は二倍にまで値が上がっている。これ以上吊りあがってしまえば顧客にそっぽを向かれるのは時間の問題だ〉

「どこに入る」

〈新潟の予定のようですが、詳しくは改めて〉

通話はそれで切れた。錦は携帯の液晶画面に目を落とした。やはり通話時間は一分と経っていない。

携帯電話からアダプターを外す。ＩＣレコーダーをしまった。もし内通者との間でトラブルが発生したときは保険として役立つはずだ。

神宮ファミリーとの決着は意外と早くにつくかもしれない。思案をしつつ、酔っ払いのロシア人たちのもとへと戻っていった。

25

川面《かわも》は真夏の陽射しで光り輝いている。

佐伯達雄は隅田川の水上バスにいた。日の出桟橋から浅草までの四十分間のクルーズ。川の匂いが混ざった熱風が吹きつけてくる。ベンチでおとなしく座っている者は佐伯以外になく、ハーフパンツ姿の外国人やカップルらが屋上のデッキに出て写真を撮っていた。

窓辺で風景を眺めていた女が振り返った。細身のパンツにボーダーのＴシャツとジャケットを着たカジュアルな格好をしていた。デニム地のキャップをかぶっている。背中まで伸びた艶《つや》やかな黒髪が印象的だ。佳子だと気づくまで多少の時間を要した。

佳子は佐伯の隣に座った。

「就職おめでとう。古巣に戻った気分はどう？」

「まあまあだ」

「旧交を温めるわけにはいかないでしょうけど」

「後悔はしていない」

「されちゃ困るわ」

佐伯は鼻を鳴らした。いやな女だ。だが殺された篠崎奈緒美がこの女と接触しようとする気持ちはわからなくもない。刈田の名を捨ててからは、自分がもはやこの世に存在しないゴーストになったような気がしていた。佳子と接触しているときだけ刈田誠次に戻れる。重い鎧《よろい》をまとっているかのような緊張が、わずかではあるがほぐれた。

佐伯は川べりの高層マンションに目をやる。泥くさい水の匂いや東京の蒸し暑さを全身で感じる。

潜伏自体は難しくはない。かつての仲間がなじみにしている場で網を張っていればよかったのだ。屋敷の癖や好みはすべてわかっている。

神宮ファミリーのどこから侵入するか。佐伯は自分のテリトリーへ戻るのが、もっとも神宮に近づける早道だと結論づけた。それは同時に見抜かれる危険性が高まることを意味している。顔や声を変えたところで、癖や仕草までは変えられない。別人であろうと心がけてはいるが、無意識に刈田誠次らしさが出てしまわないとも限らない。

——笑うやつはあまりいねえな。

クラブの入口で勧誘されたときに屋敷は教えてくれた。危険な瞬間に出くわすと微笑のようなものを浮かべる。神宮にもそれを指摘されたことがある。

——君はぼくとよく似ている。

目の前には自分をよく知る仲間がいる。それなのにまったくのニューフェイスとして迎えられる。想像以上の強心臓が必要だ。

「おれの身元は大丈夫なんだろうな？」

水上バスのエンジンはかなり騒々しい。おかげで周囲に会話を聞かれずに済む。

「心配いらないと言ったはずよ」

「どうかな。それで奈緒美は殺された」

佳子は彼を横目で睨んだ。

佐伯達雄なる男が宮城の暴力団に属していたのは本当だった。奥州藤原組は二年前に解散している。本物の佐伯は身寄りのない孤独な男で、ヤクザをやめてカタギになってからは行方不明になった。佳子の調べによれば、大阪のドヤで二ヶ月前に肝硬変で死亡し、西成《にしなり》区の寺院に無縁仏として遺骨が納められたという。その死は公表されずに今に到っている。

佐伯は首を振った。

「あの女の二の舞はごめんだ。おれはお前らを信用してはいないし、これからも最低限の情報しかくれてやるつもりはない。手柄欲しさに突っ走った刑事《デカ》がファミリーに襲いかからないとも限らないからな。そうなったら新人のおれが疑われる」

「自分の立場をわきまえなさい。今すぐ計画を変更して、あなたを刑務所にぶちこむことだってできるのよ」

「その言葉は聞き飽きた。そうなりゃあんたも警察にはいられない。こいつには大金を注ぎこんでるだろうからな」

佐伯は自分の顎をなでた。ソウルの病院で手術を受けた。頬骨を削り取ってフェイスラインを細くし、目尻を切開して目をつり上げた。人工の軟骨を挿入して鼻を高くした。本物の佐伯達雄に似せていた。

「わざわざ台所事情まで気にしてくれてありがとう。臆病風に吹かれたと正直に言ってくれたほうが嬉しかったけど。いくら姿をリニューアルしても、弱気な根性は変えられないものね。癖のほうは大丈夫なの？」

「癖？」

「鏡よ。自分の顔見て、しょっちゅう目を白黒させてたじゃない」

「いつの話をしている」

「ついこの前のことでしょ」

過去を蒸し返され、佐伯は低くうなった。顔を合わせるたびに口喧嘩となるが、この女を一度も黙らせられずにいた。

顔を変えてから、かなりの時間が経っている。それでも未だに慣れない。知らない人物が鏡の向こう側に立っていて、あわててホルスターの拳銃に手を伸ばしたときさえあった。何度見てもよそよそしさしか感じない。

佐伯は軽く手をあげて制した。

「よそう。不毛な争いをしている時間はない。今おれが言えるのはこれだけだ。ファミリーは思った以上に隙が大きい。あんたが予想したとおり、神宮の不在を狙われた。警備会社はそっちの対応に追われている」

「ＣＪの末端価格も急上昇してるわ。低価格と安定供給があのドラッグの最大の魅力だった」

「奪われた分が市場に出回ったという話はまだない」

「やっぱり兵糧攻めね。襲ったグループの目的は神宮ファミリーそのものの弱体化よ。このまま行けば、あなたは神宮ファミリーだけじゃなく、襲撃してくる外敵をも相手にしなければならなくなる」

「チャンスとも言える。周りの社員から信頼を得るにはちょうどいい」

佳子は佐伯の顔をじっと見つめた。まるで彼の心を覗きこむかのような冷たい目つきだ。佐伯は不愉快そうに口を曲げた。

「なんだ」

「もう一度訊くけど、本当に後悔してないのね」

「くどいぞ」

佐伯は見つめ返した。佳子の瞳に刺すような視線を向ける。

進むべき道はひとつしかない。唯一の肉親は死に、自分を愛してくれた恋人もすでにいない。組織からも追い出された。神宮の息の根を止めるためには手段を選ぶつもりはない。

「悔いはなくとも痛みは覚える。そんなところかしら」

佳子の言葉に鼻で笑ってみせた。それが精一杯だった。

もしファミリーではなく、美帆とともに暮らす道を選んでいたら。顔を変えた今になって、たまにそんな考えが湧いてくる。果たしてどんな人生を歩んだだろうかと。美帆と子供を連れて、この水上バスにでも乗って、親子三人で隅田川をのんきに眺めていたかもしれない。死んだはずの彼女と顔のない子供の夢を何度も見ていた。武彦も死なずに済んだ。

そして屋敷。やつは少しも変わっていなかった。中間管理職のサラリーマンのような疲れを漂わせていたが。許されるのならば、やつとはもう一度だけ気楽に酒を酌み交わしたかった。だがもはやそれも不可能だ。場合によっては、やつの背中に銃弾を放たなければならない。肉親や元恋人だけでは飽き足らず、かつての友まで失おうとしている。その事実を思うたびに、胸に鋭い痛みを覚えた。

降り場に近づいてきたためか、水上バスはスピードを緩めた。デッキからカメラを抱えた観光客らが降りてくる。夏の太陽で茹《ゆ》で蛸《だこ》のようにまっ赤な顔をしていた。どれも平和で穏やかな表情を浮かべている。

佐伯は立ち上がった。

「安心しろ。どのみち引き返せはしないんだ。必ず神宮は見つけ出してやる」

「そう願いたいわね」

佐伯は佳子から離れ、他の客に混じりながら水上バスを降りた。

26

佐伯はワンボックスカーに乗りこんだ。

屋敷らとともに新潟へと向かう。任務は港に陸揚げされた荷の防衛だ。虎視眈々と狙っているであろう正体不明の敵から守りぬく。だが肝心の荷の中身については尋ねずにいた。

車のなかには先客がいた。クラブの用心棒だった刈田を観察していた連中だ。屋敷と円藤。それに鼻に巨大なガーゼをつけた南がいた。佐伯の頭突きをまともに食らい、鼻骨にひどいダメージを負っていた。

その南が片手をあげて迎えた。

「よ」

「大丈夫か」

「折れてまではいない。鼻血はすげえでたけどな。昔のマンガみたいにブーッてさ」

屋敷は南の背中を叩いた。

「佐伯、こいつなら心配はいらねえ。手ひどくぶん殴られたところで、いつまでも根に持つようなやつじゃねえからな。ぶたれるのが好きなドMなんだ」

「人を変態扱いしないでくださいよ」

南は上司を指さした。「だいたいけしかけたのは屋敷さんじゃないっすか。ホント、悪党なんですから」

二人のやりとりに佐伯は苦笑した。

南の性格なら刈田時代からよく知っている。たしかに根に持つような陰険さはなく、カラッと陽気ではある。ただし人を殺害するときでさえもあっけらかんとしているため、人間性に問題がある変態なのはまちがいなかった。

「鼻はまだいいんですけど、つねられた内腿がひでえ痣になってて、ここは今でも痛むんですよ。ほら」

南はベルトをカチャカチャと外した。ズボンを脱いでその痣を見せようとする。屋敷は苦々しい表情になった。

「いい、いい。よしやがれ」

「そうですか？」

南はしぶしぶファスナーをあげながら佐伯に語りかけた。「指の力が相当強いな。なにか格闘技でもやってたのか？」

「少しだけな」

「痛かったのなんのって。ペンチでつねられたのかと思ったよ。そんだけの力があれば、指で十円玉を曲げられるんじゃないか？」

屋敷が遠くを見るような目つきになって言った。

「お前と似たやつが昔いた。技術はともかく、とにかく腕っぷしがやたらと強かった」

心臓がひときわ強く鳴る。

「そいつはどうしたんだ」

「さあな。辞めちまったよ」

屋敷は大きく伸びをしながらあくびをした。佐伯はそれとなく話題を変えた。

「注文の品は用意してくれたのか？」

「問題ない。お前さん、イタリア製が好きなのか？」

「胸を張れるほど撃ったことはない。米軍から流れた銃しか撃ったことがないんだ」

屋敷に頼んでいた銃は、米軍が制式採用しているイタリア製のベレッタM92Fだった。以前はコルトを愛用していた。刈田だったころと同じ銃を使うのは避ける必要がある。

「おれはあまり好きにはなれねえな。警視庁のＳＩＴもそいつを使ってんだ」

「車とちがって銃は信頼できる」

それまで黙っていた円藤が佐伯に訊いた。

「そろそろ教えてくれないか？」

「なにを？」

「もうひとつの注文のほうさ」

屋敷が太陽とするなら、彼の右腕の円藤は月のような男だ。屋敷や南のような多弁で騒々しい男たちのなかにあって、物静かで落ち着いた雰囲気をかもしていた。鏑木の元部下らしく、実直そうに背筋をぴんと伸ばしている。とはいえエリート将校の地位を捨てて、こんな反社会的な組織に属しているのだ。まともな人間であるはずがない。自衛官としてイラクに派遣されたが、迫撃砲や自動車爆弾に怯える同僚たちとは異なり、生まれて初めて目撃した戦場に魅せられ、日本に戻ってからは平和のなかで生きることに苦痛を覚えるようになったのだという。ストリート育ちの屋敷とは正反対の経歴だが、その屋敷とはウマが合うらしく、副官として彼をサポートしている。

佐伯は尋ねた。

「人数分、用意してくれたか？」

「非合法のものじゃないからいくらでも手に入るが、どうするんだガスマスクなんて」

「念のためさ」

できればやりたくはない。佐伯は心のなかで呟いた。

車は外環道を抜けて関越道を走り続ける。新潟方面へと向かっていた。行き先は新潟港にある海運会社だった。近くに化学肥料の貯蔵庫があるらしい。あたりは海の生臭さと肥料が混ざり、鼻が曲がりそうな強烈な臭気が漂っていた。マスクをつけた作業員らがうろつき、パレットを積んだフォークリフトが行き交う。トラックのタイヤが埃を立てる。

遠くでは巨大なガントリー・クレーンが船へコンテナを載せている。重機のエンジン音が鳴り響く。

目的地はタグボート専門のホクエツ海運。プレハブに毛の生えたような安っぽい建物の事務所と古い倉庫が並んでいる。刈田時代に訪れたことがあった。

神宮ファミリーは港湾都市にこの手のダミー会社を抱えている。海上からCJを仕入れるために。木更津で何者かに襲撃されて以来、警備を厚くしている。

佐伯ら男たちは事務所のなかに入った。

狭い室内にはスチール製の机が雑然と並ぶ。書類を綴じたバインダーやファイルがぎっしりつまった書棚やオフィス機器で埋まっている。積まれた新聞やダンボールで人が通れるスペースさえ満足にない。幸いだったのは事務所にひとりしかいなかったことだろう。古い冷房が音をたてながら懸命に室内を冷やしていた。他の社員は外に出ているようだった。

部屋の隅にある長椅子に中年の男が腰かけていた。

原色を多用した派手なセーターに太い金色のネックレスをつけている。髪をポマードで後ろになでつけたが、生え際が後退して、前頭部にはツッパリの剃《そ》りこみのような形ができている。絵に描いたようなコワモテのヤクザの格好。神宮ファミリーの四天王のひとりで、ＣＪの物流を取りしきる在日韓国人の宋だ。不機嫌そうにタバコをスパスパと落ち着きなくふかしている。

宋は屋敷の姿を認めると低くうなりながら手招きした。いつまでも料理を持ってこないウェイターに、怒りをぶつけようと決意した空腹の客。そんなわかりやすい表情だった。

屋敷らは通路のダンボールや紙袋を乗り越えて長椅子へ向かった。

「社長、来てらっしゃったんですか」

「いちゃまずいのか？」

宋はのっけから喧嘩腰だった。

「そういうわけじゃないですが」

「前にブツが奪われてんだ。現場に来るのは当然だろうが。責任者としてよ」

「でしょうね」

宋は警備にやって来た男たちを値踏みするように見渡した。

「はるばる新潟まで来た甲斐があったってもんだ。涙が出そうになってくるぜ。屋敷、なんでこれしか連れてねえ」

宋は元人身売買ブローカーだ。タイやフィリピンの女たちを何千人と日本へ密入国させてきた伝説的な運び屋として知られている。もっぱらタフな度胸が求められる職業のはずだが、当の本人は障子についた埃を指ですくう姑《しゅうとめ》のように神経質だった。ヤクザ丸出しのファッションは、湧きあがる恐怖をごまかすツールだ。

屋敷は答えた。

「もう一台、ここへ来ます」

宋はこれみよがしにため息をついた。自分の頭をなで回す。

「ひとつお前に尋ねるぞ。この前はいくら奪われた」

「大人数での警護はいやでも目を引きます。ここにブツがあると教えるようなもんです」

「いくら奪われたのかっておれは訊いてんだよ」

宋はテーブルの灰皿を放った。

重量感のある陶器の灰皿が屋敷の頭の横を通り過ぎていった。スチールのデスクにぶつかり、けたたましい音をたてながら床で砕け散った。周囲が黒い灰で汚れる。

宋は自分の顔をなでた。

「こっちだって人は足りてねえ。輸送中にでも襲われてみろ。ひとたまりもねえ。囮《おとり》のトラックと腕のいい運転手を必死こいてかき集めてきてんだ。お前らもちょっとは汗かいて頭数そろえる努力をするのがスジってもんだろうが」

屋敷はいら立ちをもろにぶつけられたが、それでも顔色を変えない。

「数は少なくとも、精鋭ぞろいです」

宋は佐伯を大きなぎょろ目で見上げた。

「ほう、そうかい。だったらそっちのあんちゃんはなんなんだ。見たことねえツラだぞ」

屋敷は言葉をつまらせた。代わりに横にいた円藤が無表情のまま答える。

「二週間前に入った新人です」

宋は歯ぎしりをすると立ち上がった。

「いいかげんにしやがれ！　なにが精鋭だ、この野郎！　鏑木はなにしてやがる。会長も会長だ。この非常時に、いつまで雲隠れしてやがんだ。すっかりぶるっちまったのか？」

宋は吠えたものの誰も返事はしない。神宮の真意など誰もわからない。昔からそうだった。

しばらく沈黙が続いたのちに屋敷が口を開いた。

「神宮会長がいないからこそおれたちは……」

「うるせえ」

宋は屑《くず》かごを蹴っ飛ばして事務所を出て行った。

屋敷は肩をすくめた。傍《かたわ》らにいる佐伯の胸を軽く小突いた。

「いつものことだ。ヤー公みたいな格好しているが、ハートは少年のようにナイーブなんだ」

佐伯は面食らったように目を丸くしてみせた。よく知っていると言えるはずはない。

「身が引き締まる想いだ」

「だったら宋社長に感謝しなきゃならねえな。だらだらと新人研修をやるより、今のやり取りに立ち会うほうが、うちの会社の空気ってもんを手っ取り早くわかってもらえるからな」

27

港はすっかり静まり返っていた。昼の喧騒が嘘のようだ。

灯台の光が静かに点滅している。巨大な製紙工場が煙突から白い煙をあげながらライトアップされている。まるで近未来の世界に迷いこんだようだ。肥料の臭いが依然として漂っている。

佐伯はハンカチで首元をぬぐった。陽が落ちたとはいえ、夜に入ってからも暑さがじっとりと残っている。歩いただけで下着が貼りつく。拳銃を入れたホルスターが腰の皮膚に擦《こす》れた。皮膚が赤くかぶれている。

久しぶりの見張りだった。闇のなかで緊張を強《し》いられながらのパトロール。ファミリーに戻ってきた実感が湧いてくる。

まだ神宮ファミリーが都内の一密売組織でしかなかったときは、ひんぱんに襲撃に遭った。あのころもっともおそろしかったのは警察や麻取《マトリ》ではなく、同業者や外国人組織だった。どんなに神宮ファミリー側が管理していても、情報はどこからか漏れる。見張り中は普段より二倍も三倍も時間が長く感じられる。カフェインや栄養剤に頼らずとも、神経は一晩中過敏になっている。

倉庫の入口に屋敷が立っている。ちょうどタバコに火をつけているところだ。

屋敷はタバコを無言で佐伯に勧めた。佐伯はパッケージから一本を抜き取った。屋敷のジッポの火をもらった。

佐伯は煙を吐いた。刈田時代は十代でタバコを止めている。口に唾液が溜まりやすく、息が切れやすい。違う人間を演じるために十数年ぶりに再開していた。

「みんなぴりぴりしているようだな。ひとりだけ例外がいるようだが」

「南は平和のなかじゃ生きられねえ。ありゃ病気だ」

「軍の経験者がこれだけ武装しているなかで、襲ってくるとは思えない。裸でスズメバチの巣に飛びこむようなものだ」

「それでも木更津では奪われたんだ。死んだ三人ってのもすべて腕利きだった」

「敵に関する情報は？」

「同じ兵隊あがりで、おそらく日本人じゃねえ。こっちの見張りの証言によれば、仲間同士は英語で連絡を取り合ってたらしいんだ」

「外国人組織か」

「単純にそうとも言いきれねえのさ。近頃のヤクザはアウトソーシングが当たり前になっている。外部の人間にやらせなきゃ、暴対法でトップまでパクられちまうからな」

さりげなく佐伯は尋ねた。

「さっき言っていた神宮会長って人は？」

屋敷は試すような目で佐伯を見た。

「それはまだ教えられねえ。想像に任せる」

「トップが不在で、組織がひどくぐらついているところまではわかった」

「まったく。いつもはもう少し新人には気をつけるんだがな。お前はここの空気になじみすぎている」

佐伯は煙を吐いて心を落ち着かせる。外敵に警戒するあまり、自分の立場をうっかり忘れそうになる。屋敷は言った。

「近いうちにうちの社長にも会わせる。東亜ガードサービスのな。まず今夜を切り抜けろ。明朝、荷は関東と関西に送られる予定だ。続きはそれからだ」

「わかった」

「それとお前が持ってきたブツは倉庫内に置いといたぜ」

「すまない。使わないことを祈るよ」

佐伯は吸殻を踏みにじりながら言った。屋敷は唇をほころばせた。

「賭けるか？」

「まさか。賭けは成立しない。敵が来たとしたら、情報がそれこそ筒抜けだということだ。新人のおれとしちゃ、まずあんたらを疑わなきゃならない」

「おもしろくねえ答えをしやがる」

佐伯は手を振って入口から立ち去った。再びパトロールに戻る。

口のなかに苦味が広がる。人生の大半を荒れたマニラのストリートで過ごした屋敷には野生の獣のような研ぎ澄まされた勘がある。陽気な性格の裏には冷たいしたたかさが潜む。なにげない会話から、佐伯という人間を見極めようとする意思がはっきりと感じられた。佐伯の発言になにかひっかかれば、屋敷は背後から愛銃のグロックでためらわずに撃ってくるはずだ。

肩とわき腹の古傷がずきずきとうずく。銃創は整形手術で消している。だが、偽りの姿で友と接するたびに、佐伯自身を罰するかのような痛みを覚えた。

28

南雄介《ゆうすけ》は作業着姿で海運会社の正門で警備についていた。

ときおりストレッチや屈伸運動で筋肉をほぐす。一向に気温が下がる様子はなさそうだった。海風のない熱帯夜だ。

こうして夜中に見張りについていると、キルクークの石油プラントを護っていたころを思い出す。クルド系にトルクメン系、アラブ系の民族紛争が絶えず、夜も昼もライフルの銃声が絶えなかった。吐気を催すような、あのときの重油の臭気に比べれば、港に漂う肥料の臭いは大したものではない。

この仕事を終えたら、あの新人に再度手合わせを申しこもうと考えていた。鼻が砕けようと手足の骨が折れようと、血が騒ぐようなファイトができればいい。アドレナリンが噴き出る戦いがすべてだった。

佐伯の戦い方には覚えがある。酒場でタックルを決めたときの感触。わざと食らいつつ力を抜いて背中で受身を取り、次の攻撃に備える反応の速さ。奇襲にも対応できる冷静さ。

一度どこかですでにやりあっている。荒々しいケンカ殺法に気を取られていたが、やつのディフェンス技術や体重移動の軽やかさは南の肉体が記憶していた。

どこで会っていたのか。あれほどの強者を覚えていないはずがない。

初めてなのにやりあった記憶だけはある。それがなにを意味しているのか。ずっと心のなかで引っかかっていた。

うかつなことは言えない。ただもう一度だけ拳を交えれば、きっとすっきりするはずだ。

南はとっさに身を投げ出していた。

地面に腹ばいになる。どうしてそんな行動にでるのか。自分でもわからなかった。熱いヤカンに触れて、思わず手を引っこめるようなものだ。理屈はあとからやって来る。とにかくやらなければならなかったのだ。

ホクエツ海運の正門の前には広い道路が横に延びている。昼間はトラックが行き交っている。道路を挟んだ向こう側には港湾労働者向けの古い弁当屋があった。この時間は閉店していて、店内は暗闇に包まれている。

店の壁の陰でなにかが動いた。そう見えたためにダイブしたのだ。

左肩に鋭い痛みが走っていた。銃撃による熱い痛みとはちがう。弁当屋を凝視しながら肩に右手をやった。硬い金属に触れていた。ぬるぬると液体で滑る。

南は手についた液体の臭いをかいだ。血の匂いだ。

「ええ、マジかよ」

南はぼやきながら自分の拳銃を腰から抜いた。肩にナイフが刺さっている。

それは刀身しかなかった。強力なバネによって射出されるバリスティックナイフの類《たぐい》だと悟る。

弁当屋の側《そば》でまた動きがあった。今度ははっきりとわかる。黒ずくめの戦闘服を着た目出し帽の男。南は拳銃を構えた。

首になにかが絡みつく。人間の手だと気づく。背後を取られていたのか?

喉を真一文字に激痛が駆け抜ける。声は出せない。笛のように空気が漏れる音がする。大量にあふれた生暖かい血が胸や背中を濡らしていく。

錆《さ》びた金属の臭いがぷんぷんする。斬られたのか。急速に力が抜ける。涙で視界が利かなくなり、やがて完全な闇へと変わっていく。

まだ新人の件が解決してねえのにさ。心に引っかかりを残したまま、南は最期の力を指に集中させた。

29

正門のほうで銃声がした。

火薬が弾ける音。誰かが拳銃を撃った。倉庫周辺にいた佐伯は正門へと駆ける。

発砲音をきっかけに次々と弾が発射される。拳銃だけではない。連続して弾が吐き出されるライフルやマシンガンの轟音も聞こえた。光を帯びた銃弾が夜空を切り裂いていく。

入口付近で作業服を着た男が地面に倒れている。髪を短くカットした頭。南だった。

正門から三十メートルほど離れた駐車場に円藤がいた。トラックの荷台に隠れながらサブマシンガンを撃っている。正門からは大量の銃弾が飛んでくる。数人もの敵が撃ってきている。

佐伯は身をかがめながら円藤のもとへと近寄る。円藤はサブマシンガンの弾を吐き終えると、穿いていた作業ズボンの裾をたくし上げた。ふくらはぎにはダクトテープで留めた予備のマガジンがあった。流れるような動作で差し替えると、再びトリガーを引いて連射した。隙を見て近づいてくる敵のひとりが、つんのめるようにして倒れた。円藤の射撃の腕はたしかだ。彼の表情には恐れや焦りの色はなく、むしろその顔は興奮で赤く染まっている。戦争狂の鏑木の部下だったことを思い出す。普段の物静かな態度から一転して、激しく主張するかのように銃弾をばら撒いている。

円藤は眉をしかめながらなにかを言った。佐伯は耳を近づける。銃声の耳鳴りがひどく、何度か繰り返してもらう必要があった。

「敵はアサルトライフルまで持ってる」

佐伯はうなずく代わりにベレッタで敵に応戦した。火薬の煙と夜の闇で敵の正確な位置はわからない。道路工事で使うドリルのような作業音が鳴り響く。そのたびにトラックのカーゴやドアの鉄板に銃弾が食いこむ。円藤が訊いた。

「見たか？」

「なにをだ」

叫びあうようにして会話をする。

「南の傷だよ。銃でやられたんじゃない。ナイフだ。タダもんじゃない」

「先に戻ってくれ」

「冗談はよせ。蜂の巣にされるために入社したわけじゃないだろう」

「打ち合わせ通りにやるしかない。ここはおれが食い止める」

「屋敷部長が目をつけただけはある。いい根性してるよ。死ぬんじゃないぞ」

円藤は佐伯にサブマシンガンを渡すと、予備の拳銃を撃ちながら退いた。

佐伯はサブマシンガンとベレッタを両手に持ち、交互に撃って弾幕を張った。だが数倍もの火力に襲われる。唸りをあげて飛ぶ弾丸が顔を掠《かす》めた。

興奮が背骨を駆け抜けていく。作業ズボンの股間の生地が突っ張っていた。なぜか勃起している。武彦の声が頭のなかで響き渡る。

――それでいつものようにどこかの売女を抱けば、きれいさっぱり片がつくってわけだ。よくおっ勃つもんだな。

「うるせえぞ、武彦」

ひとり言を呟きながら、サブマシンガンのトリガーを引き続ける。振動が腕に伝わる。二十発もの弾が二秒で消えた。

弾切れをきっかけに遮蔽物《しゃへいぶつ》のトラックから飛び出した。全速力で駆ける。空気を切り裂く音。唸りをあげながら無数の弾が襲いかかってくる。

倉庫のシャッターが開いている。中には四トントラックが三台は入りそうな広い空間がある。山積みにされた木製パレット。大量の一斗缶とダンボール箱の山。警備にあたっていた七人の社員が集まり、それぞれ遮蔽物に身を隠しているはずだ。

「佐伯！」

パレットに身を隠していた屋敷がガスマスクを放った。走りながら受け取る。屋敷のそばに潜りこんだころにはマスクを顔につけ終えていた。

同じくガスマスクをつけた屋敷がグロックを構えている。彼の隣には宋の姿もあった。運送会社の黄色い作業用ヘルメットとガスマスクを着用し、実用的とはいえない大口径のリボルバーを両手で握り締めている。運び屋としては優れていたが、暴力の場面でも頼りがいがあるとはお世辞にも言えない。銃口を震わせながら、ぶつぶつと呟いている。

「ちくしょう、やっぱり来やがったじゃねえか。絶対に荷は渡さねえぞ……ぶっ殺してやる」

「お前の言うとおりになりやがったな」

屋敷は佐伯の背中を叩いた。

「やってくれ。押しかけてくるぞ」

倉庫の中央の床には一ダースもの催涙スプレーの缶が置いてあった。投擲《とうてき》用のもので、人間の握り拳ほどの大きさがある。屋敷はそれらを次々に撃った。腹を破られた缶は爆発するように空で回転しながらカラシ色の液体を周囲に撒き散らした。倉庫内の空気がうっすらと黄ばむ。

アサルトライフルの銃弾が倉庫内に飛びこんでくる。佐伯らはあえて反撃を控えた。遮蔽物の木製パレットが破裂する。木片が飛び散る。倉庫の壁に蜂の巣状の穴が開く。

建物が発砲音を反響させる。聴覚が耳鳴りに支配される。屋敷に肩を小突かれた。唇の動きを読む——今だ。

ライフルの火力が目に見えて弱まった。銃弾の数が減っている。

パレットの脇から外を覗く。目出し帽の男たちはライフルを抱えたまま苦しげに身体を折っていた。激しく咳きこみ、目をしきりに袖でこする。身を護るためにトリガーを引き続ける者もいたが、銃口があさっての方向を向いている。弾が天井に当たり、漆喰《しっくい》や埃が降り落ちる。

ガスマスクをした東亜ガードサービスの社員らが反撃に移った。一斗缶の山に隠れていた円藤が両手でリボルバーを握る。慎重に狙いを定めると引き絞るように撃つ。天井に穴を開けていた目出し帽の男の額を貫通させる。後頭部から血を噴き出させながら目出し帽は倒れた。

屋敷は笑いながらマガジンを替え、パレットの陰からグロックを撃った。腕が何度も跳ねる。

倉庫のシャッター付近にいた別の目出し帽が手をあげた。それをきっかけに敵が撤収をし始める。宝の山を残したまま。

あたりは白い硝煙がたちこめている。視界がまともに利かなかった。銃声は完全に止んでいる。それでもなかなか遮蔽物の陰から出られずにいた。痛いくらいに耳鳴りがした。

目出し帽の男が倒れていた。円藤のリボルバーで撃たれた男だ。頭を血の池に浸からせている。佐伯はベレッタを四方に突きつけながら死体に近づいた。目出し帽を剝ぎとる。頭を角刈りにしたアジア系の中年だった。額に穴が穿《うが》たれている。虚《うつ》ろな目で空を見上げていた。

遮蔽物に隠れていたガスマスク姿の社員らが次々に出てくる。罠《わな》を仕かけていたにもかかわらず、撃たれた者が何人かいた。脚に傷を負って歩行不能に陥った者。わき腹をやられた者がいた。

「やれやれだ」

屋敷は死体の腹を軽く蹴飛ばした。佐伯は首を振った。

「喜んでいる暇はない」

「いいや。喜ぶぜ。ちょっとは浮かれねえと、山積みの難題をこなす気にならねえ。馬鹿野郎どもが。後片づけもしねえで勝手に帰りやがって」

静寂は長くは続かなかった。遠くで消防車と警察車両のサイレンの大合唱が聞こえていた。屋敷は手を叩いた。

「荷物を運び出してずらかるぞ。このパーティをきちっと終わらせようじゃねえか」

30

屋敷は弁護士事務所のドアを開けた。

汐留《しおどめ》の超高層ビルの上層エリア。四天王のひとりで、ファミリーの外交を担う小林弁護士のオフィスがそこにあった。

事務員の案内に従いながら所長室へ向かった。男たちの話し声が聞こえてくる。屋敷は一礼しながら部屋へ入った。

「失礼します」

所長室からは都内の風景が一望できる。高層ビルのヘリポートやマンションの屋上が見下ろせた。コンクリートやアスファルトで埋め尽くされた巨大都市。空は薄茶色の靄《もや》がかかっている。ガスが少ない日は富士山が望めるらしいが、屋敷は一度も目撃したことがない。

べらぼうな賃料がかかるはずだがオフィスの部屋面積は広い。パソコンやプリンターを置いた巨大な執務机の背後には分厚い法律書が収まったヨーロッパ製の書棚。室内にはパターセットや大型の液晶テレビもあった。

応接セットには四天王の面々が座っている。鏑木と宋。それに買いつけを担当している久我がいる。

元商社マンの久我はしょっちゅうインドや中継地の東南アジアに出張しているため、夏であろうと冬であろうとまっ黒に日焼けしている。麻とシルクで織り上げたホワイトのサマージャケットを着こなした四十男。ＣＪの買いつけを担当し、したたかなインドマフィアと渡り合えるほどの交渉術を持つ実力者だ。

真夏でも襟元のボタンをきちんと留めた元将校の鏑木。ピンクのアロハシャツと茶色いレンズのサングラスをかけた宋。洒落《しゃれ》た装いの久我。それぞれの異なる個性が服装によく表れていた。

屋敷が入室しても誰も気には留めなかった。それどころではない。四天王の間に流れる空気は険悪だった。

宋は小林に食ってかかっている。前傾姿勢になって、テーブルを拳でこつこつと叩いた。

「何度も言うが、会長はこの状況をどう思ってんだ」

「むろん憂慮なされている」

部屋の主《あるじ》である小林は膝に手を組み、ゆっくりとした調子で答えた。小柄で温和な表情の老人で、いつも紺色の地味な背広を着ている。武闘派の新興マフィアの顧問弁護士をしていると言ったところで誰も信じないだろう。だが今は首領の代行として神宮ファミリーを率いている。

宋は歯を剥いた。

「それで？　憂慮するだけなのか？」

「敵の身元調査は私に一任されている」

鏑木が宋を見下ろす。長身であるうえに、背筋をぴんと伸ばして座っているため、ひとりだけ突出して座高が高かった。

「問題は敵だけじゃねえぞ。これではっきりした。情報を漏らしている犬がこっちにひそんでやがるってことだよ。その対策もあんたがやるはずだった。なのになんなんだ、このざまは。木更津に続いて二度目だぞ。どうなってやがる」

宋はひときわ強い怒声をあげた。鏑木は立っている屋敷を見上げた。

「屋敷部長、射殺した男は？」

「身元がわかるようなものはなにも。わかっているのは東洋人ということと、中国製の自動小銃を持っていたことぐらいです」

宋が割って入った。

「だったらやったのは中国人だろうが」

「断定はまだできん。襲撃してきたのはそこいらのチンピラとは違う。訓練された兵隊だ。誰かに雇われている」

鏑木は宋をたしなめるように口をへの字に曲げた。

「のんびりやってる場合じゃねえぞ。あの新潟の倉庫はもう二度と使えねえ。ポリや税関の目をごまかすのにどれだけの手間がかかると思ってんだ。このままじゃ流通ルートは壊滅だ」

それまで黙っていた久我が口を開いた。怒れる宋と歩調を合わせるかのように。

「CJの確保はだんだん難しくなってきている。需要は世界的に高まっているからな。今度の荷が奪われていたらと考えるだけでぞっとする」

鏑木は他の四天王の顔を見回した。

「改めて言うが敵の目的は明らかだ。我々の組織を弱体化させ、根こそぎルートを奪い取ろうとしている。かなりの財力を有した大組織だろう。また宋社長の言うように、そいつらはこちらの情報を流している内通者と協力している」

室内は静まり返った。鏑木は続けた。

「とはいえ新潟の襲撃で得たものもある。内通者の絞りこみがこれである程度は可能になった。なぜなら今回の荷の情報を知り得たのは、警備に赴いた私の部下と、ここに集まっている上層部だけだ。宋社長、運び屋たちには荷の中身を知らせてはいなかった。そうですな？」

宋はサングラスを外して鏑木を睨んだ。

「ちょっと待て。あんた、なにが言いてえんだ」

「私の部下から漏れたとは考えにくい。相手はアサルトライフルで完全武装した兵隊たちだ。敵に情報を与えたところで、得るのは銃弾のみだ。あの世に金は持っていけない。事前に逃げ出した者もいない」

屋敷は腰のグロックに手を伸ばした。鏑木が腕を横に伸ばして屋敷を止めた。

宋は肩で息をした。こめかみが細かく痙攣している。腹に差していた自分のリボルバーを抜く。隣にいた久我が顔色を変えた。

「宋社長」

「神宮と組んで六年になる……おれも命をかけてんだ。クロだと思うんなら、さっさとおれを殺りゃいいだろう」

リボルバーをテーブルの上に置いた。小林は弱りきった表情で薄くなった頭髪をなでる。

「宋さん、早とちりはせんでください。証拠もなしに疑りあっても仕方がありません。それこそ敵の思う壺だ」

宋は屈辱で顔をまっ赤に染めていた。テーブルを掌で叩くと、肩を怒らせながら部屋を出て行った。

久我は嘆かわしそうに首を振る。

「鉄の結束を誇った我がファミリーも、ボスが不在となるとこうももろくなるとは」

鏑木が言った。

「不在だからこそ我々は結束しなければならん。一年や二年の留守も預かれないほど脆弱《ぜいじゃく》な組織だったのか？」

「私もそう思う。だけどそのためには隠し事はなしにしなければいけない。小林先生、会長に連絡が取れるのはあなただけだ。ひとつ尋ねたいことがある」

「なんでしょう」

久我は小林をじっと見すえた。

「会長は生きているのか？」

場に緊張が走る。だが当の久我は平然としていた。彼にはカタギの出とは思えぬ豪胆さがある。かつて久我は、ＣＪの買いつけをめぐってインドの地元マフィアとトラブルに陥ったことがある。身柄を拉致され、スラム街のビルの一室に監禁された。地獄の釜に放りこまれたような酷暑と傷んだ食材による粗末な食事。殺害される可能性さえあったというのに、久我は淡々とその監禁生活を送ってみせた。トップの神宮が交渉をまとめて救い出したが、さらった地元マフィアのボスは、久我の肝っ玉の大きさに舌を巻いたという。

中堅幹部の屋敷としては事態の推移を見守るしかない。だが屋敷にしてもボスの消息は気になるところではあった。もし久我のような高い地位にいれば、同じ質問を小林たちに投げかけていたかもしれない。

小林は静かな口調で答えた。

「むろんです。ただし連絡は取れると言っても、どこにいらっしゃるかは私も存じ上げてはいませんが」

「あなたの立場はよくわかる。たとえ知っていたとしても、そう答えるしかないでしょう。会長に伝言を願いたい。この非常時を乗り切るためにお力を貸していただきたいと。体面を気にしている場合ではない。我々だけでは手に余る」

「早急に伝えましょう」

「くれぐれもよろしくお願いします。さて、そうとわかればこちらもうかうかしてはいられない。これからまた海外に出なくてはならないのでね。では失礼するよ」

久我は立ち上がった。パナマ帽をかぶり、部屋を出て行った。その背を鏑木はじっと冷ややかに見つめていた。ドアが閉じられると同時に鼻を鳴らす。

「どいつもこいつも浮き足立ちおって」

小林は冷めたコーヒーをまずそうにすすった。

「だけど二人の言い分は理解できる。中と外からいわば挟撃されているようなものだからね。打破できそうかい？」

「当然だ。専守防衛の軍隊に飽きたからこそ、私はここにいる」

「期待してるよ」

小林は隣のオフィスへと出て行った。部屋には屋敷と鏑木の二人だけが残った。

鏑木は部下に椅子をすすめた。にこりともせずに言う。

「よく死守してくれた」

「三名、やられました。一名は即死。二人は重傷です」

「悲しむべきことだが、その程度の損害で済んだのは幸運といえる」

「新人のおかげです」

「催涙剤か」

「はい」

鏑木は顎に手をやった。考えこむような仕草を見せる。屋敷は尋ねた。

「なにか」

鏑木は視線をそらし、天井のあたりを見上げた。

「昔、同じ手段で荷を守ったことがある。まだ組織が小さかったころの話だ。ＣＪを扱い始めたころになるか。食いつめた暴力団の襲撃から荷を守るために私が立案し、会長ともうひとりの男が追い払った。懐かしい」

「……もうひとりの男」

鏑木は自分の言葉を否定するかのように首を振った。

「いや。知恵さえ絞れば、誰にでも思いつくことだろう」

屋敷はかつて粛清された友の顔を思い浮かべた。まさかな。やつの実力に嫉妬《しっと》したのかもしれない。すぐに思い返して苦笑した。

31

錦は日比谷にある高級ホテルの一室で夜景を見下ろしていた。足元には日比谷公園の木々とビル群が広がっていた。

室内の灯りに反射して、窓に錦自身の姿と最上階のスイートルームが映りこむ。背後の玄関で部下らが鳴海を入念にボディチェックしている。

錦は微笑みながら振り返った。相変わらず鳴海は無表情だが、目だけは感情を隠しきれていない。やつの瞳は怒りに燃えている。

二人はコーヒーテーブルを挟んで向かい合う。錦はルームサービス用のメニューを開いた。

「ケガがなくてなによりだった」

鳴海は無言だった。錦は続けた。

「酒でも用意しよう。ワインでもウイスキーでも好きにやってくれ」

「必要ない」

「食事はどうだ？　なんでもあるぞ」

メニューを突きつけた。鳴海は動かない。

「どうした」

「なにもいらん」

「遠慮はよくない。何度も言ったが、こちらはいくらでも取り寄せる。お互いに満足いく結果を残すためには大きな投資が必要だ」

「次は成功させる」

錦は腹から声を出した。

「そんなこと訊いてんじゃねえ」

スーツを着た錦の部下が鳴海の後頭部に拳銃を押し当てた。「なにが足りなかったかと私は尋ねているんだ」

別の部下が窓のブラインドを下ろした。錦は続けた。

「道具が足りていたとすれば、そちらの実力そのものが不足していたと考えてかまわないか？」

「敵が一枚上手《うわて》だったのは認めよう。次は成功させる」

「おもしろい」

錦は拍手をした。悪びれる様子のない鳴海にいら立っていた。「次があると思ってるのか？」

錦は部下に目を走らせた。部下はそれを合図に撃鉄を起こす。金属が噛みあう音がした。

「失敗を率直に詫びたい」

「そうか。こっちの流儀にならって小指でもつめるか？」

「日本流はなじめない」

携帯の着信音がした。耳障りな電子音がスイートルームに響き渡る。鳴海が着ているシャツの胸ポケットが青く点滅していた。「出てもかまいませんか」

やつの頭に銃を突きつけている部下が、困惑したような表情で怒鳴りつけた。

「いいわけねえだろう、てめえ――」

錦は掌をあげて遮る。鳴海は電話を鳴らしたまま言った。

「ロシア人との交渉がうまくいってないと耳にした」

「ああ？」

「さんざん飲み食いをさせた。女をあてがった。車も与えた。でも言い分を聞き入れてくれない。やつらは仁義というものを軽んじている」

携帯は鳴り続けている。錦は目を細めた。

「あのロシア野郎になにをした」

「お願いをしただけ」

「電話にでるといい」

鳴海はうなずいた。ゆっくりと携帯電話に手を伸ばして耳元にあてる。

「喂《ウエイ》？」

鳴海は電話の相手と中国語でやりとりをした。相手の言葉に幾度か相槌《あいづち》を打ってから電話を錦に差し出した。

「わかってもらえたようです」

錦は鳴海の真意を見極めるようにじっと目を見つめながら受け取った。

「もしもし《アリョー》」

〈もしもし《アリョー》……もしもし《アリョー》〉

まぎれもなくバサロフ中佐の声だった。

「錦です《ヤアー、ニシキ》。どうかしましたか《シュトー・スヴァーミ》？」

ふだんの武官らしい豪放さは消え、せっぱつまった様子で早口のロシア語でまくし立てた。錦とは英語でコミュニケーションを取っていたのに、それさえも忘れている。

ほとんど聞き取れなかったが、〈どうか許してくれ《イズビニーチエ、パジャールスタ》〉〈私が悪かった《ヤ・ヴィナバート》〉と、錦にとっては好ましい言葉が耳に届いた。

バサロフを落ち着かせ、改めて英語で喋らせた。鳴海の部下に車で拉致され、どこかの田舎の納屋に監禁されているらしく、パニック状態に陥っていた。恐慌に陥った理由はそれだけではなさそうだった。

錦は口元を手の甲でぬぐった。ついつい唇がほころんでしまう。バサロフは大使館員という特権にあぐらを掻きすぎ、ヤクザの金で遊ぶことがどんな意味を持つのか考えようとしなかった。灸《きゅう》を据えてやるべきだったが、拳銃をいつもぶら下げているような屈強な軍人を相手にどう動くか決めかねていた。

錦はなだめた。バサロフは力を尽くすと恩着せがましく繰り返して電話を切った。

鳴海に電話を放った。

「震え上がっていたぞ」

錦は顎を動かし、鳴海の頭に銃を突きつけていた部下を退かせた。

「私流の詫びだ」

謝罪しているわりには頭も下げなければ、申し訳なさそうな表情ひとつ見せない。鳴海はつまらなそうな顔をしながらセカンドバッグのチャックを下ろした。なかから写真屋が配るようなミニアルバムを取り出し、それをテーブルの上に置いた。

錦はアルバムを開いた。思わず吹き出す。ホテルの一室でアジア系の女を抱いてる写真だった。恐喝をメシの種とする彼にとっては珍しくはない。とはいえバサロフの脚が黒のストッキングに包まれているとは予想だにしなかった。やつは赤いピンヒールを履いていた。ハリウッド映画に登場する悪役のような筋肉質の大男であるだけに、その姿は異様さを超えて滑稽《こっけい》ですらある。ズームや角度を変えながら何枚もその模様が収められていた。

錦は額に手をやって笑った。部下らに薄気味悪がられるほど大声で。

「いいだろう。誠意を見せてもらった」

鳴海は椅子から立ち上がる。赦《ゆる》されるのは当然だと言わんばかりに。

去り際にやつは言い残した。

「次は成功させる」

32

佳子はバックミラーに目をやった。

営業車やトラック、バイク便が映っている。あやしい動きの車はない。

昼の首都高を適当に走らせていた。土曜日であるために通行量は少ない。助手席に座っている刈田こと佐伯に声をかけた。

「生き残ってなによりね」

ＪＲ新宿駅西口で彼を拾った。首都高に乗って、それからしばらく背後に注意を払いながら走行した。その間、お互いに口は利かなかった。

「神宮の行方はまだわからないぞ」

「わかっていたら、あなた、殺しているでしょう」

「どうして呼んだ。次の接触まではまだ時間があったはずだ」

「至急、伝えなきゃならないことが二つできたの。ひとつは当分、接触は控えたほうがいいということ」

佳子は横目で佐伯を見た。彼の表情が険しくなった。

「どうしてだ」

「こちらの都合よ」

「奇遇だな。ちょうどおれも同じことを考えていた」

「疑われているの？」

「疑うのが仕事みたいなやつがいる。そいつの部下がおれの周囲をうろちょろしている」

「そいつの情報を詳しく教えなさい。あたしが引っ張るわ」

「ダメだ。かえって疑われる」

重たそうな雲が急に低くたれこめる。周囲が急に暗くなった。ごろごろと雷が鳴る。湾岸線を走っていたが、レインボーブリッジや東京湾の海がくすんでいる。

早い夕立ちの訪れ。フロントガラスに雨粒が落ちると、その直後にバケツを引っくり返したような大量の雨水にさらされた。佳子はライトを点《つ》けた。

「神宮と同様に、そいつとも決着をつけるつもりじゃないでしょうね」

「なんのことだ」

「あなたをクルーザーで撃ったのはその男じゃないの」

佐伯の目の色が変わった。彼は話題をそらした。

「もうひとつの用ってのはなんなんだ」

「潜っているのはあなただけじゃないってこと」

佐伯の目が鋭くなる。

「どこの人間だ」

「中目黒」

「麻取《マトリ》か。おれのことを知っているのか？　そいつは」

「まさか」

前の車のブレーキランプがひんぱんにともる。急などしゃ降りでスピードが落ちた。ときおり青白い稲光が空を照らし、数秒後に爆弾が落ちたような雷鳴が轟《とどろ》く。四方の窓ガラスが雨に濡れる。

佳子は昔から雨が嫌いだった。父がシャブ中に刺し殺されたときも大雨だった。包丁を振り回したヤクザも雨が大嫌いだったらしく、じめじめとカビが生えそうな湿った雰囲気から逃れたくて、その日も腕に注射針を刺したらしい。医療刑務所に送られたシャブ中はまだ生きていて、壁に自分の糞を塗りたくり、床をベロベロとなめ回しながら毎日を過ごしているという。

佐伯が尋ねた。

「どうしろってんだ」

「時期がきたら、あっちのほうから接触を試みてくるはず」

佳子はダッシュボードを指差した。「そこを開けて」

なかにはジッポが入っている。純銀と思《おぼ》しき小さな十字架が両面に貼りついている高価そうなライターだった。佳子は言った。

「捜査官のほうはある銘柄のタバコを持ってる。いずれ時がきたら、あなたに一本差し出してくるはず。あなたはそれで火をつけて」

「えらくアナログなやり方だな。タバコにこだわりを持ってるやつがファミリーのなかに何人もいる。万が一、そいつと同じブランドを持ってるやつがいたらどうするんだ」

「その心配はいらないわ。捜査官が持っているのはすでに販売が終了している銘柄らしいから」

渋滞が発生していた。スピードメーターの針が0を指す。佐伯を見た。彼はジッポに目を落としている。

「組織を離れると見えてくるもんだな」

「なにが？」

「ファミリーに忠誠を誓っていたころは無敵だと思っていた。大組織さえ黙らせる。つねに敵よりも先に進んでいると。ところが今はどうだ。警察や麻取《マトリ》、よその組織からも狙われている。四面楚歌の状態だ」

「なんだか残念そうな言い草ね」

「事実を言ったまでだ」

「組織のなかに溶けこむのはいいけど――」

「わかっている。結果は出してやる」

後ろからクラクションを鳴らされた。気がつくと前方の車がかなり先へ進んでいる。

「戦友より仇敵《きゅうてき》。忘れないでね。もし忘れたら」

「また刑務所送りにするって話か？」

「いいえ。私が殺してやるわ」

佳子はアクセルを踏みこんだ。

33

佐伯は汐留の小林弁護士事務所に呼ばれた。

高層ビルのなかにあるオフィス街。いつもワックスの匂いがするこぎれいな建物だ。なつかしさを覚えながらエレベーターに乗った。

受付で応対した女性事務員は代わってはいなかった。刈田だったころに一度、渋谷のバーで酒を飲み、円山町《まるやまちょう》のホテルでともに一晩すごした。関係はそれきりだったが、勘づかれそうな気がして肝が冷えた。

所長室のドアの前までやって来ると、入れ替わるようにして部屋から男が出てきた。阪本だった。後ろに部下のフリーザー一号こと梶を従えている。

やつはわずかに驚いたような顔を見せたが、すぐに口を歪めていつもの企《たくら》み顔に変わった。刈田の弾で砕かれたやつの左手は革手袋で覆われている。

「よお。すげえ活躍だったらしいじゃねえか、新入り」

「たまたまですよ」

怒りを押し殺して佐伯は答えた。

死んだ美帆が耳元で囁く——早くあいつを殺して。この場で首の骨を折ってやりたかった。

「ああ、おれもそう思うぜ」

阪本は顔を近づけた。フルーツガムの臭いがした。佐伯はやつの目を覗きこんだ。

「おれをしつこく嗅ぎまわって、なにか出てきたか？」

　二人の顔を交互に見た。梶はとぼけるかのように視線をさまよわせた。阪本は鼻を鳴らす。

「人聞きの悪いことを言うんじゃねえよ。お前がここにふさわしい人間かどうかを見極めてやってんだ」

「どいてくれ」

　阪本の横をすり抜けようとした。後ろから肩をつかまれた。阪本の顔に貼りついていた意地の悪い笑みが消えている。

「なあ、お前はなにしに来やがった」

　佐伯は無言のままだった。美帆の幻影がちらつく。彼女は顔のない子供を抱いている。

　阪本はいら立ったように低くうなる。佐伯を見すえながら首をゆっくりと振った。

「お前の目的は金じゃねえ。それははっきりわかってんだ」

「金さ」

　阪本は無視して続ける。

「正体不明の兵隊にライフルをぶっ放されても逃げるそぶりさえ見せねえ。かと言ってお前がただの戦争好きとも思えねえ。ここでなにをしてえんだ。教えてくれよ」

「つまりあんたは」

　佐伯は前に踏み出して距離をつめた。胸がぶつかりあうくらいに。小男の阪本を見下ろした。額で鼻を陥没させるにはもってこいの間合いだ。「おれを犬と言いたいのか？」

　阪本は目を見開き、うっと声をつまらせると、後ろへ数歩あとじさり、顔を赤らめる。

屋敷が所長室から現れた。二人の間に割って入る。

「おい、なにしてんだ」

それをきっかけに阪本は佐伯をひと睨みすると、その場から立ち去った。梶の尻に八つ当たりのキックを見舞いながら事務所を出ていく。二人の背中を見送りながら佐伯は答えた。

「なにも」

「早く来い。社長が待ってる」

部屋に入ると鏑木が椅子から立ち上がって出迎えた。差し出された手を握る。鏑木は相手を試すかのように強い力を加えた。握手を交わしながら佐伯を見下ろす。

「よほど鍛えているな」

「それだけが取柄です」

「前にいた組では冷遇されていたそうだが、この会社では君のような人材を欲しがっていた」

所長室に主である小林の姿はない。だがそれは珍しいことではなかった。重要な会議はよくこの場を借りて行われる。部屋はつねにクリーニングがなされている。盗聴器の類があれば、すぐに発見されるはずだ。

鏑木に椅子を勧められた。

「先日は見事だった」

「ありがとうございます」

「銃器の扱いにも慣れているが機転も利く。この屋敷がずいぶんと君を買っている」

「死んだ南のおかげです。彼が死ぬ直前に発砲していなければ、こちらはどうなっていたか」

鏑木はコーヒーに口をつけてから言った。

「人を殺したことがあるな？」

「申し訳ありませんが、その質問には」

「わかっている。こちらも明かさなければフェアとは言えん。君が死守したのはドラッグだ。世間ではCJ、クールジュピターなどと呼ばれている」

「そうでしたか」

「知っていたのか？」

「これだけ派手な奪い合いになるものといえば、CJ以外には考えられませんから。暴力団があるシンジケートからわざわざ買いつけていると聞いてました」

「東北の組に属していたときはなにをやっていた」

「運び屋です」

「宋社長と同業だったということかね。彼の前の仕事は誰かから聞いたかと思うが——」

「運ぶものは異なります。おれは裏カジノやトルエンの売上を集金していました。人を撃ったのもそのときです」

「なにがあった」

「五千万の売上を奪われました。台湾人の窃盗団に車で。金を入れたアタッシェケースにGPS発信機をつけていたので、奪った連中の部屋を襲撃しました」

「催涙剤か」

「使い方はそのときに」

「現金に虫を潜ませて一網打尽というわけか」

鏑木はアームレストに肘を載せ、顎を手でなでた。高揚しているときの仕草だ。

彼は横にいた屋敷に向かって語りかける。

「虫が潜む今の我が組織にふさわしいかもしれん」

屋敷は苦笑する。

鏑木は突然立ち上がった。部屋の隅に置いてあった車輪つきのホワイトボードを引き寄せる。マーカーペンのキャップを外す。佐伯に言った。

「おもしろい。君にも加わってもらう」

「一体、なにを」

「作戦の立案だ。そろそろやつらをこのゲームから退場させるためにな」

34

阪本はさいたま市大宮の古ぼけた喫茶店にいた。店の奥にあるボックス席をしばらく陣取っている。

テーブル式のインベーダーゲームがまだ置いてある。コーヒーよりもカレーのスパイスの匂いが店内に充満していた。案の定、コーヒーの味は最悪だった。泥水でもすすっていたほうがマシだと思えるほどに。

相手側の要望に従って埼玉に足を延ばした。都内ではダメだと、電話で山井《やまい》は言った。

「クソッ」

阪本は革手袋を嵌めた左手をさすった。失われたはずの三本の指が痛みを訴える。このところやけに古傷がうずいて仕方がない。医者から処方された鎮痛剤で痛みを散らしたかった。だがそれでは頭の働きが悪くなる。おしぼりで顔の脂汗をぬぐった。

情報漏れと敵からの攻撃で、神宮ファミリーは揺れに揺れている。ここをしのがなければ、神宮は安心して戻ってこれないだろう。阪本には、留守を預かっているのは自分だという自負がある。それだけに早く裏切り者の首を討ち取りたかった。

左手をもう一方の手で握り締めながら山井を待つ。青白い顔をしたやつが、店に入ってくるのが見えた。他の客や店員をちらちら確認しながら近づいてくる。激しい残暑が続いているというのに、まるでひとりだけ冬を体験しているかのように身を縮めていた。

山井はマル暴らしいがっちりとした体格をしていた。だが頬はこけ、目はひどく落ち窪《くぼ》んでいる。ＣＪを断ち切れていないのは明らかだ。

山井のガサガサに乾いた唇が動いた。

「後はつけられてねえだろうな」

「こっちに問題はねえ。あるとすればあんたのほうだ」

阪本は口を歪めて応じた。ガムを一枚噛んだ。

山井はぶすっとした顔をしながら腰かけた。社会のダニにでかい口を叩かれて、おもしろいはずはないだろうが。

「またお前のところが狙われたそうじゃねえか」

「余計な心配はいらねえ。とっとと本題に入ろうぜ。わかったのか？」

山井は落ち着きなく視線をあちこちに向けていた。阪本は顔を覗きこんだ。

「どうなんだよ」

「そう簡単にはいかねえ」

「そいつは前にも聞いた。だからこそ、それに見合った準備金を用意したんじゃねえか。けっきょくなんだ。ありゃギャラを吊り上げるための方便だったのか？」

「そうじゃねえ。完全にガードを固めてやがるんだ。課内の仲間に対してもだ。以前にも内通者がいるんじゃないかと騒がれた。下手に動けばおれのほうがやばい」

徐々に声が大きくなる山井を手をあげて制した。

「もっと小さな声で話せ。どうしてだ。篠崎奈緒美が死んだのは、担当のミスと判断されたはずだろう。あんたの密告《リーク》じゃなく」

寒そうに両腕をこする山井だったが、その額には汗が浮いていた。

「そうとも言い切れねえ。課長は内通者の線を捨てていねえんだ。自分の部下をも疑ってかかっている。あいつが信頼しているのは、篠崎奈緒美と接触していた刑事だけだ」

阪本は眉をわずかに動かした。

「そいつは今どこに？」

「まだ課に残っている」

「なんだと？」

「所轄に飛ばされる予定だったが、課長が止めた。神宮ファミリーの捜査からは外されて、今は学生が売ってるちんけな大麻栽培を追っている」

阪本はアイスコーヒーの氷を音をたてて嚙み砕いた。

「そいつについて、もう少し詳しく教えてくれ」

「なぜだ。そいつは班から外れている」

阪本は胸ポケットからＣＪを取り出した。山井の目が吸い寄せられる。やつは重度のジャンキーだ。毎夜、街の密売人を恐喝してはＣＪを巻き上げていた。それをネタにこの刑事を徐々に飼いならすことに成功してきた。

「とっとと教えろ。また危ない橋を渡って、売人どもから奪い取ってみるか？　いつまでも波風立てずにやれるといいがな」

「待て」

「なんという名前の刑事《デカ》だ」

アルミ包装をぎらぎらとした目で追いながら、やつは首を振った。

「やめろ。そいつは無理だ」

阪本は唇を舐め回しながら笑う。

「あんたにとっても悪くない取引だろう。あれこれ同僚の仕事を嗅ぎまわってたんじゃ、あんたが疑われちまうからな。今ここで名前を口にするだけでいいんだ。あとはおれにまかせろ」

「仲間は売らねえ」

阪本は吹き出した。嚙んでいたガムがテーブルに飛んだ。「おっと失礼」

それを再び口に放った。それからなれなれしく山井の肩をぽんぽんと叩くと、やつの首の後ろをつかんで引き寄せた。テーブルが揺れて、グラスの冷水がこぼれる。

「今さらなにかっこつけてんだ。ジャンキーのくせによ。急に思い出したように善人ぶりやがって。それでてめえの罪が帳消しになると思ってんのか」

「うるせえ」

山井は阪本の手を払った。

「そうかよ。かっこつけてえというのなら好きにすりゃいい。おれは止めねえ。しかしあんたのお仲間は許してくれるのか？　手帳や恩給を失うだけじゃ済まねえ。ムショにはあんたに放りこまれた組員がわんさかいる。なにもかも失ったうえに、塀のなかで彫刻刀や剃刀で切り裂かれるのがオチだ。そんな将来に耐えられる根性がまだ残ってんのかよ」

「おれを売るつもりか？」

「黙っていたところで、このまま行けばあんたは終わりだ。鏡を見てみろ。明日にも薬物検査を受けさせられそうな顔しているぜ。CJよりも必要なのはこいつだ」

阪本はCJを胸ポケットにしまった。代わりに厚みのある茶封筒を取り出した。なかには五十枚の一万円札が入っている。「ほれ。今すぐ休暇取って、温泉にでも行って薬を抜け。あんたにはまだまだ活躍しててほしいからな、刑事さん」

山井の喉が動いた。

「目的は……あくまでそっちに入りこんだ虫なんだな？」

「刑事《デカ》なんざ狙えばめんどうなことになる」

山井の目に涙が溜まっていた。

「女だ」

「婦警さんか。もう少し詳しく聞かせてくれ」

阪本は茶封筒を振りながら歯を剝いて笑った。

35

佐伯たちは川越《かわごえ》の流通団地にいた。

衣料問屋の古い倉庫だ。昼間に仙台港に着いたＣＪを運んだ。トラックを護りながら東北道を南下した。岩槻《いわつき》インターからさいたま市を経由して川越市へ。不審な車や人影は見当たらず、ひとまず無事に倉庫へ搬入させた。首都圏にいる飢えたＣＪ愛好家の欲求を満たすために。

倉庫の前で屋敷はタバコに火をつけた。それとなく銘柄をチェックしていたが、佳子が言っていたものではなかった。おまわりを蛇蝎《だかつ》のごとく嫌う屋敷が潜入捜査官のはずはない。

「めずらしいこともあるもんだ」

「なにが」

同じく佐伯も自分のタバコをくわえた。ドラッグを運ぶドライバーや東亜ガードサービスには喫煙者が大勢いるが、まだサインを示す捜査官らしき人間はいなかった。そう簡単に姿を現すとは思っていない。

屋敷は遠くに目をやりながら煙を吐いた。

「鏑木社長さ。あの人は自分が引き入れた人間しか、信用したがらない」

「軍人さんか。あんただってちがうじゃないか」

「なにごとにも例外はある。そこはやっぱりこいつがよかったからさ」

屋敷は自分の右腕を自慢げに叩いた。「だけどな、信頼を得るまでにはそれなりに時間がかかったんだぜ」

「社長は敵以上に身内に警戒しているんじゃないか？　荷の情報が漏れていたのは、おれが入社する前からだ」

「お前は内通者じゃないってことになる。理屈では」

「けれどそのおれをしつこく疑っているやつもいる」

「阪本か。放っておけ。野郎の立場はかなり危うい。憲兵きどりで組織のなかでもでかい顔をしていたが、内通者を捕らえられずに焦ってやがるのさ」

「つまり内通者は、やつが手が出せないほど高い地位にいる」

「うかつなことは言えねえよ」

「来ると思うか？」

屋敷はくわえタバコで微笑んだ。

「賭けるか？」

「いつもそれだな」

「おれは来るほうに大一枚だ」

「おれも来るほうに賭ける」

「それじゃ成立しねえじゃねえか」

二人は笑いあった。

倉庫に運びこまれたＣＪは末端価格で四十億はする。価格が高騰している状況を考えれば、それ以上の価値があるのかもしれない。タバコがいつも以上に苦く感じられた。

屋敷は内通者にはなり得ない。戦闘力やサバイバルの力はあっても、敵方に情報を漏らすような狡猾《こうかつ》さや政治力をからっきし持ち合わせてはいない。かつての友からの信頼を感じるたびに胸に痛みを覚えた。

遠くにあるショッピングセンターの白い灯りが届いている。友の横顔が映し出される。

「わかった、わかった。それじゃ来ねえほうに賭けよう。やつらをとっととぶっ殺してやりてえが、できりゃ今日は来てほしくねえんだ。このあたりにはうまいフィリピン料理店があるからな。故郷の味をきちんと出せる数少ねえ店だ。賑《にぎ》やかにやられちまうと二度とこのあたりには来られなくなる。フィリピンの料理を食ったことあるか？」

「いや……」

「うまいぜ。エビのスープや豚肉のチャーハンだの、日本人好みの料理はいっぱいあるんだが、なんといってもお薦めはチョコレート粥だな」

「チャンポラドか」

屋敷は意外そうに目を見開いた。

「知ってるのか？」

「名前だけだ。食ったことはない」

佐伯は自分が信じられなかった。刈田時代の記憶はすべて封印しておかなければならない。

屋敷がしげしげと顔を見つめてくる。佐伯は肩の筋肉が強張っていくのを自覚しながら尋ねた。

「どうかしたのか？」

屋敷は鼻で笑いながら応じた。

「お前もずいぶんと変わったやつだと思ってな」

「あんたの故郷の料理を知っていたからか？」

「それだけじゃねえよ。まあ……いろいろだ。一度、食いに行ってみるか？」

「気にはなっていた」

「うまいぜ。夜に食うもんじゃねえけどよ。日本人はもっといろんな米料理にチャレンジすりゃいいのさ」

遠くからバイクや車の騒音が聞こえてくる。

倉庫の前は直線道路が続いている。大量のヘッドライトがアスファルトを照らす。

二人は顔を見合わせた。屋敷はぷっとタバコを吐き捨てると、腰のトランシーバーを手に取った。倉庫の屋根の上にいる円藤に尋ねた。

「なにが見える」

〈数台の単車と改造車ですね。土曜ですから〉

屋敷はため息をついた。

「おれたちには土曜の夜しかねえってか？」

〈集団の約二十メートル後方にパトカーが見えます〉

円藤は淡々と報告した。

「んだと？」

パトカーと聞いて屋敷は顔色を変えた。

騒音はボリュームを増している。マフラーを外した耳障りな排気音が夜空に轟いた。

佐伯はベレッタを抜き出した。スライドを引いて薬室に銃弾を送りこむ。

「やつらがゾクに化けてやってきたとしたら笑えるな」

「そりゃなんの仮装パーティだ？　ぶっ殺してやりてぇよ。余計なもんまで連れてきやがって」

車やバイクのライトが倉庫の前の直線道路を照らす。ハイビームの強烈な光を浴びせられる。屋敷の目が冷たくなった。腰の拳銃に手を伸ばしながら倉庫の陰に隠れる。
七、八人程度の集団だった。キャップ型のヘルメットをかぶった少年らがスクーターやバイクを蛇行させながら通りすぎる。車高を落とした違法改造のセダンがユーロビートを流しながら走行する。黒い歯をしたにきび面のガキばかりだ。どう見てもやつらではない。
後ろをパトカーがついていた。赤色灯を点けていたが、サイレンまでは鳴らしてはいない。徐々にスピードが落ち、集団から引き離される。

パトカーはウインカーをつけ、倉庫から三十メートルほど離れた路肩に停めた。フロントガラスがショッピングセンターの灯りに照らされる。油膜で七色に輝いていた。

佐伯は呟いた。

「マヨネーズだな」

「ガキどもめ。褒めてやりてぇとこだが、んなもんよそでやれってんだよ」

運転席にいた若い警官がパトカーを降りた。手に雑巾を持っている。忌々しそうに顔を歪めながらフロントガラスを拭いた。

だがそれでどうにかなるものでもなく、油だらけの調味料はガラスにへばりついたままだった。

若い警官はしばらく格闘していたが、やがて助手席にいた老警官が降りて手伝った。制帽の下からのぞける頭は白い。若い警官にアドバイスをしている。

屋敷が冷たい目で見つめながらぼやいた。

「なにぐずぐずやってやがる」

トランシーバーを通じて円藤が訊く。

〈どうしますか？〉

「ぶっ殺せ……と言いたいが、どうもこうもねえよ」

若い警官が雑巾でフロントガラスを必死に磨く。老警官は腰に手をあてながらその様子を見つめていたが、あきらめたように首を振ると、運転席の窓から車内に手を伸ばした。やつはマイクをつかんだ。

屋敷が眉をしかめた。

「おいおい、お仲間を呼ぼうってんじゃねえだろうな」

〈猛スピードで一台の四トントラックがこちらに近づいてきます〉

「なに？」

佐伯は屋敷を突き飛ばした。

「伏せろ！」

老警官が窓からライフルのような鉄の塊を取り出すのが見えた。銃口がでかい。人間の手首ほどの大きさ。それがグレネードランチャーだと気づいたころには爆風と衝撃に襲われていた。

榴弾が倉庫のシャッターに直撃する。小石や細かい鉄片が飛んでくる。叩きつけるような暴風が佐伯らを襲う。爆音が耳を突き抜けていく。視界が埃で茶色く濁る。

エンジンを轟かせながらトラックが突っこんできた。爆発によって生まれた隙をついてくる。トラックのボディがねじれたシャッターをさらに破壊した。

佐伯や屋敷が体勢を立て直して銃を構えたときには、すでに発炎筒が焚《た》かれていた。白い煙が倉庫を包んでいる。

トラックから降りる兵隊たちの人影が見えた。二人はその影に向かって拳銃を発射した。すぐに壁に身を隠す。大量のライフル弾が返ってくる。閃光《せんこう》をともなった銃弾が鼻先を通過した。

屋敷が持っているトランシーバーから野太い声がした。倉庫のなかで警備にあたっている社員の中富《なかとみ》からだ。

〈敵の侵入を確認。ガスマスクをつけてます〉

佐伯はトラックに銃を向けた。発炎筒の煙でもはやなにも見えない。中富が報告を続ける。トランシーバーの向こう側からも激しい銃声が聞こえた。

〈ブツを奪ってトラックに積んでます〉

屋敷は怒鳴った。

「とにかくトリガーを引き続けろ!」

屋上にいる円藤が言った。

〈トラックが動き出しました〉

積荷を終えたのかトラックが後退する。トラックを護る敵が、四方にライフルを発砲しては弾幕を張っていた。

円藤が叫んだ。

〈またグレネードが来ます!〉

佐伯らは地面に伏せた。炭酸飲料の栓を抜いたような発射音がし、倉庫のなかで激しい爆発が起きた。佐伯の頭のうえを高熱の爆風と大きなコンクリート片が通り過ぎていった。

トラックの荷台に乗った目だし帽の兵隊たちが、開けっ放しのリアドアから屋敷やガードサービスの社員らに発砲し続ける。倉庫の壁や破壊されたシャッターに弾を撃ちこみながらトラックは遠ざかっていく。

屋敷は地面に這いつくばりながら煙たそうに発炎筒の煙を手で払った。佐伯に声をかける。

「生きているか」

「ああ」

佐伯はしみる目をこすりあげた。髪に石や砂がこびりついている。着ていた作業着のあちこちが飛んできた鉄片で切り裂かれていた。顎を掌でなでた。皮膚が裂けて血がついている。ひりひりと痛む。

シャッターは榴弾とトラックの衝突によって醜くねじれ、下半分以上が失われていた。壁にはチーズのように銃弾による穴が無数に開いていた。屋敷は呟いた。

「まるでバグダッドだな」

道の路肩には偽パトカーがぽつんと残されている。埼玉県警などとボディには書かれてあった。

とんだ偽物だ。入口近くに停めてあった警備用の車にも穴が開いている。どれもタイヤに撃ちこまれて傾いていた。

「ああ、ちくしょう。なんてことしやがる」

屋敷は頭をバリバリと掻いた。「芸達者なやつらだ。ここまでしなくとも勝ちは譲ってやるってのによ」

「一ラウンドだけはな」

「ポイントならいくらでもくれてやる。どのみちおれたちの豪快KOで終わるんだからな」

屋敷は腹立ちまぎれにパトカーを撃った。マヨネーズで汚れたフロントガラスが粉々に砕けた。

36

佐伯と屋敷は大宮方面を走っていた。

二人は倉庫から一ブロック離れた位置に停めていたボルボに乗った。窓は防弾仕様になっている。他にも三台の車が追いかけている。そのうちの一台は荷を奪い返すためのヴァンだ。

やつらの襲撃と強奪は計画のうちに組みこまれている。倉庫にはリサイクルショップで買った中古のCDラジカセを置いてきた。拳銃やライフルの発砲音を大音量で流し続けているはずだ。ちゃちな子供だましだが、警察をそこに釘づけにしておくには有効だった。今ごろはジュラルミンの盾を持った武装警官がへっぴり腰で倉庫を包囲しているだろう。捜査のかく乱を狙って車一台は正反対の川越市街のほうへ向かわせた。

敵のトラックは岩槻市方面へと向かっている。流通団地から数キロの位置にある青果市場の駐車場。そこでトラックは乗り捨てられた。荷台は当然空っぽだった。

佐伯は助手席でノートパソコンのディスプレイを見つめていた。ＣＪの荷のなかには小型のＧＰＳ発信機を取りつけている。ＣＪのアルミシートを入れた小箱のなかに複数潜ませていた。

画面には地図が映し出される。連中はトラックを替えて移動した。岩槻インターから東北道で北上している。

屋敷はハンドルを握りながら口笛を吹いた。

「このまま雇い主の倉庫まで運び入れてくれるとありがてえな。一網打尽で皆殺しにしてやる」

佐伯らが乗った車も東北道にいたる。

百八十キロのスピードで飛ばす。運ばれたＣＪは埼玉県の県境を越えた。

後部座席には大量の武器が積まれてある。拳銃では話にならない。やつらと同じくライフルやショットガンを装備していた。佐伯らはすでに全員が防弾チョッキを身につけている。それでもグレネードランチャーまで携えた敵を撃破できるかはわからない。

川越での強奪作戦は見事としか言いようがない。虚をつくような奇襲をかけられ、圧倒的な火力で沈黙させられた。

三車線の広々とした東北道はすいていた。屋敷はさらにアクセルを踏んだ。道路脇の街灯が次々に後方へと流れていく。利根川の橋を越えて、あっという間に栃木へと到る。

「どこまでも逃げやがれ。アジトを炙りだしてやる。シーク＆デストロイだ」

画面上の発信機はさらに北上していた。「今度の勝負はどうだ。賭けるか？」

「そっちに大一枚だ」

「なにをだ」

「あいつらの運命だよ。アジトまでこのまま持ち帰って、おれたちの手で皆殺しにされる。そっちに大一枚だ」

佐伯はディスプレイを見つめたまま答えた。

「どうかな。そう簡単に尻尾《しっぽ》を出さない。そっちのほうにおれは大二枚賭ける」

「おいおい、もうちょっと楽観的にやれねえのかよ」

「それじゃ賭けにならないだろう」

やつらの動きに変化があった。栃木都賀《つが》ジャンクションで東北道から北関東自動車道へと切り替わる。茨城方面へと向かっている。

屋敷は饒舌《じょうぜつ》だった。スピードによるスリルと敵への憎しみで興奮しきっている。

「石橋を叩きすぎると人生損するぜ。おれの兄貴がそうだった。いつも愚痴《ぐち》ばかりたれてる負け犬でよ。気が狂いそうなほど無意味な人生送ってくたばりやがった。地主の言いなりになって米とサトウキビを飽きもせずにちびちび育ててよ、そのくせ自分は腹いっぱいメシを食ったことなんか人生で数回ぐらいしかなかったんだぜ。あっけなく洪水で家ごと濁流に流されて死んじまった。食いもんには生涯まともにありつけなかったくせに、泥水だけはたらふく胃につめこんでやがった」

「わかった。どかんと景気よく賭けることにしよう。大三枚だ。やつらは悪知恵が働く」

「そういうこと言ってんじゃねえよ」

「勝負するのか、しないのか」

「いいだろう。乗ったぜ」

佐伯は屋敷へと手を伸ばした。

「おれの勝ちだ。よこせ」

「おいおい、どういうことだよ」

「気づかれたようだ。発信機のひとつから反応が消えた。やつら、移動しながら荷のなかを漁ってる。五個仕かけているが、すべて潰されるのは時間の問題だ」

「野郎、ふざけやがって」

屋敷はハンドルを叩いた。

「おれの勝ちだな」

「バカ言え。いかさまだよ」

「賭けが成立してから動きがあったんだ」

「わかった、わかった」

スピードメーターが二百キロを超える。「なんにしろ、お互い生き残らなきゃ話にならねえ」

佐伯はトランシーバーで他の社員らに連絡した。

「作戦を変更して荷を奪い返す。今すぐだ」

仕かけていた発信機がまたひとつ消えた。残り三個。

栃木都賀ジャンクションに差しかかる。ブレーキペダルを小刻みに踏みながら道を回る。道路の下は青々とした田んぼが広がっていた。関東平野ののどかな光景が続いている。佐伯はそれに目をやりながら尋ねた。

「会長というのはどんな人なんだ」

「なんだ。突然」

二車線の道路に入る。東北道よりもさらに走っている車の数は少ない。佐伯は後部座席からスパスのショットガンをつかんだ。屋敷は血走った目で前方を睨んでいる。「今、言わなきゃならねえことなのか？」

ピストルグリップの軍用ショットガン。佐伯は先台をスライドさせて弾を薬室に送った。

「どんな人間に仕えているのかも知らないまま、メインイベントに突入するってのはな」

「たいした人さ。ヤクザどもを黙らせながら、ＣＪの流通ルートを築いて、これだけの財力と兵隊を抱えている」

「おれにはまだわからない。この状況を考えれば、よその組織を黙らせているとはとうてい思えないからな。おまけに部下に任せっきりのまま、逃げ回っている神経もわからない」

屋敷は身体を揺すらせて笑った。

「そいつはどうかな？」

「行方を知ってるのか」

「知らねえよ。続きは目の前の敵を片づけてからだ」

膝に置いていたパソコンに目をやった。

敵のトラックは宇都宮市の南部を西から東へ横断していた。壬生《みぶ》ＩＣと宇都宮上三川《かみのかわ》ＩＣの間を走っている。発信機の反応は今やひとつしかない。他の四つは破壊されている。まもなくすべてを壊すだろう。

だがそれで充分だった。ボルボは車を次々に追い抜いていく。遠くにロゴのない銀色のトラックが見えてくる。

佐伯はノートパソコンを後部座席へ放った。トランシーバーで他のメンバーに伝える。

「円藤は後方から。中富は援護を頼む」

トラックの荷台のリアドアが勢いよく開かれた。

兵隊らは濃紺の戦闘服に身を包んでいる。だがガスマスクや目出し帽はない。全員が黒髪で黒い瞳を持ったアジア系だった。

荷台からいくつもの光がまたたく。佐伯らが乗ったボルボのサイドミラーが吹き飛んだ。ボルボにライフルの弾が当たる。鈍い音をいくつもたてる。

屋敷はうめいた。

「おいおい、マジかよ」

荷台の中央にあの偽の老警官が立っている。仁王立ちになってグレネードランチャーを構える。

「やべえ！　摑まってろ！」

屋敷がハンドルを切った。追い越し車線から強引に走行車線へ。タイヤがかん高いスキッド音をたてる。

榴弾は追い越し車線側の防護壁に衝突した。運転席の窓ガラスが吹き飛んだ。細かいガラスの粒が二人を襲う。爆風でボルボの片側が浮き上がる。視界がななめになる。十メートルほど片輪走行を続けたのちに車輪は元の地面に戻る。サスペンションがきしむ。視界が揺れる。まるでスクラップ工場にいるかのような嫌な金属音が聞こえる。

ガラスで切ったのか、屋敷は頭から血を流していた。腹をすかせた野犬のような顔をしながら歯を剝いている。割れた窓から入る風で頭髪が煽《あお》られる。佐伯は声をかけた。

「大丈夫か」

「心配してる暇があったら撃て！　クソ野郎どもが！　ひとり残らず息の根止めろ！」

屋敷は再びアクセルを踏んだ。頑丈なドイツ車は銃弾と爆撃をものともせずに唸りをあげながら、トラックとの距離を再び縮めた。ランチャーを持った老警官が奥に引っこむ。複数の敵兵がまたライフルを乱射する。ボルボのフロントガラスにヒビが入った。いくら防弾仕様とはいえ何発ものライフル弾には耐えられない。

屋敷は頭をハンドルと同じ高さにまで下げながら笑った。

「こんなちびりそうな現場は初めてだ」

佐伯は助手席の窓からスパスの銃身をだした。

トラックに向けて発砲する。トラックの荷台に散弾がぶつかる。ボルボのドアに敵のライフルの弾が食いこむ。衝撃がドアの鉄板を通じて腹にまで伝わってくる。

佐伯は微笑みながら先台をスライドさせた。自分が笑っているという自覚があった。表情を引き締める暇はない。

熱い薬莢が前腕部にあたって床に落ちた。トラックからの攻撃が激しい。屋敷はブレーキを踏んで距離を取った。

「イキがよすぎるぜ」

屋敷の後ろを走っていた円藤の車から発砲音がした。

助手席の窓で円藤が箱乗りの状態でライフルを構えていた。ボルトで排莢し、再びスコープを覗きながらスナイパーライフルで狙撃する。トラックの荷台から、さかんに弾をまき散らしていた兵隊のひとりが崩れ落ちた。血の霧が舞う。兵隊は両腕をだらりと下げたままアスファルトへ落ちた。百キロのスピードを出すトラックから落ちた人体は、バウンドしながら屋敷らの横を通過していく。

屋敷は短く口笛を吹いた。

「やるじゃねえか」

敵側の攻撃力が減り、やつらが初めてひるんだ。狙撃を恐れてリアドアを盾にする。

「今だ！」

佐伯が吠えた。屋敷がアクセルを踏み抜く。みるみるトラックとの距離を縮め、左側の走行車線を走っていたトラックの脇をすり抜けた。

トラックの助手席から、やはり濃紺の戦闘服を着た男が拳銃で応戦してきた。ボルボのボディが鈍い音をたてる。

ボルボがトラックを追い抜く。佐伯は窓から上半身を出した。後ろを振り向きながらスパスを連射する。

まずトラックのフロントガラス。防弾ガラスで砕けはしない。だが無数の散弾が食いこみ、ガラスには白いヒビが四方に走った。トラックの運転手の視界を遮る。

二発目はトラックの右前輪に当てた。タイヤが爆発音とともに破裂する。トラックは蛇行し、外壁にぶつかった。衝突のショックで車体はバランスを崩して大きく傾いた。左の前輪がふわりと浮かび上がる。

獣のいななきのような音をたてながらトラックは横転した。猛スピードの車体は火花を散らし、路面を削り取っていく。鉄が焼ける臭いとタイヤのゴムが焦げる臭いがした。

屋敷は急ブレーキを踏んだ。路肩にボルボを停める。ドアが銃弾によって変形していた。扉は開かず、窓から車を降りた。

ショットガンを横転したトラックに向けた。トラックのボンネットから白煙が上がる。

佐伯は助手席に狙いを定めて引き金を引いた。生死を確認する暇はなかった。三回目の発砲でガラスは砕け落ちる。なかにいる運転手と助手席の兵隊の肉体を破裂させた。車内は赤いペンキをまき散らしたかのように大量の血が飛散した。

弾切れを起こしたスパスを路上に放り捨ててベレッタを抜いた。東亜ガードサービスの社員らがトラックを包囲する。

荷台からの抵抗はなかった。シートベルトでもしていない限り、とても生き残れるような速度ではない。

額の出血で顔を赤黒くさせた屋敷が訊いた。

「口が利けそうなやつはいるか?」

荷台のリアドアに銃を向けていた円藤が険しい表情を見せた。

「ひとり、足りません」

「なに?」

その瞬間、トラックの車輪の陰からひとりの男が飛び出した。

あの老警官だ。道路を転がりながら腕を伸ばしている。その手には拳銃があった。口から大量の血を吐き出していた。銃口は屋敷に向けられている。

佐伯が動いた。ベレッタを構えて、とっさに左目をつむって引き金を引いた。

老警官の鼻に銃弾がめりこんだ。やつの拳銃から弾が発射されることはなかった。

屋敷は驚いたように目を見開いた。佐伯を見つめる。

「すまねえ」

後方では何台かの車が停まっている。パニックに陥ったサラリーマン風の中年が携帯電話で叫んでいた。

「早く。警察が来ます」

リアドア付近にいた円藤が首を振った。敵はみんな死んでいる。

「商品を急いで積み替えろ。ずらかるぞ」

佐伯と屋敷は荷台へと近づいた。戦闘服姿の兵隊たちが荷台の外壁のうえに折り重なったまま絶命していた。荷台の壁に頭を打ちつけ、頭蓋骨を潰している者、首の骨が折れて顔が背中のあたりに向いている者。

屋敷はそれらをまたいで荷台のなかへ入った。彼は落ちていたライフルを拾った。老警官が持っていた自動小銃だった。下部にロケットランチャーがついている。

「円藤、これは？」

円藤の顔に変化があった。古美術品の鑑定士のように、ランチャーをしげしげと見つめる。

「GP—25、コスチョールですね。ロシア製のランチャーです」

佐伯が言った。

「おもしろいものを持っているな」

　屋敷は額の血を手の甲でぬぐった。

「ああ、こいつはじつにおもしろい」

37

　錦は一睡もできないまま朝を迎えた。

　小石川《こいしかわ》の自宅の居間で、ソファに座り連絡を待っていた。テーブルにはＩＣレコーダーつきの携帯電話があった。鳴海からかかってくるはずの電話。何度か錦のほうからかけてはみたものの、呼び出し音がむなしく鳴り響くだけだった。

　神宮ファミリーとの激戦は、すでにテレビのニュースでも報じられている。今も高速道路で横転したトラックのヘリからの映像が流れていた。

　二十回目のコールで携帯電話を耳から離す。通話を切ろうとした瞬間、相手の声が聞こえてきた。

〈もしもし？〉

　男の低い声がした。誰かはわからない。ただ鳴海ではないのは明らかだ。

「お前は？」

〈すみません、隊長が深手を負ってしまって〉

電話相手の男の日本語には若干の外国なまりがあった。鳴海の部下なら全員が中国人のはずだ。だが男の言葉は中国なまりではなさそうだった。

「不測の事態に陥ったときは、やつの副官が連絡する手はずになっていた。お前はその男でもない」

〈残念ながら彼もやられたんです〉

「私の名前を言ってみろ」

男は笑いをこらえるかのように咳払いをした。

「全滅したというのか？」

〈そうなるね〉

「お前がやったのか」

〈いずれ詳しく報告しにいく〉

「けっこうだ」

〈遠慮すんなよ。必ずだ。ごく近いうちにな〉

錦は携帯電話をテーブルの角に叩きつけた。なかの部品が飛び出しても、それを何度も繰り返した。プラスチックの破片で掌が切れる。まさか鳴海が敗れるとは。ボスのいない神宮ファミリーに。

錦はもうひとつの携帯電話を取り出した。内通者に連絡を取る必要がある。ボタンを押している間に携帯電話が震えだした。液晶には兄貴分の城島《じょうじま》の名が表示された。

錦は口をひん曲げながら電話に出た。

「錦です」

〈おう、わしや。朝早うにすまんな〉

城島の胴間声《どうまごえ》が聞こえた。

「どうかしましたか」

〈いや、なに。兄弟の声が聞きとうなってな。わし、昨日から上京しとるんや。これから事務所に顔見せに来てくれへんか？〉

「これから、ですか？」

〈そや。できれば今すぐ〉

「…………」

〈朝から派手にニュースでやっとる。高速道路でカーチェイス。砲弾まで飛び交って、まるで戦場やとな。ありゃCJがらみとちゃうんかい〉

「なんの話ですか」

城島はしばらく沈黙してから言った。

〈錦、やめとけ。勘違いしとったらあかん。わしはお前の味方や。ここでもたもたしとったら、おのれは破門されるど。いや絶縁かもしれん〉

「私がですか」

あくまで冷静さを装いながら答えた。

〈そうなったとしても、ちーともおかしゅうないわい。華岡組じゃクスリはご法度《はっと》なんやで。七代目もそれを組の方針としてはっきり打ち出しとる。そんでも組がお前のシノギを黙認しとったたんは、本格的に東京進出を果たした稼ぎ頭《がしら》だったからや。神宮んとこと揉めて、華岡の名前が少しでも表に出てみい。オヤジはあっさりとお前を切り捨てるど〉

錦は電話をまた叩き壊してやりたい衝動に駆られた。だが城島の言葉は正しい。

「オヤジの性格なら、ありえるでしょうね」

〈ありゃ船が沈没しかけりゃ、まっさきにケツまくって逃げるタイプや。うまくいっとるときこそニコニコしとるけどな、自分とこに火の粉《こ》が飛んでくるようやったら、絶縁状回《チラシ》してそれで終わりや〉

「どちらにいらっしゃいますか」

〈東京事務所におる。日本橋の〉

「わかりました」

〈組んなかにおるのは、足の引っ張り合いに血眼になっとるボンクラばかりやで。わしはな、お前ほどの男をこないなことで失いとうはないんや〉

「すぐに向かいます」

電話を切った。携帯電話を握り締める。

晃龍会の内部にいる何者かが城島にさっそく密告《リーク》したのだろう。生き馬の目を抜く世界だが、これほど早く情報が伝わるとは思っていなかった。

城島は大阪を根城にした元総会屋の経済ヤクザだ。金融バブルの崩壊で数十億もの損を出しているが、情報戦には未だに長けている。くだらない浪花節《なにわぶし》を披露しているが、真の目当ては首都東京で活躍する錦の財力だろう。景気の悪い関西を縄張りにしていては、どうあがいても組の運営は厳しくなってくる。

城島は華岡組の事務総長に君臨し、自分の派閥を抱えている。敵に回せば面倒なことになる。錦の東京での活躍に嫉妬している幹部が華岡組内にはごろごろしている。東京以外の地方都市はどこもはなはだ景気が悪い。

自宅につめている若者に車を回すように命じた。

「クソが」

城島がトップに君臨する月心会《げっしんかい》のオフィスは、証券所のある大阪の北浜と兜町《かぶとちょう》に近い日本橋にあった。日曜日で証券所は休場。オフィスだらけの街は死んだように静まりかえっている。

月心会の東京出張所にあたるＧＳＩ経営戦略研究所の前で降りた。たいそうな名前だが、古めかしい雑居ビルの一室を間借りしているだけの狭い事務所だ。ビルの一階には立ち食いうどん屋が入っている。オフィスのある三階までエレベーターで向かった。

ダブルのスーツを着た中年の組員が錦を出迎えた。狭いオフィスのなかには数人の男たちがつめていた。

「社長が部屋で待ってますんで」

関西弁のイントネーションで組員が案内する。錦は運転手の若者を待たせて、隣の社長室に向かった。

スーツの組員がドアを開けた。錦は思わず声を漏らした。

「なんだと」

そこは確かに城島の部屋だ。しかし様子は一変している。床を覆う青いビニールシート。社長用の執務机には誰もいない。

やりやがったな。気づいたときは遅かった。

錦は背中を突き飛ばされた。ビニールシートの上でたたらを踏む。背後で銃声が轟くと同時に、錦の視界がまっ赤に変わり、意識を永遠に断たれた。

38

屋敷はビールの入ったグラスを掲げた。

「まずは死んでいったものたちに」

ビールを飲み干した。顔をしかめた。

「ひどくしみるな。口のなかが傷だらけだ」

東亜ガードサービスの男たちは、事務所の近くにある焼肉店にいた。店を貸切にして宴を始める。大きな仕事を終えると、昔はホテルで大規模な慰労会が催されたものだった。だが今はボスの神宮が不在だ。おまけに派手にやりすぎた。新聞やテレビはここ数ヶ月にわたる銃撃戦に興奮しきっている。警察は必死に捜査を進めている。のんきに大騒ぎできる状況ではない。

中富はカルビをほとんど生のままで口に放った。警備会社出身の大男で、胃袋がバケツのように大きい。アマレスの猛者だったが、練習中に先輩の首を折って会社にいられなくなり、故買屋のボディガードをしているとき、屋敷にスカウトされた。

「五体満足なだけマシかもしれませんよ」

「死ぬかもしれねえって覚悟を決める瞬間は今までだって何度もあった。だけどよ、一日で何度も感じたのは初めてだな。榴弾までぶっ放しやがって」

中富が食べた分を補うかのように円藤が肉を網に置いた。円藤自身は酒を飲まず、肉にもあまり手をつけない。彼が言った。

「それが雇い主の命取りになった」

「ランチャーなんてもんを仕入れりゃ流通はかなり限られてくる。外交官ルートぐらいしかねえ。晃龍会のダンナの店にはロシア人が入り浸っていたって言うじゃねえか」

中富が首をひねった。

「晃龍会とこちらは順調に取引をしていた。一体、なにが不満だったんでしょうな」

屋敷は箸の先を中富に向けた。胃袋もでかいが、性格もわりと大ざっぱな筋肉バカだ。

「そいつは冗談で言ってるんだよな」

「もちろんです。そこまでバカではないですよ」

「錦の野郎はてっぺんばかり見つめすぎたんだ。だから足をすくわれたのさ」

円藤の目が鋭くなった。

「華岡組とは戦争ですか?」

「まさか。昭和の華岡組なら待ってましたとばかりに喜んで戦争するだろうがよ。今は二十一世紀だ。よそと抗争をするくらいなら、下手を打った身内を始末するのが、今のやつらのルールらしいな。晃龍会に代わって、錦の兄貴分がCJを扱いたいとおれたちに申し出てきた。弟分のシノギをそっくり奪い取るつもりらしい。よそのことは言えねえが、情もへったくれもねえ冷血どもの集まりだ」

円藤は言った。

「こっちにはまだ錦に用があったんですがね。これでファミリーのなかに潜む内通者がまたわからなくなった」

屋敷は焼酎のロックを口にした。ビールでは間に合わない。強いアルコールで興奮しきった神経をなだめたかった。

「最初から華岡組が組織ぐるみで絵図を描いていたとしか思えねえな。こっちに内通者を潜ませるためだ。いくら内部でがたがたしていても、華岡組が日本最大のヤクザ組織であることには変わらねえ。そのあたりを適当にごまかして、当分はやつらと取引を続けるしかないだろう。今ごろは小林先生と交渉しているはずだ」

「佐伯がついてるんですか？」

「鏑木社長のご指名だ」

中富が大きくうなずいた。

「今回の作戦がうまくいったのもあいつのおかげだ。頭も切れるし度胸もある」

屋敷はグラスのなかの氷に目を落とした。

胸中は複雑だった。そんなはずはねえ。何度も自分に言い聞かせたが、心はずっと晴れない。

老警官の正体はその後の調べで判明した。グレネードランチャーはロシアの外交官ルートで晃龍会へと渡り、鳴海元なる日本名を名乗る元解放軍の中国人が、それを使って屋敷らに榴弾をぶっ放したのだ。日本国内には名を聞くだけで尻の穴が思わず縮むようなグループがいくつかある。

鳴海のチームはそのひとつだ。

屋敷は思い出す。口から血を吐きながら鳴海は屋敷に拳銃を向けていた。佐伯が撃っていなかったら、屋敷はまちがいなく射殺されていたはずだ。

佐伯が撃つ姿は、刈田誠次のスタイルを思い起こさせた。似ているのではない。そのものだった。五木直伝のウィーバースタンスだ。

佐伯とはなぜか初めて会った気がしなかった。腕を高く買ってはいる。だが自分でも説明がつかないほどやつを信頼していた。銃を撃つスタイルだけではない。やつが立案した作戦や戦い方も、刈田がかつて体験していたとなれば……。

なんでだ。幽霊にでもなって戻ってきたのか。どうして死んだはずのあいつがここにいるのか。自分の頭がおかしいのか。

「どうかしましたか？」

円藤が屋敷の横顔を不安そうに見つめていた。我に返った屋敷は咳払いをひとつした。一流の執事のように細やかな気遣いができる男だが、たまにそれがうとましく思える。考えを中断され、屋敷はむっとした表情で応じた。

「なんでもねえよ」

屋敷の周辺にいた部下らがうつむき加減になりながら、お互いに目配せしあう。中富は大きな図体をすくめながら黙々と肉を平らげている。

屋敷はあわてて言った。

「おいおい、お前ら誤解すんじゃねえぞ。おれは誰かさんのようなケツの穴が小せえ男じゃねえぞ。そりゃ佐伯は出世するだろうよ。喜ばしいことじゃねえか。ああいうやつが上にどんどんあがっていけば、こっちも死ななくて済むんだからよ」

屋敷は頬が火照っていくのを感じた。酒によるものだけとは思えない。なにが幽霊だ。

刈田兄弟の死体が見つかったという話は聞かない。もっとも、死体が発見されるようではまずいのだが。

屋敷はその処刑の現場にいたわけではない。刈田は阪本に撃たれ、海に転落したと聞いている。万が一、誰かに発見されて生き延びたとなれば新聞やテレビで報道されるだろう。そうでなくともファミリーの情報網に必ず引っかかったはずだ。

屋敷は席を立ってトイレへ入った。ひとりになりたかった。

かりにやつが生きていたとして、なぜわざわざ古巣に戻ってきやがるんだ。神宮と対決するためか。だとすれば。

「馬鹿野郎……なんだって」

洗面台の鏡を見つめた。戻ってきやがったんだ。

いくらあいつがタフであったとしても、海から自力で脱出できるはずはない。マスコミや裏社会の目をくらましながら生き延びる。おそらく警察ならそれを可能にするだろう。神宮を討つためにおまわりと手を組んだというのか。わからない。わかりたくもない。

割って入るかのように屋敷の携帯電話が鳴った。相手は阪本だ。なんの用だ。いぶかりながら電話にでた。

「なんだ」

〈飲んでいるのか〉

「ああ。お前も混ざりたいのか？」

〈そんなもんにつきあってられるか〉

「おれもだ。意見が合うな」

阪本に改めて佐伯を調べさせるか。やつは当初から佐伯を疑っている。おそらく話せば興味を示すだろう。

屋敷は鏡にいる自分と睨みあった。

いや。まだ打ち明ける気にはなれない。もしそうだとすれば、始末は屋敷自身の手でつけたかった。

「一体なんだ。用件を早く言え。いい気分を台無しにされたくはねえからな」

阪本はガムをくちゃくちゃと嚙んでいた。耳障りな咀嚼音《そしゃくおん》が聞こえてくる。

〈のんきなやつらだ。会社が虫に食い荒らされてる状況は変わってねえんだぞ〉

「それをなんとかするのがお前の仕事だ。この内通者の件じゃ、お前はなんの功績もあげてねえ。てめえの無能さを棚上げして、なに講釈たれてやがる。このままじゃ佐伯にお前が顎でこき使われる日が来るかもしれねえな」

怒気を押し殺したような荒い息づかいが返ってくる。屋敷は満足していた。やつがもっとも嫌がる言葉をぶつけた甲斐があった。

〈……あとでいいものを見せてやる。必ず来い〉

「なんだ。裸踊りでもするのか？」

〈おれをなめるんじゃねえ〉

阪本は怒鳴りながら電話を切った。

わざわざ連絡を寄こしてくるところを見ると、なにかしら収穫があったのだろう。

屋敷は水道の蛇口をひねった。これ以上の酒は控える必要があった。冷静になれ。自分に言い聞かせるようにして冷水を手にすくい、何度も顔にあびせた。

39

佐伯の前には中華のフルコースが並んでいた。

小林弁護士の秘書と丸テーブルを囲んでいるが、酒は誰ひとり口にはしていない。オレンジジュースやウーロン茶のグラスが並ぶ。八重洲の高級ホテル内にある有名店の料理だが、申し訳程度にしか手をつけていない。佐伯はときおりザーサイを突きながら、個室で会談をしている小林を待っていた。

他のテーブルには月心会の手下らが八人ついていた。経済ヤクザということもあり、もろにヤクザ然とした格好の者はいない。ネクタイを締めたスーツ姿だが、身体からにじみでる気配や目つきは極道そのものだった。全員が拳銃をぶら下げ、左脇をわずかにふくらませている。晃龍会からの攻撃をとくに警戒しているようだった。

すでに錦は華岡組から、禁制品のドラッグを手がけたとして絶縁されている。表向きには行方不明だが、消されたのは明らかだ。その裏でまた別の幹部が、CJを扱おうと神宮ファミリーに交渉を持ちかけたのだ。

やがて小林が部屋から出てきた。錦の兄貴分にあたる城島とにこやかに挨拶を交わしながら。月心会のボスである城島は腹の突き出た五十代の男だった。眠たそうな目つきとつめ物を入れているかのような膨らんだ頬。まるで野生のカバのようなひどい悪相の持ち主だった。線の細い小男の小林と並ぶと、保守派の大物国会議員と陳情をしにきた中小企業の社長のように見える。

「さて、帰ろうか」

挨拶を済ませた小林は悪党面の大物ヤクザを相手にしていても、いつも通りにひょうひょうとした態度で接していた。手に大きなショッピングバッグをぶら下げている。

「持ってくれないか」

小林は佐伯にそれを渡した。持つとずしりとした重み。バッグの底がたわんだ。

「これは」

ホテルの廊下を歩きながら小林は答えた。

「シャトー・ムートン・ロートシルトにラトゥール、オーブリオン……高価なフランスワインがいろいろ入ってる。先方からプレゼントされたんだが、もしよければ君に進呈しよう。私からのお祝いだよ」

「よろしいんですか？」

「転売だけはしないでくれよ。今夜、君らのところはやってるんだろう？」

小林は指を丸めて酒を飲む仕草をした。「持っていったらいい。わざわざ君を呼び出した礼と思ってくれ。一本、数万円はするだろうから、がぶがぶ飲まずにゆっくり味わってくれ」

「私は喜ぶ気にはなれません」

「君は下戸だったか？」

「そうではなくて」

「冗談だ。たしかにまだ決着はついていない」

「城島との交渉は」

小林は鼻で笑った。

「食えない男だよ。終始とぼけ続けてた。すべては錦会長が独断でやったことだとな。あくまで彼に責任を押しつけてシラを切るつもりらしい。そのくせ友好関係を築きたいとしれっと言い放った。華岡組のバッジがなければ、こうもぬけぬけとした態度は取らせないんだが」

「しばらくはおとなしくしているかもしれませんが、いずれ錦と同様に牙を剝くでしょう。このままでは」

「内通者と連絡を取り合うだろうね。いや、すでに接触しているのかもしれん」

「どうされるのですか？」

小林は大儀そうに自分の肩を叩いた。

「私に与えられた役目は外交と事務処理だ。組織の運営自体は会長が決める」

佐伯は腹に力をこめた。あくまで事情を知らない新人だと自らに言い聞かせる。

「本当にそんな方がいらっしゃるんですか？」

「というと？」

傍らにいる秘書の顔が強張っていた。エレベーターホールについた佐伯は、周囲を見渡してから切り出す。

「会長などいない。かつてはいたのかもしれませんが、今はあなたや鏑木社長が架空の神輿《みこし》を担いでいる。ちがいますか？」

小林は不思議そうな顔をしながら佐伯を見上げた。

「そうか。そういえば君は会ったことがなかったんだな」

「ええ」

「ならそう考えるのも当然かもしれんな。とはいえあの方は幽霊ではないし、神輿のようなただのお飾りでもない。現に君は何度も目撃している」

エレベーターのドアが開いた。小林と秘書が乗りこむ。

佐伯は足を止めていた。小林に手招きされ、あわてて後に続く。完全に我を忘れていた。小林は訊いた。

「どうしたね」

「……本当なのですか」

「なにがだい？」

「神宮会長を目撃しているというのは」

小林は人差し指を立てた。

「いかんいかん。口がすぎたようだ。内密に頼むよ」

佐伯は視線をそらした。

そうしなければ感情を小林に読み取られそうな気がした。もっと神宮に関する情報がほしい。

居所を知りたい。飢えや憎しみが表情に出そうだった。どこにいるのか。いつ現れていたのか。なおも問いつめようと口を開きかけたが、勘ぐられるのをおそれて黙った。喉までこみ上げる言葉を無理やり呑みくだした。

エレベーターを下りながら奥歯を噛み締める。目撃しているだと？　小林はなにを言っているのか。

神宮の姿を知らないと思ってからかっているのか。佐伯がやつの姿を見逃すはずはない。二十四時間、やつを追っている。小林の事務所でも東亜ガードサービスでも神宮はいなかった。どこかで部下たちの働きぶりを監視しているのか。

小林とその秘書に目をやった。どちらも武器は持っていない。このままどこかへ拉致して口を割らせるべきか。神宮の居場所を吐かせてやりたかった。

地下の駐車場に降りた。暴力の誘惑に駆られたがこらえる。佐伯が小林と同行していることは社員全員が知っている。小林が必ずしも知っているとは言えない。たとえ知っていたとしても、容易に吐くとは思えなかった。かつては機動隊相手に火炎瓶を投げていた過激派の学生らしい。未だにラディカルな精神をうちに秘めているらしく、それゆえに密売組織の顧問弁護士などをやっていると耳にしていた。

エレベーターの表示板を見つめながら佐伯は言った。言葉を選んだ。

「会長は海外にいると聞いていました」

「その話はまた別の機会にしよう。なりゆき次第ではすぐに会える。ただひとつ言えるのは、神宮会長は敵から逃げ回るような臆病者ではないということだ」

佐伯は顔をうつむかせた。釈然としないという表情を作りながら。胸のなかがひどくざわつく。

屋敷の言葉を思い出す。小林と同じ返事をしていた。

――そいつはどうかな。

鳴海と対決する直前、佐伯は屋敷に神宮に関する話題を振った。挑発の意味でボスを批判した。あのとき屋敷は佐伯をあざ笑った。中堅幹部の屋敷が神宮の居場所を知っているとは思えない。四天王である宋ですら知らされてはいないようだ。

小林の愛車であるベントレーの助手席に乗りこんだ。後ろから小林が言った。

「さて。すまないがもう一軒だけつきあってくれないか？」

「どちらへ」

小林は小さく笑った。

「晃龍会さ」

40

ベントレーはホテルの駐車場を出た。佐伯は苦笑しながら後ろを振り返る。

「冗談と解釈してよろしいですか？」

「本気だよ」

「先生の警備は心臓に悪い」

「ランチャーを持った兵隊とカーチェイスをしたヒーローの感想とは思えんね。それになにも昔の仁侠映画みたいに段平《だんびら》携えて乗りこもうってんじゃないよ。先方だって刀を砥《と》いで待ってるわけじゃない。さっき弟分の戦争相手とにこやかに手を組んだ極道を見たばかりだろう。晃龍会もいろいろあるんだよ。もっとも友人のように出迎えてくれたりはしないだろうけどね」

「それはわかっていますが」

「しかもこれは神宮会長がお膳立てしたことだ」

「会長が……なぜ」

思わず声が上ずる。小林は気に留める様子はない。

「内通者の問題があって表には出られないが、あの方はつねに我々とともにある。それだけは胆に銘じておいてくれ」

「まるで……いえ、なんでもありません」

「まるで神を崇《あが》める信徒みたいだと茶々を入れたいんだろう？　いずれわかるよ」

佐伯は前を向いた。ベントレーは国道1号線を走る。ビル群が壁のようにそびえ立っている。無数の窓のどこかから佐伯を監視しているような気がしてならなかった。神宮は佐伯の正体をとっくに見破っているのではないか。

武彦が殺害されたときを思い出した。ファミリーを裏切る行動に出たとたんに動きを悟られた。美帆をも失った。完治したはずの傷がうずく。

ベントレーは目黒の小さな寿司屋についた。すでに看板の灯は落とされている。

小林は秘書に車を駐車場へ停めるように命じると、佐伯を連れて店のなかへ入った。カウンターの下に椅子が片づけられ、若い店員がホウキで床を掃いていた。

テーブル席でタバコを吸っていた丸刈りの主人らしき初老の男が、二階へと二人を案内した。

「夜分にすまんね」

「酒は？」

「今日はいらんよ」

小林がなじみにしている店だと推測できた。二階は宴会にも使用できる広間だった。畳のうえにはいくつかのテーブルと座布団がある。部屋の隅に二人いた。思わず身構える。

神宮ではない。七〇年代に流行ったような口ひげをたくわえた中年男だった。もうひとりは喪服用の着物を着た四十絡みの女。後ろにひっつめた黒髪には艶がある。広い額の下には濃く描かれた眉と長い睫毛《まつげ》があった。涼やかな目をした美人だが、憔悴《しょうすい》したような隈《くま》と肌荒れは隠しきれてはいなかった。

小林が先回りするように言った。

「君も同席してくれ。知っておいてほしい」

二人と向かい合って座った。女のほうは小さく一礼したが、男のほうは不機嫌にあぐらを掻いているだけだった。いつもは慇懃《いんぎん》にふるまう小林も、ただ座布団のうえに座ったきり黙っている。店の主人が持ってきたおしぼりで手を念入りに拭いている。

口ひげの男はまっ赤な目で小林を睨んでいた。佐伯は無表情を装いながら訝った。一体、なんの話をするつもりなのか。すべてが佐伯をひっかけるための茶番で、後ろから神宮が撃ってくるのではないか。首筋のあたりがぴりぴりする。

小林はひと仕事を終えて寿司をつまみに来たような態度で、のんびりと茶をすすっていたが、やがて口を開いた。

「さて、このたびはお悔やみ申し上げます」

男の顔が目と同様に赤くなった。だが小林はさして気にも留めずに佐伯に紹介した。

「こちらは若頭補佐の笠井《かさい》さんだ。隣は水野《みずの》梓さん。錦会長のご友人でらっしゃる」

「佐伯達雄です」

佐伯らがやって来たときと同じ反応が返ってきた。梓は虚ろな目をしながら頭を下げる。男からはなんの反応もない。親分が雇った兵隊のリーダー格を射殺したのは自分だ。そう伝えたらどんな顔をするだろうかと思いながら会釈をした。

小林は手にする湯呑みの茶に目を落としながら言った。

「笠井さん。呼びつけたのはあなたがたのほうだ。話を進めていただけませんか」

「神宮会長が来るんじゃねえのか」

ヘビースモーカーらしいざらざらとした声だった。笠井はタバコに火をつける。

佐伯はテーブルに置かれたパッケージを一瞥した。マイルドセブンのメンソール。佳子が言っていた銘柄ではない。

小林は言った。

「神宮はあいにく長期の出張に出ております。その間は私が代理として交渉にあたっています。私ではご不満ということであれば、神宮が戻るのを待つしかありませんな」

「いつ会える」

「半年先か、一年先か。正直、私どもにもわかりかねまして」

笠井は額に血管を浮き上がらせながら立ち上がった。小林は平然と語気を強めた。

「不興をこうむるのを承知で述べますが、神宮はメンツや格にはとくにこだわりを持ちません。誰であろうとわけへだてなく会うし、配下である我々もそのような方針で動いてます。けれど晃龍会の次期会長レースできわめて不利な位置に立たされているあなたが、いつまでも神宮との会見にこだわるのは少々首を傾げざるを得ませんな」

笠井の口ひげが震えた。

「あんた、その歳《とし》までよく生きてこられたな」

「そのお言葉はそっくりあなたにお返ししましょう。我々があなた方にとって、大切な蜘蛛の糸であることをお忘れなく」

横で佐伯は息をのむ。武闘派の晃龍会に大した口を利く。錦が先に仕かけてきたとはいえ、神宮ファミリーがやつを殺したようなものだ。

晃龍会が会長の座をめぐって、熾烈《しれつ》な争いを繰り広げているとの噂は佐伯もすでに聞いていた。会長失踪の話を聞きつけた警視庁の手によって、晃龍会の事務所や関連企業は機動隊で幾重にも囲まれている。

組織は、錦の死を受け入れて華岡組に恭順の意を示すべきと考える若頭派と、それに反対する笠井派に二分されつつあった。

笠井は小林を睨み続けている。小林はため息をついた。

「わかりました。帰りましょう。恨み言をぶつけられるために時間を割いたわけではない」

小林もまた席を立った。梓が間に入る。

「待ってください。こちらの非礼をどうかお許しください」

小林は軽くうなずいて、元の席に戻った。

「よろしい。うかがいましょう」

笠井は憎々しげに顔を歪ませながらも、座布団に尻を落とした。腹をたててはいるが、帰るつもりはなさそうだ。

梓は口をわずかに開き、しばしためらった後に言った。

「こうしてお呼び立てしたのは、じつは……あなたがたにお譲りしたいものがありまして」

「ほう」

小林は目に興味の色を浮かべる。多少、返事が大げさではあったが。「わざわざこちらに声をかけてくださるということは、絵や美術品の類ではなさそうですな」

「形のあるものではありません」

「つまり情報」

「はい。錦に協力していた者の」

「どんな類のものですか。彼に雇われていたのは元解放軍の軍人だと判明している。その男についてではなくて？」

「情報提供者です。そちらの動きを伝えていた」

佐伯は息をのんだ。小林は淡々と訊いた。

「どなたですか」

梓は目を白黒させた。笠井が口を挟んだ。

「それを相談しにきたんじゃねえか」

「なるほど。またとない吉報というべきでしょうな。その情報が正しければの話ですが」

「喉から手がでるほどほしがっていたネタだろうが。え？」

優位に立ったつもりか、笠井が初めて笑った。赤い目のせいで泣き笑いのような顔になる。

「認めましょう。しかしあなたがたが、そこで神宮ファミリーの誰かの名をあげたとします。我々はそれを当然鵜《う》呑《の》みにはできない。むしろ我々をかく乱するために近づいたと判断するのが賢明でしょうな。すでにあなたがた晃龍会はこちらを一度ペテンにかけている」

「なんのことを言っててんのか、さっぱりわからねえな。いらねえのなら、これで終わりだ」

「そうは申しておりません。たしかな情報であるのなら願ってもない。そちらもなにか証拠をお持ちだからこそ、我々に声をかけてくださったのでしょう？」

「さあな」

「おやおや」

小林は困惑したように口をへの字に曲げた。「すがりついてきたと思えば今度はふんぞり返る。お忙しいことですな」

笠井は笑顔のまま、湯呑みを思いきり握りしめた。

緑茶がテーブルにこぼれる。佐伯はテーブルの下で拳を固めた。緊張が高まるのをよそに小林は続けた。

「その情報が欲しくないといえば嘘になりますが、たとえそれがなくともいずれ内通者など炙りだしてみせる。こちらにはまだ時間がある。しかしあなたがたはそうもいかない。宝の持ち腐れを後悔しながら、華岡組と新生晃龍会から弾き出されるのを待つだけだ。笠井さん、あなたはこの東京で華岡組の威光をちらつかせて、ずいぶん暴れたそうじゃありませんか。東京中の極道が、あなたの寒くなった背中を狙っている」

梓がこらえきれなくなったか、早口で言った。

「証拠ならあります」

小林の目が鋭くなった。一瞬だけその顔は獲物を狙う猛禽類《もうきんるい》のようになる。

「姐《あね》さん」

笠井がたしなめた。梓は首を振った。

「先生のおっしゃるとおりよ。あたしたちには時間がない。条件は後にして、今は話を前に進めなきゃ」

小林はうなずいた。

「続けてくださいますか？」

「私たちも情報提供者が誰なのかは知りません。錦は情報をひとりで管理していましたから。ただし証拠はあります。あの人は重要な電話のときに必ず内容を記録していました。携帯電話にICレコーダーをつけて。ただの会話であっても、それが金の卵を産むかもしれないと」

錦がどんな男だったのかを佐伯は知らない。かなりの策士であったという評判を耳にしていた。じっさいにそのとおりだったのだろう。けっきょくは策に溺《おぼ》れる結果となったが、いかにもやつならやりそうな気がした。

それまで黙っていた佐伯が言った。

「内通者の正体を知らないとは奇妙な話だ。錦会長は我々と握手をしながら、もう一方の手でべつの人間と肩を組んでいた。あなたがたもその事実は知っていたはずだ」

梓は佐伯の視線を正面で受け止めていた。力のあるパトロンを失い、疲れや悲哀を感じさせるが、錦の情婦だけあってただでは転ばないしたたかさがありそうだ。

笠井が赤い目をこすった。

「あんたらが信じようと信じまいと関係ねえが、おれたちはなにも聞かされてはいなかった。すべてを知ったころには、華岡組から絶縁状《チラシ》が回ってきやがった。何度も刑事《デコスケ》どもが事務所をひっくり返しに来たが、なんの収穫もないまま帰っていった。当たり前だ。おれたちはなにも知らなかったんだからな。オヤジは頭がよすぎたんだ。なんでもひとりで背負《しょ》いこんじまう」

小林がおしぼりでテーブルを拭いた。

「あなたがたが知っていたかどうかはそれほど重要ではない。それに済んだことをあれこれ言っても仕方がありませんからな。こちらもきつい物言いになってしまいました。お互い未来を見つめましょう。さて、つまりこちらの内通者との会話を、錦会長は録音していたわけですな？」

梓はうなずく。

「ここ最近、私の店で何度か神経質そうに人払いをして電話をする姿を見かけてます。ただでさえ用心深い人でしたけど、一度なにも事情を知らない店の娘が個室に入ろうとして、ひどく怒鳴られたことがありました」

「いくらでその情報を譲ってくださいますか？」

梓は笠井に視線を送った。彼に頼るような目つきだ。二人はできている。佐伯はそう勘ぐった。

笠井は挑むような顔つきになった。

「十億だ」

佐伯は無表情を心がけた。意識していなければ、あからさまに蔑みの態度が顔に出てしまいそうだ。吹っかけやがって。

小林は微笑んでいる。その表情からは驚きや侮りはうかがえない。

「わかりました。二十億出します」

笠井らは目を大きく見開いていた。言葉を失っている。佐伯はあわてて老弁護士に顔を向けた。

梓が不安げに尋ねる。声は震えていた。

「二十億……なぜですか」

「お互いの進歩のためですよ。錦会長亡き今はもう争う理由などありません。新たな繁栄を願う我々の誠意です。私たちに利をもたらす者には、誰であろうと至心を持ってあたれ。それが神宮の口癖でもあります」

小林の意図を悟る。月心会と取引をしつつ、彼らに対抗する笠井らを陰から支援し、尻を叩くつもりだろう。それだけの大金があれば晃龍会の勢力図も変わってくるはずだった。「ただしくれぐれも商品の扱いには気をつけて。むろんその情報を我々以外に売ってもらっては困ります」

「承知しました」

梓らの表情は固い。自分たちが目論《もくろ》んでいたよりもずっと高額の金が提示されたというのに。笠井の顔色が今度は蒼くなっていた。むしろその様を愉しむかのように小林は二人を見回した。

「それで、どのようにすればよろしいですかな」

「録音したＩＣレコーダーが銀行の貸金庫にあります。錦は私名義で貴重品をそこにあずけていました」

小林に肩を叩かれた。

「佐伯君、悪いんだが――」

「わかりました。さっそく品を受け取りにいきます」

小林の言葉を待たずに返事をした。

内通者の正体がわからない限り、神宮は表には出てこないだろう。佐伯自身も興味があった。

裏切り者が裏切り者の尻尾をつかむのか。その皮肉な運命を笑えずにいた。

41

佳子は深夜の警視庁の廊下を駆けた。

カバンを担いで庁舎を出ようとする丸谷課長の背中が見えた。

「課長」

丸谷は足を止めて振り返った。重心の低いヒグマのような身体が、ひと回り小さくなって見える。先週はインフルエンザで休んでいたというのに、復帰早々、彼は最悪のトラブルに襲われた。

「どうだね」

佳子は息を整えてから答えた。

「まだなにも語ってはいませんが、山井警部補がクロなのはまちがいありません」

「自宅から数冊の預金通帳が見つかったようだな。神宮ファミリーのダミー企業から幾度も金が振りこまれている。よくやった。君の手柄だ」

「………………」

「皮肉などと受け取らんでくれ。心の底から喜んでいる。こちらの協力者《エス》が消されることもなくなるだろう」

佳子は唇を嚙んだ。

「ですが課長は」

丸谷は天井を見上げながら息を吐いた。

「まだ処分はわからん。どうなるかはわからんが、働くことはもうないだろう」

佳子は深々と頭を下げた。それが余計に丸谷を傷つけるかもしれないと思うが、そうせずにはいられなかった。

「よせ。むしろ私が君に謝らなければならない」

佳子はずっと追っていた。神宮ファミリーとつるむ裏切り者を。その正体は課内の先輩刑事だった。

山井登《のぼる》は、柔道と空手で鍛えた身体と豪胆な性格を持ったマル暴刑事の典型だった。銃器と薬物の押収量は群を抜いていて、丸谷の前任の課長などは、課の実績が思わしくないときはよく山井にペコペコ頭を下げて上積みを要請した。黒い噂や悪評は絶えなかったが、それをねじ伏せるほどの好成績が彼の立場を強固なものにしていた。上役が山井に拝み倒した数日後には、コインロッカーから所有者不明の首なし拳銃が発見されるか、イラン人やアフリカ系の密売人が網にかかる例がよくあった。

山井の様子に疑念を抱くようになったのはごく最近だ。体調不良や親戚の法事を理由とした欠勤が目立つようになった。一番槍を争う荒武者のような度胸はなりを潜め、刑事部屋でも挙動がどこか不審だった。あたりを警戒するように目玉をせわしく動かし、上の空でいることが多かった。自分の体臭が気になるのか、多めにオーデコロンを首や胸元につけていた。覚せい剤やＣＪを常用する者特有の習癖だ。だが奈緒美の件さえなければ見逃していたかもしれない。

先週、山井は叔父の葬式という理由で数日の休みを取った。かつては父親が死んだときさえも捜査に没頭するようなタイプの男だった。佳子は丸谷に許可を願った。休暇中の彼を監視させてほしい。丸谷はうなずいた。かりになにかあればもちろん彼にも責任が及ぶはずだが、それを認めた。

山井は数年前から妻子と別居状態にあった。江東区の高層マンションにひとりで暮らし、自宅から数十メートル離れた月極駐車場に、ロータスのスポーツカーを所有していた。警官が持つには不釣合いな代物だ。

山井の警戒心は強い。それでいて隙だらけ。熟練刑事の面影はほとんど消えていた。行動を追うのは難しくなかった。まるで成り上がりの企業経営者や大物芸能人のように、銀座や六本木の高級クラブへと毎日繰り出す。喪服を身につけて親類の家に行く様子は一度も見られなかった。

四日目に佳子はマンションの管理人に理由をでっちあげて、山井のマンションに侵入した。こちらも刑事が住むには不自然なほど立派だった。広さは佳子の部屋の三倍はあった。山井の実家は山陰で小さな食堂を経営していて、とても購入費用の援助ができそうな資産は持ち合わせていない。

　豪華な部屋は荒れ果ててもいた。大量にゴミがつまった袋がキッチンを占め、風呂桶のなかはビールの缶や酒の空き瓶で埋まっている。腐敗した酒のすっぱい異臭がうっすらと室内を覆っていた。

　ぎゅうぎゅうにつまっていたゴミ箱のなかをあさった。念入りに調べる必要はなく、宅配ピザのボール紙や出前用の寿司の醤油入れに混じって、ＣＪの使用済みのシートを発見した。密売組織に尻尾を振った犬。怒りのあまりに目まいを覚え、しばらく立ち上がることができなかった。

　彼の自室には捜査用のマニュアルや教本など仕事に関する冊子が数冊。それに自分が捜査にかかわった事件の新聞記事を集めたスクラップ帳があった。そのなかに銀行の預金通帳が隠されていた。佳子はそれをデジタルカメラで撮影し、ありのままを丸谷に報告した。彼は即座に人事一課の監察係に伝えた。

　丸谷は言った。

「篠崎奈緒美に関する情報は山井から神宮ファミリー側に漏れたものと思われる。彼女の死後、何度かにわけて口座に数百万単位で振り込みがあった。癒着は明らかだ」

　佳子はうつむいた。

「課長がいなくては、今後の捜査に支障をきたします。特に例の秘匿捜査が」

「心配はいらない。君を正式に神宮ファミリーの捜査チームへ戻すよう部長には進言しておいた。これからは存分に腕を振るってほしい。責任は部下の堕落をみすみす見過ごしていた私にある」

「できれば……信じたくはありませんでした。たとえ証拠が見つかったとしても」

「まだ終わってはいない。篠崎の死後も、山井には高額な金が神宮側から提供されている。情報を売り続けていると考えるべきだろう」

丸谷はグレイの中折れ帽をかぶった。古風な昭和時代のサラリーマンのようだった。「処分が下るまでやれることを考える。君は前に進んでくれ」

丸谷は庁舎の玄関へと歩き去った。佳子にはそれ以上言葉が思い浮かばなかった。彼の後姿が見えなくなるまで深く頭を下げ続けた。

42

山井の件に関する報告書を書き終えて庁舎を出た。やつは人事一課の手にゆだねられている。もはや佳子の出番はない。できればこの手で絞め殺してやりたかったが。

荷物を抱えながら佳子は地下鉄に乗った。しばらく庁舎で仮眠を取る日々が続いていた。コンビニで買う下着にも飽きた。山井の荒れた室内をちっとも笑えない。自室を少しは片づけなければならない。

大森駅からマンションまで歩いた。徒歩十分ほどの距離だ。一階の正面玄関のポストには郵便物やチラシが入りきらないほどたまっている。両手でそれらを抱えてエレベーターに乗る。六階で降りる。共有通路からは東京湾が見えるが、いつも強い潮風が吹きつけてくる。

部屋の玄関ドアへ。郵便物を地面に置き、バッグから鍵を取り出した。錠前に鍵を差しこもうとする。

そこで動きを止めた。共有通路やドアはどこもかしこも潮風によって運ばれた砂や埃で茶色く汚れていた。ただドアノブと錠前だけがなにかでぬぐったようにぴかぴかだ。佳子は息を殺す。後じさりながらドアを凝視する。思わず床に置いた郵便物を踏みつけてしまう。

ハンドバッグのチャックを下ろした。ニューナンブをつかんでエレベーターへと引き返した。下へのボタンを押す。佳子の部屋に動きはまだない。

上の階で停まっていたエレベーターの箱が下がる。ドアが開くと同時に佳子は拳銃を構えた。薄汚れたスウェット上下を着た小男だった。手に軍手を嵌め、白いタオルをバンダナのように頭に巻いている。その格好で、携帯電話をいじくっている。佳子に拳銃を突きつけられても、液晶画面と睨めっこしたままだ。目の前の異変に気づくまで五秒はかかっていた。

「な、なんだ」

顔を上げた小男は表情を凍りつかせながら、エレベーターの内壁に背中を押しつけた。

「警察です」

佳子の部屋のドアが開く音がした。スチール製の古びた扉がけたたましく鳴る。

佳子は後ろを振り返って通路のほうへ銃を向けた。箱のなかの小男に伝える。

「下に降りて、110番をしてください。お願いします」

通路から複数の足音がした。駆けるようにしてエレベーターへと近づいてくる。足音がするほうに狙いを定めた。

背後で撃鉄が起こる音がした。

「いや、一緒に行こうぜ」

携帯電話をいじくっていたはずの小男が銃を手にしていた。背中に銃口を押しつけられる。自分の顔から血の気が失せていくのがわかった。神宮ファミリーの男だとすぐに悟る。

「なんの用なの？」

「こんなところで立ち話もなんだ。ゆっくり茶でも飲みながらどうだ」

粘ついた声色《こわいろ》だった。サディストの臭いが早くも漂ってきていた。

「私が誰か知ってるわよね。ただじゃすまないわ」

後頭部に衝撃が走った。目の前がまっ白になり、脳が揺さぶられた。膝の力が抜けて床に倒れこんだ。

「なんとも強気なねえちゃんだ」

小男の笑い声がした。それもすぐに止んだ。視界は元に戻らず、意識は遠ざかっていった。

43

「さきほどの貸金庫の件は君に任せるよ」

小林は後部座席のシートに背中を預けている。「その間にこちらも準備を進めよう」

アームレストに肘をつきながら、小林はグルコサミンとビタミンEの錠剤を呑んだ。時間の合間を見て、なにかしら健康食品やサプリメントの類を服用していた。水筒に入った白湯《さゆ》でそれらを呑みくだす。

佐伯は尋ねた。

「私でかまわないのですか？」

「明日の午後、緊急の幹部会を開く。私が取りに行ったのでは、他の幹部の不信を招く。まだ色のついていない新人で、しかも功績も申し分ない君ならば、それなりに説得力を持つ」

「わかりました」

小林は腕時計に目をやった。道を行く車の数はまばらで、ほとんどはタクシーだった。深夜零時を過ぎている。

「やれやれ。すっかり遅くなってしまったな。夜更かしは年寄りにはひどく堪《こた》える。とはいえ、まだ仲間たちは飲んでるんじゃないか？」

「今日は帰ります。明日に備えなければなりません。それに」

足元に置いたショッピングバッグの高級ワインを指さした。「舌がバカになった酔っ払いに、こんな立派なやつを飲ませるわけにはいきませんから」

「よく働いてくれたお礼と言っちゃなんだが、明日は祝賀会よりも刺激的なものになるだろう」

佐伯は老弁護士の横顔を直視した。忍び寄ってくる眠気や疲れが吹き飛んだ。

「神宮会長も出席される、ということですか？」

「内通者が上級幹部の誰かであった場合、同格の幹部は手を下せない。処断できるのは会長ただひとりだ」

「一体、どんなお人なのですか」

湧きあがる興奮を無理やり抑えながら佐伯は訊いた。

「そうだね。海千山千の強者ぞろいだが、まああの方と張り合える人間はまだ見たことがない」

小林はなつかしそうに過去を思い出すかのような目をした。「神宮会長とは十二年前にニューヨークで知り合った。そのころの私はまああの弁護士生活を送っていた。法曹界ではそれなりに名を知られていてね。アメリカに進出した日系企業の顧問弁護士となって、法の抜け道をアドバイスし、ペテンのやり口をあれこれ指南していた。驚くほど儲かったが、つねに退屈と倦みを抱えていたよ」

「先生は昔、過激派学生のリーダーだったと聞きました。機動隊に火炎瓶を投げつけて大火傷を負わせたとか」

小林は背中を折って笑った。

「大げさだな。棒でちょっと小突いたり、石ころを投げたり。当時の流行にちょっと乗っかっただけさ。アメリカで弁護士資格を取得したってところでお里が知れてる」

「アメリカで出会ったということは……神宮会長は日本人なのですか？　神宮という名前は偽名かも知れないと」

「それは誰から訊いたのかね」

「ガードサービスの社員からです」

「まあ長いつきあいになるが、あの方の過去は今でもよくわからん。たしかに神宮という名は偽名だ。私とはじめて会ったときは中国系の名前を口にしていたのだから。失脚した共産党幹部の息子だとね。信じはしなかったが、それを受け入れたよ。出自などどうでもよかったし、中国語が堪能だったからね」

「中国人なのですか？」

小林は鼻で笑った。

「それがよくわからないんだな。会長とはレストランや自動車販売店をいくつか共同で経営するようになった。東京に衣料品店を出店するために二人で出張したとき、驚いたことに彼はきれいな日本語を操っては、日本人の私に東京の案内をしてくれたよ。いい日本酒のそろった居酒屋やうまい田舎そばをだす店を彼から教わった。ネットやガイドブックで学んだような付け焼刃的なものではないし、いくら華僑《かきよう》のネットワークが広いとはいえ、うまいしめ鯖《さば》と煮こごりを出す名店まで把握しているとも思えない。馬鹿に地理には明るかった。私と同じ日系だったかと驚きはしたものの、やっぱり私にとっては出自などどうでもいいことだった。とにかくそういうサプライズを好むお人なんだ」

神宮の過去に関する話はこれまでも耳にしていた。だが初めて聞くパターンではあった。日本人商社マンの親を持った中東育ちのお坊ちゃん。九州の貧農一家に生まれた苦労人。東北の資産家の私生児。神宮自身が毎度ちがう話を口にしていた。

「敵だけでなく、味方をあざむくのがお好きなようだ」

「あのまま黙ってアメリカで実業をしていれば、そこそこの成功を収めていただろう。日本にビジネスの拠点を移したのは、ＣＪという宝を見つけたからさ」

「けっきょく何者なのですか？　いくら出自にこだわらないと言っても、どんな人物かもわからないままに事業のパートナーとするわけにはいかないでしょう」

「まあ共産党の幹部の息子というのは嘘だと思うね。中国系マフィアの三合会《トライアド》に、そういう人物がいたという情報を小耳に挟んだことはあるよ。サンフランシスコの顔役だった父親を殺害し、何年もかけてアメリカ中をさすらった。それこそ国民党に追われた毛沢東の兵隊のようにね」

「父親を殺した……」

武彦を無慈悲に射殺する神宮の姿が脳裏をよぎった。あの男のすました表情からにじみ出る冷たい激情を思い返す。

「本当かどうかはけっきょくよくわからんよ。ただこの組織は八路軍のように、戦いによって組織を強固にしてきた歴史がある。神宮会長は口先ではなく、行動で結果を示す人間を重用する。今日の交渉に、君を連れていくよう命じたのもあの方だ」

佐伯は膝頭を両手で強くつかんだ。震えそうになる身体を抑える。

「そうですか……」

佳子は佐伯に神宮を殺害させるつもりでいる。その後に佐伯を次のボスに据えるつもりだ。佐伯にはそのつもりは毛ほどもない。一刻も早く神宮に弾丸を撃ちこみたかった。それだけが救いになると信じている。

「早くお目にかかりたいものです」

佐伯の携帯電話が鳴った。本心をさらけだした佐伯に対する警告音のようだ。液晶画面に目を落とした。屋敷からだ。

「屋敷部長からです」

小林は携帯電話に手を向けた。

「出てあげるといい。君が来るのを待ってるんだろう」

「失礼します」

佐伯は通話ボタンを押した。電話相手に伝える。「佐伯です」

〈どこにいる〉

「小林先生と一緒だ」

佐伯は小林に目で確認を求めた。小林はうなずいた。「仕事はまもなく終わる。だが——」

〈終わったら、こっちに回ってくれ〉

「悪いが今日は飲める状況じゃない」

明日の予定についてはいれるわけにはいかなかった。

〈来てくれ〉

屋敷の言葉には有無《うむ》を言わせぬ調子があった。酒に酔っているのでもない。しばらく沈黙が流れた。佐伯は言った。

「なにがあった」

小林も異変を悟ったらしい。彼の視線を頬のあたりに感じた。

〈来てから知らせる。事務所に向かってくれ〉

そこで電話は切られた。屋敷の口調は硬い。心臓の鼓動が速まる。バレたのか。いや……。佐伯を殺すつもりで誘いだすのなら、むしろ酒に酔ったふりでもして油断させるはずだ。緊急事態が発生したのか。

小林が察したように横から言った。

「私のほうはもういいよ」

「ありがとうございます」

ちょうど車は新橋駅前にさしかかっていた。暇を持て余したタクシーがいくつも並んでいる。運転していた小林の秘書が路肩に停める。車を降りた佐伯はタクシー乗り場へと駆けた。

44

深夜にもかかわらず、三郷の事務所には多くの社員がつめていた。十五名ほどはいる。ＣＪの管理のために出ている社員以外は全員駆り出されているようだ。宴会を途中で止めたらしく、多くはアルコールで顔を赤くしていた。

佐伯が来るのを待っていたかのように動き出す。全員が地味なスーツや作業着姿だった。暴力の前触れを感じさせる不穏なユニフォームでもあった。

屋敷は部下たちに指示を飛ばしていた。

「三台にわけて行け」

佐伯は屋敷に尋ねた。

「一体、どうしたんだ」

「おれの車に乗ってくれ。話は車のなかでだ」

屋敷は佐伯の顔を見ようとしなかった。仕事用の車のキーを手にぶらさげながら事務所を出た。駐車スペースには白の使い古されたワゴンがあった。

屋敷は運転席のドアに手をかけた。佐伯は彼の手首をつかんだ。屋敷の表情が曇る。

佐伯は首を振った。

「おれが運転しよう。アルコールの臭いがぷんぷんするぞ」

「問題ねえ」

「緊急のトラブルなんだろう。それならなおさら注意を払わなきゃならない。そうだろ？」

屋敷はドアの枠をつかんだまま動かずにいた。ややあってから佐伯にキーを渡した。車を走らせる。

「どこに行けばいい」

「横浜港まで行ってくれ」

「了解」

三郷のインターチェンジから首都高に乗った。6号三郷線を南下して小菅《こすげ》ジャンクションを通過した。それまで二人とも黙っていた。佐伯は話しかけた。

「もういいだろう。なにがあった」

屋敷がぼそりと口を開いた。

「おまわりだ」

「どこかガサに入られたのか」

「逆だよ」

「どういうことだ」

「こっちが刑事《デカ》を襲ったんだ」

今度は佐伯が押し黙る番だった。軽い目まいに襲われる。ブレーキを軽く踏んでスピードを落とし、カーブを曲がりきった。ラジオでもつけるべきだったと後悔した。息づかいや心臓の音の変化を横の相棒に気取《けど》られそうな気がする。

「阪本か」

「こっちがわざわざ盛り上がってるときにやりやがった。マル暴の刑事を捕えたって息巻いている。そいつはこっちのなかに犬を送りこんだ飼い主らしい」

「どうやって知りえた」

「さあな」

「イカれている。刑事を殺せば面倒なことになる。やつは功績ほしさに焦っているだけじゃないのか？」

屋敷はコンビニ袋に入った缶コーヒーを立て続けに飲んだ。佐伯は一本勧められたが、ホルダーに入れたまま手をつけなかった。すでに神経は充分すぎるほど過敏になっている。

「そうとも言い切れねえ。ボスがあいつを手元に飼っていたのも、確度の高い情報を扱っていたからだ。組織の誰かを嵌めるつもりで動いているのなら、とっくに神宮会長が始末している」

「会長は不在だ」

屋敷は軽く手を振った。

「おれだってあのクソ野郎の勝ち誇ったツラなんざ見たかねえ。刑事なんかさらいやがって。なにを考えてんだかな。だがとにかく確かめなきゃならねえ。今ごろ阪本が口を割らせているはずだ。おまわりごときが耐えられるはずがねえからな。やつらは痛めつけるのは慣れてるが、自分が痛めつけられることなんかさっぱり想像もしちゃいねえ。やつらの犬がうちの会社に潜りこんでいたとしたら、すぐに片がつく」

屋敷は銃のマガジンに弾をこめた。鉛と鉄が触れあう音がことさら耳障りに感じられた。佐伯は訊いた。

「疑っているのか。仲間を」

屋敷は小さく笑った。いつもの陽気さは影をひそめている。暗い笑い声がした。

「賭けるか？」

「なにを」

「決まってるだろう。うちの会社に犬がいるか、いないかだ」

口のなかがひどく乾いていた。

「いないほうにおれが賭けたら、あんたはいるほうに賭けるのか？」

「いや……今のは聞かなかったことにしてくれ。おれはさっさと済ませて、気持ちよく飲みなおしたいだけなんだ」

ハンドルを握りながら横目で屋敷の顔を見た。やつは切羽つまった顔をしながら前を見つめていた。

横浜港近くの製薬会社の工場についた。ゴルフ場のように丁寧に刈りこまれた芝生と剪定《せんてい》された木々がある。そこは刈田の時代からしばしば利用されてきた場所でもあった。工場長は神宮ファミリーに買収されている。横浜港から荷揚げされたＣＪを保管する倉庫として活用されていた。佐伯にとってひとつ幸運があるとすれば、何度か訪れているため、工場内の地理をある程度把握していることだった。

正門には一台の車が停まっていた。その横には冷蔵庫のようながたいのいい大男が立っている。

阪本の部下の藤村だ。美帆の家を襲撃したひとりでもある。屋敷らがやって来ると、閉めていた車輪つきの鉄門をゴロゴロと動かした。

窓越しにやつは屋敷に挨拶をした。

「阪本さんがお待ちです」

「吐いたか？」

「さんざんやってますがね。まだ我慢してます。女のわりにはいい根性してます」

佐伯は目をつむった。マル暴に女性刑事が何人いるのかは知らない。だが捕えられたのは佳子だろう。覚悟を決めた。

屋敷は吐き捨てるように言った。

「おまわりに性別なんかねえ。みんなくそったれのゴミだ」

「ケータイと銃を預からせてください。すみませんが」

藤村は掌を屋敷らに向けた。屋敷は見上げるようにして睨んだ。

「おれたち全員分か」

「はい」

「なんでだ。おれたち全員を疑っているってことか？　つうかよ、なんでお前らに命預けなきゃなんねえんだ」

「それは……」

藤村は言いよどんだ。屋敷はため息をついた。

「信用ならねえのはお互いさまだ。ケータイはまだしも、銃はダメだ。どこに犬が潜んでいるかもわからねえような状況で手放せるはずがねえだろ」

「ええと、ですがそいつは――」

「さっさと上司に連絡を取れ。タコ」

藤村は阪本に電話をかけた。数分の押し問答の末、屋敷の意見が通った。

佐伯は携帯電話を藤村に預けた。これで外部とは連絡が遮断される。建物内にはオフィス用の電話はいくらでもあるが、阪本は佐伯をもっとも疑っているだろう。簡単に隙を見せるとは思えない。腰には拳銃があるが、それで仲間全員を相手にできるはずはなかった。

工場には工場棟と管理棟の二つの建物があった。二階の渡り廊下で繋《つな》がっている。車を正門から離れた工場の裏に停め、管理棟の社員玄関から入る。

管理棟は丸の内あたりのオフィスとなんら変わらない。社員食堂や事務室がある。製薬会社だけあって生薬や栄養ドリンクの匂いが漂っている。

非常灯だけがぼんやりとついている。人気はなく、がらんとしていたが、その寂しさを補うかのように、二階ではやかましく品のないトランスミュージックがかかっていた。

連中は二階の会議室にいた。薄いブルーのカーペットで床は覆われている。バドミントンができそうなくらいの広さがあった。長テーブルがロの字形に並んでいる。

部屋の中央にいるのは……。やはり佳子だ。椅子に身体をくくりつけられていた。全裸姿だ。両手は手錠で縛められている。長い髪が顔を覆っていた。ぐったりと顔をうつむかせている。

佐伯は無表情を装うしかなかった。顔をそむけるわけにはいかない。だが鳥肌が立ちそうなほどひどい有様だった。唇の端が切れ、口の周囲は血にまみれている。右目は赤く腫れあがって、ほとんどふさがっている。両腿はさんざん殴られたらしく、内出血や痣で青黒い。乳房や肩には噛まれた痕。阪本らに犯されたのか股間の毛は白く固まっている。

「遅かったじゃねえか」

椅子に腰かけていた阪本がすね毛だらけの足を投げ出したまま佐伯らを出迎えていた。寝巻きのようなスウェットを身につけている。下半身は裸だった。右手には砂がつまった革袋のブラックジャックがあった。

屋敷は温度のない目で佳子を見た。

「こいつがそうか」

阪本は傍らにいる部下のフリーザー一号に手を差し出した。

「水よこせ」

冷蔵庫のような大きな身体の梶がペットボトルの水を差し出した。阪本は水を含んでから口で佳子に吹きかけた。佳子はうめくだけだった。彼女なら気丈に睨み返すはずだ。その力すらすでに失われている。

阪本は口をななめに吊り上げ、品のない笑みを浮かべた。

「おまわりにしちゃ、なかなかよかった」

「まだ口を割らせてねえんだろうが」

屋敷が非難するように訊いた。

「慌てんな。お前らも楽しめよ。駆けつけ三杯だ」

「本当に刑事なのか」

阪本が面倒そうに梶に合図をした。女もののハンドバッグのなかからバッジつきの警察手帳を取り出した。それを屋敷に渡す。

屋敷は手帳のなかの身分証明書に目をやった。普段の陽気さは完全に消えている。佳子の髪をつかむと屋敷は無造作に頬を殴りつけた。

「女なんぞ殴りたくはねえし、豚にちんぽこをぶち込むような変態趣味も持ってねえ。さっさと喋って楽になれ」

佳子の頬がぴくぴくと痙攣した。笑おうとしたのだろう。

「なにかっこつけてるのよ。童貞野郎」

「ああ、そうかい」

屋敷はまた佳子の頬を殴った。さらに力をこめ、顎のあたりを容赦なく打ち抜いた。佳子の首が回転する。

佳子は顎をもごもごと動かした。血や涎とともに折れた歯の欠片《かけら》を吐き出していた。

屋敷は阪本を見下ろした。

「おれたちを疑ってんだろうが。これで満足か？」

「いいパンチだ。これに関しちゃ、あんたは端からシロだと思っていたけどよ。だが部下まではどうかな」

阪本は東亜ガードサービスの社員らを見回した。最後に視線を佐伯に定めた。

佐伯は動けずにいた。拳銃だけは手元にある。ここで撃つべきだろうか。何人殺れる。せいぜいひとりか二人だろう。佐伯が行動に出たとしても、どのみち佳子は生き延びられない。このまま拷問を受け続ければ佳子も耐えられないだろう。佐伯の正体を喋るかもしれない。脚をマッサージしたい。今にもがくがくと震えだしそうだった。

阪本が立ち上がった。陰茎をぶらぶらさせたまま佐伯に近寄ってくる。

「新参者はとくに念入りにやってもらう」

屋敷もまた値踏みするような顔で佐伯を見た。佐伯は口を歪めて言った。

「おれにはおれの流儀がある。黙ってろ」

佐伯は佳子の髪をつかんだ。

うつむいていた顔を上に向かせる。痛めつけられ、犯されたにもかかわらず、目には強い意志を感じさせる光が残っていた。一体、なにがこの女をそこまで支えているのか。胸元に光るものがあった。細いチェーンのロザリオネックレスだ。見覚えがある。奈緒美が昔つけていたものだ。

佐伯は睨みつけながら顔を近づけた。お互いの額がつくぐらいの距離まで。阪本らの視線を痛いぐらいに感じていた。

佳子は佐伯に敵意をむき出しにしながら睨みつけた。そうすることで伝えようとしている。殴れ——。

至近距離から佳子の頬に唾を吐いた。お返しとばかりに佳子が首を伸ばした。佐伯の耳をかじる。あえてそうさせた。佐伯は短く声をあげ、慌てたように距離を開けた。

阪本がせせら笑った。

「大した流儀だな」

佐伯はかじられた耳を指でさすった。佳子は本気だった。噛まれた耳から血がにじみ出ている。

佐伯は阪本からブラックジャックをひったくった。内出血で青黒く変色した太腿をさらに打つ。手加減はしなかった。佐伯達雄を演じなければならない。砂袋が太腿に衝突するたびに重々しい音が鳴った。

佳子は背中を丸めた。佐伯は無防備な背中にもブラックジャックを振るった。佳子は咳きこんだ。三度目の打ち下ろしで、痛みに耐えかねて彼女は悲鳴をあげた。演技ではないはずだ。背骨がきしむような打撃を加えていた。

昏い炎が頭のなかで燃え盛る。いっそこの女を黙らせてしまえば。殴りながら自分の声が聞こえた。刈田誠次の声がした。おれを鎖で繋ごうなどと――。

ブラックジャックがネックレスにひっかかった。チェーンが切れて床に落ちる。それをきっかけにブラックジャックを捨てた。

拳で佳子の顔を何発も殴った。額の硬い感触が伝わる。前歯で拳の皮膚が切れる。血が周囲を囲む長テーブルにまで飛んだ。いっそ殴り殺せ。黙らせろ。

佳子の顎を掴んで上向かせた。気丈に耐えてきた彼女だが、一瞬だけひるんだような顔つきを見せた。

佐伯は息をつまらせた。固めていた拳を緩めて、汗に濡れた自分の顔をなでた。そして自分が微笑みを浮かべていたことに気づく。

神宮の声が響き渡る。

――君は火炎そのものさ。魂を砕かれたまま育った者特有の昏い火だよ。いつもなにかを燃やしてなければ生きていけない。

佐伯は殴打を止めて周囲に訊いた。肩で息をしながら。

「これでいいのか？」

佐伯の気迫に圧倒されたのか、社員らの表情が強張っている。

阪本は不機嫌そうな顔をしながら腕を組んだ。

「まあまあだな。いい暴力亭主になれるんじゃねえか？　女を痛めつける手つきは悪くなかった。本当はしょっちゅうやってんだろ？」

屋敷が佳子を見下ろした。

「この調子だと長くは持たない」

「馬鹿言うんじゃねえ。この程度で死にはしねえよ。さあどんどん行こうぜ。このペースじゃ夜が明けちまう」

佐伯は会議室を出ようとした。阪本が目ざとく反応する。

「待て。どこへ行く」

「傷の消毒さ。それともお前がなめてくれるのか？」

佐伯は佳子を殴った両拳を見せた。「おい」阪本は腹心の冷蔵庫男の胸を軽く叩いた。それから佐伯に言った。

「どこに犬がひそんでるかわからねえからな。我慢してくれよ」

佐伯は部屋を出てトイレへ向かった。すぐ後ろには見張りとしてフリーザー一号の梶がついてきた。

心のなかで毒づきながら洗面台で手を洗った。傷がしみた。一瞬、本気で佳子を殺そうとした。

自分自身が理解できなかった。

　神宮に代わって武彦の声がした。

　――あのころから兄さんは少しも変わってない。殺しまくった先になにがあるっていうんだ。武彦が死んだ。五木が死に、美帆もこの世にはもういない。すべて佐伯こと刈田が命を奪ったようなものだった。晃龍会の兵隊を殺し、佳子を殺し、神宮を殺す。その先になにがあるというのか。なぜそうまでして殺しつくそうとするのか。

　佐伯と佳子の血が排水溝に吸いこまれていく。今はそれどころではない。あいつを殺してはならない！　佳子は潜入を続けろと目で訴えていた。佐伯は確信している。あの女は死ぬまで喋ったりはしない。

　あの女は佐伯と同じく神宮を呪っている。生きて神宮を見つけろ。全身で訴えてみせた。その気迫に呑まれまいとして殴り続けた。代わりに佐伯は自身の殺戮欲に呑みこまれそうになった。顎に力をこめる。そうしなければ歯が鳴り出しそうだった。どうしたらいい。佐伯は目をつむった。

　入口にいた梶が訊いてくる。

「どうした」

「なんでもない。傷がしみただけだ」

　横から手が伸びてきた。佐伯は思わず身構えた。梶の大きな手にはタバコのパッケージが握られている。

「一服つけたらどうだ」

佐伯は目を見張った。コブラ・ノンフィルター。まっ黒なパッケージには金色のコブラのイラストが描かれている。まるで精力剤のような毒々しい画《え》だった。

佐伯は震える手で一本を受け取った。佳子からもらった十字架がついたジッポはポケットに入れてあった。それで火をつけた。梶は言った。

「いい柄のライターだ。おれも昔、こいつとそっくりなやつを持っていた」

佐伯はいきなり梶の胸ぐらをつかんだ。個室の扉に背中を押しつけ、腰のベレッタを梶の顎に向けた。梶は銃を見つめながら囁いた。

「なにしやがる」

「麻取《マトリ》の犬のくせに、美帆をみすみす殺らせやがった。どうして助けなかった」

「そんなことを言ってる場合か」

「お前が殺ったのか」

ベレッタの銃口でやつの顎の肉がへこむ。美帆の幻影がちらつく。

「思い出せ。おれは玄関で見張っていた。あんたはろくに話も聞かずにおれをぶん殴って気絶させたじゃないか。目が覚めたときは手遅れだった」

「なぜ助けを呼ばなかったと訊いてる」

「おれに責任をなすりつけるな。あんたがあの女のところにトラブルを持ちこんだせいだろう。弟がジャンキーになったのも、おれのせいじゃない。頭を冷やせ」

「ぬけぬけと。殺してやる」

「そんなことをしている場合か。それともまた女を死なせるつもりなのか」

引き金にかけた指が白くなった。顔のない子供を抱いた美帆がささやく。殺せ——冷静になれ。矛盾する命令が飛ぶ。深呼吸を繰り返した。それでも銃を下ろすにはかなりの時間を要した。

梶は安堵《あんど》のため息をついた。袖で顔の汗を拭う。

「さっきは女を殴り殺すつもりかと思ったぞ」

「あんたこそなにをぼやっとしているんだ。仲間を見殺しにするつもりなのか？」

「仲間じゃない。あの女はマル暴で、おれは厚生局だ」

「ふざけるな」

梶は真顔になって佐伯を見下ろした。

「女を救いたいんだな？」

「手はあるのか？」

「あんたはどうしたいんだ。女を救いたいのか？」

梶は真意を確かめるように繰り返した。佐伯はうなずいた。

梶は唇を歪めながら笑うと、ポケットに入れていた右手を抜いた。ゆっくりと引き抜く。その手にはスタンガンが握られている。

佐伯は眉をひそめた。

「そんなもんでどうするんだ」

梶は握っているスタンガンを指さした。「こいつは武器じゃない。あんたが晃龍会の兵隊にやった戦法を学んだだけさ。こいつには電池の代わりにＧＰＳの発信機を仕こんである。おれの居場所は仲間がつかんでる」

なぜもっと早く呼ばない。佐伯はなおも文句をつけずにはいられなかった。梶はその動きを先読みするかのように手をあげた。

「よせよ。こいつは最後の手段なんだ。おれ自身が危機に陥ったときのために用意したものだ。ここまで来るのに三年かかった。何度も死ぬような思いをしながらな。桜田門のミスのせいで、おれは今すべてをフイにしようとしてんだよ。上司はさぞおれに呆れることだろうさ。そのうえあんたみたいなチンピラに倫理を問われなきゃならねえのか」

佐伯は梶を見上げるようにして睨んだ。佳子を救わなければならない。危機的な状況が怒りを無理やり抑えこんだ。肩の力を抜いて冷静になれと自分に命じる。梶は言った。

「おれもそろそろ潮時だったのかもしれない。正直に言うと、殺されたあんたの女がよく夢に出てくるんだ」

佐伯は拳を握り締めた。

「ひとつだけ教えてくれ」

「神宮の居場所か。おれだって知らない」

「海外にいると思っていた。だが小林は言っていた。おれは何度か目撃していると」

梶の顔が険しくなった。

「なんとも言えねえな。小林一流の目くらましかもしれん。日本国内にいるという噂はおれの耳にも入っている。しかしどうも疑わしい。ここの連中は多かれ少なかれ神宮を神格化している。カルト宗教みたいなもんだ。心酔しきった信者どものたわ言でしかねえような気もする。あるいは近くにいると思わせて、誰かの油断を誘っているのかもしれない」

「内通者か」

「神宮が姿を消す前から、ファミリーの内部情報がちょろちょろと漏れていた。五木吾郎《ごろう》の件を覚えているか？」

佐伯はうなずいた。梶は続けた。「あいつの家族を人質として取られ、神宮ファミリーの情報を漏らしていた。暴力団の江崎組に家族の情報が江崎組に漏れたのも、内通者のせいじゃないかと睨んでる。江崎組は関東の団体だが、そこのトップは晃龍会の錦と外兄弟の関係にあった。内通者は華岡組そのものと手を組んでいる。錦が粛清されたのも、華岡組が錦よりも内通者を重んじたからだ」

神宮ファミリーにはすでに巨大暴力団の牙が深々と突き刺さり、その毒が回りだしている。神宮は早くにそれを察知したのだろう。

梶は佐伯の肩を叩いた。

「ともかく今はこの場を切り抜けることだけ考えろ。もうじき県警のＳＡＴが来る。問題は県警があんたのことを知らないってことだ。潜入を切り上げて降伏しろ。でなけりゃなにも知らない特殊部隊に蜂の巣にされる」

「応戦するさ」

「なに？」

「警官を撃ち殺すつもりはない。だがおれはまだ演じ続けなきゃならないんだ」

「正気かよ」

梶は頭を掻いた。「これ以上、言い争う時間はねえ。応援は管理棟の入口から入るだろう。Ｓ

ＡＴが突入したら二階の渡り廊下を進んで工場棟へ逃げるんだ。裏口から脱出しろ。おれにできるのはそこまでだ」

佐伯は床に落ちたタバコを拾い上げた。傷がついた拳をハンカチで巻きつける。二人は会議室へと戻った。

部屋ではまだ拷問が続いていた。ガードサービスの社員が佳子の背中をベルトで打ちすえている。佳子は顔をうつむかせたまま、ほとんど無反応だった。生命の危機を感じさせたが、阪本と屋敷は無表情でその様を眺めていた。

阪本は戻った佐伯を睨んだ。

「遅えな。クソでも垂れてたのか？」

「熱くなりすぎた。思ったよりも傷が深かった」

佐伯はハンカチで巻いた手を見せた。佳子の肩はかろうじて上下していた。呼吸はしている。それがいつ停まっても不思議ではない気がする。

梶の目からは鋭さが消えていた。再びサディストの上司に忠実なウドの大木を演じている。佐伯は自分の視線の行方にも注意を払った。警官隊がやって来るとわかると、つい窓のほうに目をやってしまいそうになる。

阪本は佐伯を指さした。

「もう一度、この女を殴れ」

「どうしてだ」

「バッターは一巡した。全員が気合入れてぶん殴ったんで、またお前の順番が回ってきたんだ」

佳子の背中は無数のミミズ腫れができていた。それに刃物で切られたような傷。背の中央は、皮が大きくべろりと剝がれていた。

屋敷が割って入った。

「やり方を変えろ。こいつはいくら殴っても吐きはしねえし、このままじゃ、ただくたばるだけだ」

「口だしはやめてもらおう。ここはおれが仕切る」

屋敷と阪本が対峙している間に、佐伯は佳子を見つめた。佳子の右目は塞がっていた。左目は虚ろだった。

佐伯はタバコをくわえた。トイレで梶からもらったものだ。床に落ちて火は消えていた。ジッポで再び火をつけた。その意味を無言で伝えた。タバコの臭いを嗅ぎつけた佳子が左目をのろのろと動かした。その瞳に鈍い輝きが戻る。

佳子は息を断続的に吐いた。発作でも起こしたのかと佐伯は身体を硬直させた。そうではなかった。彼女は傷ついた身体を揺すりながら笑っていた。

阪本はいぶかるように眉をあげた。

「どうした。気でも触れたか？」

「あなた、一杯食わされただけよ」

佳子は口のなかの血を吐いた。

「ようやく口を利く気になったか」

「ぶたれるのに飽きただけ。山井とつるんでいたのはあなたね。あいつは今日、身柄を拘束されたわ」

「なに？」

「あのクズを檻にぶちこんでやったのは私。あいつはなりふり構わず、ただ薬欲しさに私の名前を出しただけ。自分の仕事に悦に入ってるようだけど、あんたはただクソを摑まされたのよ」

「クソかどうかはゆっくりおれが決めてやる」

阪本は顎をしゃくった。自分の仕事にまちがいはないと周囲に主張するかのように。屋敷は無表情のままだった。

「クソの臭いも嗅ぎ取れないのね。あのジャンキーがまともに仕事できたと思う？　ヤクのやり過ぎで頭がおかしくなりかけてた。ＣＪを買う金が欲しくてデタラメを言ってたのよ」

屋敷が間に入りながら訊いた。

「犬をどこに放った。どいつだ」

「知らないったら。ぶたないでよ。なにを吹きこまれたのか知らないけど、私はミスを犯して神宮ファミリーの捜査チームから外されてた」

阪本が言う。

「表向きには、だろう？」

「表も裏もない。責任はすべて担当の私に押しつけられていた。そんな大ポカをやらかした人間に、また秘匿捜査なんかさせると思うの？」

「じゃあなぜマル暴に残ってる」

「飼い殺しよ。私を派手に飛ばせば、課長や部長も責任を負わされる。私は組対部のお荷物でしかなかった。だから山井は安心して私を売ったのよ」

「もっとまともな嘘をつけ。お前は知っている。知らねえはずはねえんだ」

阪本が唾を飛ばしながら怒鳴った。隣にいる屋敷は顎に手をあててじっと考えこんでいた。その冷静さが、佐伯にとってはおそろしかった。横目でその動作を見守る。

その屋敷がぼそりと言った。

「妙だな」

「あ？」

阪本が声をあげた。屋敷は冷ややかに佳子を見下ろした。

「なんで急にぺらぺらと。なにがあった」

佳子は左目を伏せた。まるで感情を読み取られるのをふせぐかのように。

「どこまでも勝手なやつらね。黙っていれば怒るくせに、喋ったら変な顔をする。どうすればいいの」

屋敷は舌打ちした。

「しくじった」

遠くで物音がした。爆発音とガラスが砕ける音。

会議室の窓ガラスが割れた。缶詰めのような金属の塊が外から飛んできた。大量の煙をともないながら。

「催涙弾だ」

屋敷は左手のハンカチで口を押さえた。「クソ。犬ども、今日はガスマスクなんて持ってねえぞ」

会議室はみるみる白い煙で充満していく。屋敷らガードサービスの社員が窓辺に寄った。円藤や中富らがためらわずに拳銃を発砲する。ガス弾が次々に窓を割りながら飛びこんでくる。鼻や喉を刺激する。佐伯は咳きこんでいた。視界が涙でぼやけ、煙でまっ白に変わっていく。

すべてが煙に覆われていくなかで、梶が佳子に向かって突進していくのが見えた。裸の彼女を保護するかのように巨体で覆いかぶさる。

「お前――」

阪本が目を見張った。腰から拳銃を抜き出した。梶の背中に狙いを定めようとする。

佐伯が動いた。梶の背中に銃を向けようとする阪本。後ろから歩み寄り、引き金を引かれる前に手首を思い切りつかんだ。阪本が振り返る。その目は飛び出さんばかりに見開かれている。佐伯は頭を振り下ろした。鼻骨が砕ける感触が額に伝わる。阪本は腰から落ちる。

その打撃で佐伯の正体に気づいたかもしれない。確かめるつもりはなかった。やつの目が死人のように虚ろになる。持っていた拳銃をもぎ取ると、阪本の顔の中央を目がけて撃った。陥没した鼻に黒い穴が開いた。顔面の皮膚がまん中からねじれ、目玉がこぼれた。穴から血と体液を噴きださせながら阪本は倒れた。

美帆の仇を討ったが、感傷にひたる暇はない。佳子を保護した梶にうなずいてみせた。阪本の拳銃を捨て、自分のベレッタを握った。

足元にロザリオネックレスが落ちている。それを拾い上げながら窓辺に近づく。

屋敷らは窓から拳銃を撃っていた。警察を相手にしていたため、佐伯らの動きに気づいてはいない。警官隊らもためらってはいなかった。サブマシンガンのＭＰ―５Ａ５の弾が容赦なく地上から二階の会議室へと吐き出されていた。

佐伯は会議室の入口へ駆けながら屋敷たちに告げた。

「こっちだ！」

催涙弾による攻撃で涙や鼻水がとめどなくあふれる。廊下にはすでにヘルメットと防弾チョッキを着た警官の姿があった。

佐伯は警官たちにためらわずベレッタを撃った。先頭にいた警官の腹に当てた。背中から床へと倒れる。ひとりが撃たれると、警官らはひるんで足を止めた。

その隙をついて渡り廊下へと駆ける。梶の指示どおりにオフィスのある管理棟から工場棟へと移った。仕切られた自動ドアを蹴破った。

ミキサーや打錠機の間を縫うようにして出口へ向かった。屋敷らが後方へ発砲する。警官隊らの攻撃は激しさを増す。マシンガンの連続的な発射音がした。

工場棟の一階にあるゴミ捨て場へ回った。スチール製のドアのロックを外した。外へと出る。

工場棟の裏にも警官隊の姿があった。おっとり刀で駆けつけた地元警官のようで装備は手薄だ。防弾チョッキで胸を守っているだけで、ヘルメットすら着用していない。ヒモつきのニューナンブがいかにも頼りない。

屋敷と円藤が巡査たちを追い払うかのように撃った。撃ち合いなどまるで経験がなさそうな警官らはちりぢりになる。

屋敷が叫んだ。

「まとまるんじゃねえ。分散して逃げろ」

佐伯と屋敷はガードサービスの営業車に乗りこんだ。佐伯がハンドルを握る。何重にも防御線が敷かれているであろう正門には行けない。

屋敷がアドバイスをした。

「社員駐車場の柵だ。ぶっ壊せ」

佐伯はアクセルを思い切り踏んだ。タイヤのスキッド音とともに、営業車はまっすぐに延びたトラック用の搬入路を突き進んだ。何人かの警官が止めようと立ちはだかる。一切スピードは緩めなかった。警官らは轢《ひ》かれるのをまぬがれるためにアスファルトのうえにダイブした。

搬入路の先には灰色の平原が広がっていた。数十台分のスペースはありそうな社員用の駐車場だ。工場の周囲はコンクリートの塀で囲まれていたが、社員駐車場は強度の低そうな錆びた金網で仕切られている。

「つかまってろ」

佐伯はそこへ目がけて突進する。いくら古びているとはいえ、金網は一台の普通車では壊せそうにない。だが中富が運転する車がすぐ横に並んだ。二台の自動車によるエネルギーが金網に叩きつけられる。車は横倒しになった金網を踏み潰すようにして乗り越えた。

運転席の中富が、険しい顔をしながらも親指を立てた。港の公道に出る。左右に分かれる。パトカーのサイレンが鳴り響いている。

港を出てごちゃついた市街地へと入った。もうすぐ夜が明けるらしく、空が薄い藍色《あいいろ》に変わっている。ゴミ収集車や新聞配達のバイクを追い越した。狭い路地を選んだ。なんにしろ車を替えなければ話にならない。横浜市役所近くの地下駐車場を目指した。

佐伯は運転をしながら屋敷に言った。

「鏑木社長に連絡を取らなければ」

「ああ……」

屋敷は消え入りそうな声で応じた。スリル満点のこのときに。ましてや敵が警官であればなおさら興奮するはずの男が。佐伯は横に目をやった。屋敷の顔色は青白かった。脂汗をかきながらシートに身体を預けている。

「撃たれたのか」

着ていたスーツの胸のあたりに二つの穴が開いていた。赤黒く血に染まっている。屋敷はかすれた声で応じた。

「たいした……ことじゃねえ」

屋敷は銃をしっかりと握っていた。だが持ち上げることさえできないようだった。佐伯は声をあげた。なにかを言おうとしたが、うまく言葉にならなかった。

「じっとしていろ。なんとかする」

地下の駐車場にたどりついた。人の気配はない。入口で駐車券を抜き取ると、手近なスペースに車を停めた。佐伯は携帯電話を取り出した。阪本のを盗んでいた。「鏑木社長に電話をして、医者の手配を頼む。待っていろ」

傷だらけの拳は血と汗で濡れていた。うまくボタンが押せなかった。

こめかみに硬いものが当たる。金属の冷たさが皮膚に伝わる。屋敷が銃を突きつけていた。

「……なんの真似だ」

「どうしてやつのケータイを持ってる」

「そんなことを言ってる場合か」

「そいつを捨てろ」

「このままじゃ死ぬぞ」

「何度も言わせるな。最後の警告だ」

濃厚な血の臭いがする。袖口からもぽたぽたと血液が垂れていた。

「わかった」

佐伯はフロアマットにケータイを捨てた。屋敷は口で苦しげに呼吸を繰り返した。

「阪本をどうした。殺したのか？」

「騒動のどさくさにまぎれて、誰かがやつを撃った」

「おれをこれ以上……なめるな」

屋敷は咳きこんだ。内臓をやられているらしく、口からも血を大量に吐く。

「問いつめたければあとにしろ」

「犬の手は借りねえ」

屋敷は拒むようにゆっくりと首を振った。「武彦の仇を討つつもりか……刈田」

沈黙が降りた。佐伯はすぐに答えられなかった。屋敷もせかす様子は見せない。

驚きはない。かりに正体がバレる日が来るとしたら、暴くのは阪本や神宮ではなく、長年パートナーだったこの男のような気がしていた。口を開いては閉じ、また開いた。それを何度か繰り返してから答えた。

「仇は弟だけじゃない。おれの女もだ」

屋敷の反応を待った。引き金を引くのか、それとも感情を露にするのか。どれでもなかった。

静かに彼は言った。

「お前を生かしておくわけにはいかない。降りろ」

二人は営業車を降りた。屋敷はずっと銃口を向けていた。ダークスーツのジャケットについた
赤い染みが広がっていた。唇も白い。

ボンネット越しに見つめあう。屋敷は上目づかいで睨んだ。急速に生気が失われていくなかで、
瞳だけは油膜を張ったようなぎらぎらとした光がある。

「嵌めやがって」

屋敷の膝ががくりと落ちる。その隙を見逃すわけにはいかなかった。

やつの銃が火を噴く。マズルフラッシュが見えた。その直前に佐伯は地面に身を投げ出してい
た。ベレッタを引き抜き、佐伯は引き金を引く。

屋敷が放った弾は、佐伯の額の真上を通過した。やつの胸に三つ目の穴が開く。背中から倒れ
る。

「屋敷！」

佐伯は駆け寄った。屋敷は仰向けに倒れている。やつは銃を放さなかった。握らせたままにし
て、やつの頭を抱え上げる。

屋敷の顔が紙のように白くなっていた。瞳孔が開いている。もはやどこも見えてはいないよう

だった。

「屋敷」

屋敷は咳をした。血が飛び散る。

「もうちょっとうまく化けろよ……だいたい戻ってくるか、普通。お前は……くそったれの大馬鹿野郎だ」

「そうだろうな」

「お前でよかった。このおれがおまわりの弾で……くたばるわけには……」

屋敷の息が止まった。エネルギーの塊のような男だった。だがやつの身体から魂が抜け出ていくのがわかった。

指で屋敷の瞼《まぶた》に触れる。ガラス玉のような目を閉じた。こうなる日がいずれ来るとは思っていた。戻った以上は。友を殺してまでやらなければならなかったのか。

神宮の声がまた頭のなかで響いた。

――いつもなにかを燃やしてなければ生きていけない。

屋敷の顔に触れながら唇を噛んだ。歯が皮膚を食い破り、血の味を感じ取りながらその場を去った。

45

〈君は無事なんだな?〉

鏑木が訊いた。

「屋敷部長は残念ながら」

〈阪本の配下がひとり行方をくらましている。その男が捜査官だったようだ。阪本が強引に取った手段が裏目に出てしまった〉

「他の社員は無事だったのですか？」

〈それぞれ静岡や山梨のセーフハウスに向かわせた。君はどこにいる〉

「今は品川の駅に」

〈都内にはいくつか隠れ家がある。しばらくはじっと潜っていたまえ。小林から命じられていた件は他の者に行わせる〉

「いえ、私にやらせてください」

〈危険だ。警察は厳戒態勢を敷いて追っている〉

「適役は私以外にいないと聞いています。他の誰かが実行すればファミリーのなかに禍根が残るとも。昨夜の件とはべつに内通者が潜んでいます。それを排除してからでも遅くはありません」

〈……よかろう。ただしくれぐれも気をつけることだ。わが社は貴重な精鋭を失った。再建には多くの時間と手間がかかる。三郷の事務所はすでに閉鎖している。警察の追及をかわすためにも一から組織を作り直す必要がある。いずれは君に現場の指揮を執ってもらわねばならん〉

「了解しました。必ず戻ります」

公衆電話を切った。阪本の携帯電話は電源を切っていた。佳子はその後どうなったのか。朝方に入ってからの事件だ。新聞にはまだ載ってはいない。テレビでは詳しい内容はまだ伝えられていなかった。

鏑木からの情報によると、警官隊に重軽傷者八名。神宮ファミリー側の死者は阪本を含めて三名にのぼっていた。横浜の地下駐車場にいる屋敷もすでに警官らに発見されているという。

佐伯は駐車場で車を盗んだ。清掃メンテナンス会社のヴァン。それを運転して川崎市まで逃れた。なかには油で汚れた作業着があった。火薬の破片と血で汚れたジャケットを脱ぎ、それをまとって即席のブルーカラーと化した。南武線と小田急線を使って都内に入った。どの駅でも警官たちが改札口やホームで睨みをきかせていたが、佐伯に注目する者はいなかった。最後は朝のラッシュにまぎれてJRで品川に着いた。

佐伯は再び受話器を持ち上げて電話をかけた。佳子の携帯電話の番号をプッシュした。ワンコールもしないうちに相手が出た。

〈もしもし〉

初老の男らしい低い声がした。

「あんたは?」

〈警視庁組織犯罪対策部の丸谷だ。君は?〉

佐伯は受話器を握りなおした。彼以外の人間が出た場合はすぐに切るつもりだった。

「あんた、猫を飼っているだろう。名前はなんだ」

〈なに?〉

「飼い猫の名前だよ」

〈猫などうちにはいない。犬なら飼っている〉

佐伯は追加のコインを入れた。佳子から唯一心を許している上司だと聞かされていた。佐伯の正体を知っている。佳子は事前に告げた。自分になにかあったときは上司の丸谷に言えと。丸谷に関する情報を簡単に耳にしていた。ペットや好きな酒の銘柄など。

「佐伯だ。あいつは生きているのか？」

わずかに間をおいてから答えが返ってきた。

〈かなり危険な状態にあるとしか言えん〉

「……そうか」

返事をするのがやっとだった。なにも言葉が思いつかない。捜査官の梶はなんとか佳子を守りぬいたのだろう。それでも命を失いかねない。悪い冗談のようにすら思える。佳子は魂が地獄に落としこまれた。もうたくさんだ。せめて死だけは回避してほしかった。

〈君のほうは無事なのか？　神宮ファミリーの構成員らしき死体が、横浜市役所近くの地下駐車場で発見された。君がその男とともに逃げるところを県警の警官が目撃している〉

「おれのほうに問題はない。このまま潜り続ける」

〈これ以上は無理だ〉

「神宮を殺るまでおれは止めるつもりはない。もうじきやつは姿を現す。先延ばしにはできない。詳しい情報はまた知らせる。この番号にかければいいのか？」

丸谷はしばらく沈黙してから言った。

〈なぜだね〉

「なにがだ」

〈園部巡査部長から報告を受けていた。君はけっして協力的とは言えないとね。その君が、なぜ危険を冒してまでこちらとコンタクトを取ろうとした〉

佐伯は言葉につまった。

全裸で椅子に縛られていた佳子の姿が脳裏をよぎった。佐伯が神宮ファミリーの情報を彼女に提供していれば防げたかもしれない。佳子は陵辱され、ベルトやブラックジャックで打たれ、佐伯にあやうく殺されかけて生死の境をさまよっている。それでも最後まで口を割ろうとしなかった。そのおかげで佐伯は生き残れたのだ。

〈もしもし?〉

佐伯は受話器を下ろした。

46

品川のショッピングビルで衣服を買った。汚れた作業着からツイードのジャケットとスラックスに替える。中折れ帽を目深にかぶって顔を隠した。

目黒まではタクシーを使った。昨日の寿司屋へ。十二時に晃龍会の笠井と梓と会うことになっていた。

二人は約束よりも早く来ていた。寿司屋の前にベンツを横づけして待っている。笠井自らがハンドルを握っている。ボディガードは連れてはいない。

笠井は窓越しに佐伯をじろじろと見ていた。赤く充血していた目は治っていた。

「よく来られたな」

「なんのことですか」

佐伯はベンツに乗りこんだ。

「昨日の横浜でのドンパチ。あれはお前のところだろう。おれたちにかまってる暇はねえと思っていた」

笠井は笑いかけた。親である錦を追いつめた組織が大きなダメージを負ったのだ。笠井にとっては吉報以外の何物でもないだろう。嬉しさをこらえきれないようだった。

「おれにはわかりません」

「火薬の臭いがするぜ」

笠井は車を走らせた。数分程度のドライブ。五反田駅前にある都市銀行の支店だった。錦が利用していた貸金庫がそこにあるらしい。

三人は銀行のなかに入った。貸金庫は半自動型のものだ。窓口での手続きを必要とはしない。梓は慣れた足取りで銀行内の一室へと向かった。

まるで檻のような分厚い金属製のドアをカードキーで開ける。部屋に入るとパネルに暗証番号を入力し、金庫のなかに入ったケースを取り出した。

そこには権利書や手形などの書類はなかった。金庫に収まっていた棚のなかには古いカセットテープやビデオテープ、フロッピーディスクやCDがぎっしりと入っていた。一見するとガラクタのように映るが、使い方によれば金の延べ棒よりも価値があるのかもしれない。

梓が棚のなかを漁った。なかにはプラスチックのケースに入った何枚かのUSBメモリがある。

人差し指程度の大きさのパソコン周辺機器には付箋紙が貼られてある。梓はひとつひとつそれらを確認しながら一個を取り出してテーブルに置いた。

「錦が亡くなる直前まで使っていたものです」

「なかのデータを開くにはパスワードが必要ですが、それに関しては小林先生にお伝えしています」

佐伯はうなずいた。小林は緊急の会議のために四天王を招集している。どこで行われるかはまだ伝えられてはいない。おそらく小林が所有する別荘だろう。佐伯がＵＳＢメモリを持ち帰り、パスワードを知る小林がＰＣでデータを開く手筈になっていた。

佐伯は手を伸ばす。笠井が先にＵＳＢメモリを拾い上げていた。

「待て」

「なんですか」

「小林先生ともう一度話をさせてくれねえか」

笠井は口ひげをいじりながら言った。佐伯と視線を合わせようとはしない。

「どういうことです」

「言葉通りの意味だ。こいつをくれてやるためには、小林先生とまた話し合う必要ができたってことだ」

「おかしいですね。そちらの指定口座には前金がすでに振りこまれたと聞いてます」

「ああ、問題ねえ。ここにブツがあるのも理解したな？」

佐伯は肩から力を抜いて失望を露骨に表してみせた。

「あんたも同じ考えなのか。姐さん」

梓はうつむいていた。佐伯の顔を見ようとはしなかった。

佐伯はため息をついた。不思議と怒りは湧かない。二人の行動を予期していないわけではなかった。ヤクザはゴネるのが仕事だ。戦闘力を削がれ、官憲に裏をかかれた神宮ファミリーを下に見ようと顎をしゃくるのに懸命になっている。笠井だけではない。裏社会全体がそんな考えに踏み出そうとする気配を感じた。たしかに大きな戦闘続きで神宮ファミリーは疲弊している。

佐伯は低くうなった。

「見くびられたものだな。警察と少しばかりじゃれあったからといって、こっちが浮き足立っているとでも思ったのか？　ゴネればさらに多くの金を吐き出すとでも？　ヤー公としちゃ三流だな、あんた。相手を見る目が腐ってる」

笠井は口を曲げた。

「とことん人をなめくさりやがって。小林でもダメだ。神宮を連れてこい。神宮を」

佐伯は舌打ちしながらポケットに手を入れた。笠井は顔を強張らせ、部屋に設置された監視カメラに目をやった。

「馬鹿なことはするなよ」

佐伯が取り出したのは銃ではなかった。ハンカチだ。自分が触れた箇所を拭いだした。ドアやテーブル。笠井が訊いた。

「なにをしてる」

「指紋を消している」

「おい、言っておくが外に部下を待機させてる。暴れれば警備員より先に駆けつけるぞ」

佐伯は答えなかった。

テーブルを拭き終えると、佐伯はいきなり梓の手首をつかんだ。触れただけで砕けてしまいそうな華奢《きゃしゃ》な腕だ。力をこめた。梓の顔が歪んだ。

「てめえ」

笠井が胸に手を伸ばした。スーツの内側に銃を隠し持っているようだった。佐伯は言い返した。

「馬鹿な真似はするな」

梓の手首の骨を親指と人差し指で揉んだ。マッサージをするかのようにやさしくしたつもりだった。梓はもがいた。

笠井はUSBメモリを掲げた。

「お前には渡さねえ」

「次はあんただ。それともおれを撃って男らしくムショに行くか？」

笠井の視線がさまよった。佐伯は梓に声をかけた。

「おれは腹を立ててんだよ、姐さん。叫び声をあげたけりゃあげてもいい。警備員が来ようとヤクザが来ようと知ったことじゃない。おれはあんたの腕を折ることにするよ」

梓は抗《あらが》おうとして腕を引っ張った。佐伯の手はびくともしない。力をさらにこめた。梓の手がそりかえった。佐伯にためらいはなかった。佳子の救出や警官との戦い。屋敷を殺害した今では、なにかが吹っ切れている。

笠井は堪えきれずに言った。

「待て」

「やかましい」

笠井の額に汗が浮かんでいた。やつにしても、本気で神宮ファミリーと対峙するつもりはなさそうだ。佐伯はやつに向かってもう一方の手を伸ばした。

「さっさとよこせ」

「その手を早く放せ」

梓が短い悲鳴をあげた。骨がきしむ感触が伝わる。笠井は佐伯の掌にＵＳＢメモリをのせた。梓の手首を解放する。梓はその場でしゃがみながら、すすり泣いた。

「おれたちはスムーズな取引をした。そうだな？」

笠井は舌打ちした。

「なんの問題もねえ。弁護士先生に残りの金を振りこんでくれるよう伝えてくれ」

笠井は根負けしたように両手をあげた。「なんでお前がここに来たのかがよくわかったよ。とっとと持っていけ」

佐伯はメモリを握りしめた。こんなところでつまずくわけにはいかない。生死の境をさまよう佳子のためにも、死んでいったものたちのためにも。いや、美帆や武彦が復讐《ふくしゅう》を望んでいるかどうかはわからない。希望も失望も持ち得ないからこそ死者なのだ。四の五の言う必要はない。佐伯自身が強烈にやつの死を望んでいる。自分の欲望に従い、神宮をこの世から抹殺《まっさつ》しなければならなかった。

47

関越道を北に進む。埼玉県の花園インターで降りた。

都内でレンタカーを借り、秩父《ちちぶ》の山道を縫うようにして走った。秋が深まるにつれて陽が落ちるスピードは早まっていく。日光は山々によって遮られ、谷間《たにあい》の道路は巨大な影に覆われていた。もうすぐ二年が経とうとしている。武彦と美帆が殺害され、刈田こと佐伯は海へ落下した。そこから這い上がり、今は山のうえにいる神宮に迫ろうとしている。

USBメモリを回収したのちに小林と連絡を取った。秩父の別荘に来るよう命じられた。公道を離れ、細い一本の私道をしばらく進んだ先に彼の別荘がある。

私道の入口にはSUVを停めた警備員が二人立っている。佐伯の知らない顔ぶれだ。当分は鏑木のガードサービスは動きが取れない。他の四天王の会社で働く社員や秘書たちだろう。おもに軍隊出身者で構成されたガードサービスの面々とはちがい、それほど警備の仕事に慣れているとは思えなかった。ともに肩の線が細く、下腹が突き出ている。

ガードサービスの社員証を見せてなかへと入った。巨大な杉の木が横手に並んだ私道を数分進んだ。小林の別荘は三階建ての洋館で、ちょっとした旅館のような大きさがあった。駐車場には高級車や大型SUVが停まっている。神宮の車があるかどうかはわからない。目撃するたびにちがう高級車を操っていた。トヨタのときもあれば、値の張るイタリアのスポーツカーのときもある。駐車場にレンタカーを置いた。

別荘の周囲には、トランシーバーを持ったスーツ姿の男たちが、大量にうろついていた。ぴりぴりとした緊張感が漂っている。神宮ファミリーの正規兵とも言えるガードサービスが深いダメージを負い、宋や久我、小林らの会社の人間が警備に当たっていた。

別荘の玄関でボディチェックを受けた。銃は警備員に預けた。

佐伯の到着とほぼ同時に宋のベンツがやって来た。ブラウンのダブルのスーツを着用し、屈強なボディガード三人を従えた姿はヤクザよりもヤクザらしかった。強面《こわもて》のイメージを前面に押し出してはいたが、宋は暗く疲れたような顔をしていた。

佐伯は宋に目礼した。やつはぎょっとした表情に変わった。

「なんだってお前がここにいる」

「小林先生から用を仰せつかったものですから」

「正気かよ。尾《つ》けられてねえだろうな。今日の会議だってお前らの汚れたケツを拭くために催されたようなもんだ。刑事なんかさらいやがって。なに考えてやがるんだ」

「入りこんだ犬を排除するためでした」

「だったらきっちり消しやがれ。お前もその場にいたんだろうが」

宋が胸ぐらをつかんだ。先に着いていた久我が止めに入った。

「よしましょう。内輪で揉めている場合じゃない」

「クソ」

宋は別荘の階段をあがった。インドへの海外出張の多い久我は、通訳を兼ねているインド人秘書と、二人の白人の護衛を連れていた。

久我は佐伯の肩を叩いた。

「屋敷部長の件は残念だった」

「ありがとうございます」

「とにかくご苦労だったね。生きて戻れてなによりだ。今日の会議には参加するのかい？」

「おそらくは」

「そうか」

久我は顎に手を当てて考えこむような仕草を見せた。「ガードサービスの他の社員は身を隠しているると聞いている。ここに君がいるということは……」

「申し訳ありません。それ以上のことは」

「かまわないよ。屋敷部長がいない今、これからなにかと大変だろうが、どうか我々のために力を貸してほしい」

「承知しました」

久我は宋のあとを追うかのように階段を上っていく。ぴりぴりと緊迫した空気に包まれているというのに、落ちつき払った態度はいつもと変わらなかった。

佐伯は一階の広いリヴィングへと向かった。そこに置かれたソファには小林と鏑木が腰かけていた。

小林は佐伯の姿を認めると手をあげた。

「ご苦労だったね。いや、本当によくやってくれた」

鏑木も同意するように深くうなずいた。

「ありがとうございます」

「笠井は素直に渡してくれたかい？　昨夜の事件を聞いて、急にゴネたりはしなかったかね」

「いえ、とくに問題はありませんでした」

「部屋の入口で待っていてくれ。頃合いを見て声をかけるから」

「ひとつだけよろしいですか？」

「なんだい」

「ここの警備です。場合によっては、これで秩序を維持するのは難しいかもしれません。内通者が誰で、どんな行動に出るかわからない状況では」

鏑木が口を開いた。

「ですが神宮会長がここにいらっしゃるとなれば――」

「いや。問題はない」

「問題はない」

鏑木はわずかに語気を強めた。佐伯は黙った。

妙な胸騒ぎを覚えながら二人の最高幹部の顔に目をやる。暴力団や警察から攻撃され、内部からも裏切り者が出ているというのに、なぜそれほどまでに落ち着いていられるのか。黒い雲のような不安が心を覆っていく。内通者の正体。神宮の行方。鏑木たちの態度。不明な点が多すぎた。

室内を見渡した。金属探知機やトランシーバーを携えた警備員たち。それぞれ幹部たちが連れている秘書や運転手たち。神宮の姿はまだない。

「心配はいらないよ。君は自分の役割に専念してほしい。さてそろそろ時間だ。行こうか」

小林と鏑木は立ち上がった。

三階の客間で緊急幹部会が開かれた。佐伯は入口前の廊下で控えていた。掌にじっとりと汗がにじむ。わからないのは神宮やその配下たちの行動だけではない。佐伯自身がどう動くべきか。それさえもわからずにいる。

会議が始まってからすぐに宋の怒鳴り声がドア越しに漏れてきた。佐伯は廊下の窓から外を見下ろす。神宮を探し続ける。あの男がやって来る様子はない。本当にやつは現れるのか？

しばらくして客間のドアが開いた。なかから小林が手招きする。

「なかに入ってくれ」

客間に入る。バルコニーがあり、また南側には大きなガラス窓が嵌めこまれてあった。そこからは高原野菜の畑と杉林が見下ろせる。畑の横に小高い丘があった。

開放的な眺めとは正反対に部屋の空気は重たかった。宋や鏑木が吸うタバコや葉巻の煙が漂っていた。佐伯は末席に腰かけた。

議長役の小林が言った。彼の前にはノートパソコンがあった。

「さて新しい議題へ入る前に、鏑木君のほうから報告がある」

「私の東亜ガードサービスだが、さきほど述べたとおり会社名を変更し、組織の再編を行う予定だ。現場責任者には屋敷の後任に、この佐伯を薦めるつもりでいる」

宋がうなった。

「おれは反対だ。そいつの功績は認めるが、まだ来てから日が浅いじゃねえか。それに昨日のドンパチで警察に面が割れているかもしれねえ」

「あくまで報告であって、是非を問うているわけではないよ。年功序列制で動いているわけではないし、警察の目をかわす方法はいくらでもある。しかもこの人事はすでに神宮会長からも承認されている」

「さすが日本の軍人さんだっただけあるな。そういうのを統帥権《とうすいけん》の干犯《かんぱん》って言うのか？　お前ら会長の名を出せば、みんな片がつくと思っているだろう」

「名を利用しているわけではない。会長の意向にさえ不満を覚えるというのかね」

宋はテーブルを叩いた。

「だからよ、その会長はどこにいるんだって訊いてんじゃねえか！　なあ教えてくれよ。本当のところどうなんだ。潜伏中なのをいいことに、お前らが好き勝手に会長の威光を利用してるだけなんじゃねえのか？」

小林が手を組んで苦笑した。

「『お前ら』というからには、私も含まれるんだろう」

宋は小林を指さした。

「あんたが一番わからねえ。会長の承認だと？　あんた本当にうかがいなんて立てたのか？」

「当然だよ。連絡手段は明かせないがね。一般企業のようにハンコをついてもらうわけにもいかん。私を信用してくれとしかいいようがない」

「会長の不在に乗じて、あんたらがファミリーを乗っ取るつもりなんじゃねえだろうな」

宋は口調を強めた。だが発言するのにかなりのエネルギーを必要としたのか、額に汗が浮いている。

宋の隣にいた久我が腕を引っ張った。

「憶測だけでものを言うべきじゃない」

「久我社長、あんただってそう思ってるだろう。違うのか？」

公然と批判されたにもかかわらず、鏑木と小林は相変わらず平然としていた。小林は寿司屋で出されるような大振りな湯呑みに入った緑茶をすすった。まるで盆栽の出来具合を縁側で確かめている年金生活者のようなのどかな表情だった。

「ちなみに言っておくけれど、神宮会長もこの会議は聞いていらっしゃる。発言はそのつもりで願いたい」

「なんだと？」

宋は前のめりだった姿勢を正した。あわてたように背筋を伸ばす。久我は疑わしげに目を細めた。

佐伯は会議の行方を見守るしかなかった。小林の真意は測りかねる。立場や状況をわきまえる必要がなければ、佐伯も同じく問い質《ただ》してやりたかった。小林の言葉はどこまで本当なのか。神の名をかたって権勢を誇る悪徳司祭のように、神宮の姿をした金メッキの神輿を担いでいるだけではないか。

小林は言った。

「乗っ取るもなにも、会長はすぐそばにいらっしゃる。だからその批判は当てはまらないよ」

「おい、ふざけてるのか」

「物事には順番がある。その答えはあとにさせていただく」

小林は佐伯を見やった。「佐伯君、はじめようか」

宋は怪訝そうな顔をした。

「なにをやろうってんだ」

佐伯は椅子から立ち上がった。封筒に入れたＵＳＢメモリを小林に渡した。冷静だった久我も少しばかり苛立ったような調子で訊いた。

「それは？」

小林はノートパソコンを立ち上げていた。音声データがつまったＵＳＢメモリを差しこんだ。青白いディスプレイの光が老弁護士の顔を照らした。

「晃龍会の錦会長の貴重な遺産だ。彼はまめな性格だったようだね。電話での会話内容をみんな記録していたんだ」

久我は目を見張った。

「本当ですか」

「晃龍会主催のオークションで競り落としたんだよ。今朝、彼の愛人から佐伯君に受け取ってきてもらった」

「敵だったやつらの贈りもんだろう。そんなもん信頼できるのか」

「こちらを嵌める理由はたしかにあるが、あっちは内部抗争で忙しくなっているようだ。我々を味方につけたがっているという事情もある。とにかく聴くだけ聴いてみようじゃないか」

小林はマウスを握った。何度かボタンをクリックする。「いくつか音声ファイルがあるね。日付ごとに分類されているようだ。これなんか、どうだろう。最新のやつだ」

佐伯は幹部たちの顔を見回した。宋の顔はわかりやすいほどひきつっている。他の三人はまるでポーカーでもしているかのように表情を消している。

小林もまたそれぞれ幹部の目を見てから言った。

「じゃあファイルを開くよ」

佐伯はいつでも動ける姿勢を取った。内通者は四天王の誰かだろうと推測していた。裏切り者が逆上して暴れるかもしれない。なにを隠し持っているかわからない。銃は玄関の警備員に預けている。素手で立ち向かわなければならない。唇を嚙みながら不安を封じこめる。

パソコンのスピーカーからノイズとともに男の声がした。ボリュームを最大にしているらしく、部屋いっぱいにそれが響いた。

〈会長ですか〉

〈ああ〉

〈再び荷が届きます〉

〈早いな〉

〈ファミリーが東ヨーロッパ向けに輸出される分を緊急に押さえたんです〉

〈余裕のなさが露骨に出ている〉

〈これまでだって需要に供給がなかなか追いついていなかった。木更津の強奪事件がかなりの痛手となっています。ＣＪの魅力はなんといっても低価格な点にある。ただでさえ今は二倍にまで値が上がっている。これ以上吊りあがってしまえば顧客にそっぽを向かれるのは時間の問題だ〉

〈どこに入る〉

〈新潟の予定のようですが、詳しくは改めて〉

ブツッと通信が切れる音。音声はそこで途切れた。

全員の視線が久我に注がれた。久我はといえば、顎に手をやったまま涼しい顔をしている。

温和だった小林の目が鷲《わし》のように鋭くなった。

「今の声は君に似ているが、反論があればうかがうよ。モノマネのうまい芸人に作らせたとか、コンピューターかなにかででっち上げたものだとか」

「いえ、とくに」

久我は微笑を浮かべた。この土壇場で屈託なく笑えるこの男は、どこか神宮に似ていた。

「認めるのかね」

小林さえも鼻白んだように顔をしかめた。

「ええ」

「なんとまあ残念だよ。長年の友が我々を裏切るとは」

宋が久我に殴りかかろうとした。両腕を伸ばした。

「て、て、てめえ！　なに考えてやがる！」

佐伯は宋の背後に回った。羽交い絞めにして止めた。それでもなお両腕を振り回そうとしたが、肩に痛みを覚えたのか悲鳴をあげた。

それまで口を真一文字に結んでいた鏑木が久我に尋ねた。

「なぜだね」

「理由はいろいろとありますが……そうですね」

久我は答えを捻《ひね》りだそうとするかのように腕を組んだ。「端的に言えば信じきれなかった。そういうことです」

「神宮会長や我々をか」

「私の仕事は製造元からの買いつけであり、CJの安定した供給システムを確立することだ。神宮会長は優れたリーダーだが、彼の戦闘的な姿勢には以前から疑問を抱いていた。それに唯々諾々と従い続けるあなたがたにもね。まるでつねに混沌を求めるような魂が、私の哲学とは相反するると考えるにいたった。彼ほどの才覚があれば、ファミリーは華岡組をも呑みこむかもしれないし、警察の目をくらませることも可能かもしれない。しかしその後はどうする。あのお方は自分が築いた秩序すら我慢ならずに破壊して回るような性質の持ち主だ。信長や秀吉と同じで、日本だけでは飽き足らずに天竺《てんじく》まで目指してしまうようなね」

宋は大きく咳払いをした。久我の語りをさえぎり、羽交い絞めにしている佐伯に言った。

「放せや。頭が冷えた」

佐伯は両腕の縛めを解いた。宋はダブルのスーツの襟を正す。「小林先生、鏑木社長。さんざん無礼なことを言ってすまなかった。あとできっちり謝罪させてくれ。まずはこの馬鹿を始末しよう。こんなクソ野郎の言い分なんざどうでもいいこった。なにが哲学だ、このカス野郎」

久我はため息をついた。

「事実を口にしたまでだよ。あなただって批判していたじゃありませんか。神宮会長の名を都合よく利用しているとね。好戦的な性格が災いして、彼は逃げざるを得なくなった。神輿である彼を利用して、今や組織の中枢はあなたがた二人が握っている。そうじゃありませんか？」

小林は瞳に暗い輝きをたたえている。彼は言った。

「アドバイスをありがとう。けれどもう君と議論をするつもりはないよ。警備員を呼ばせてもらおう」

小林は携帯電話を取った。佐伯はやけにリラックスしている久我を見下ろした。胸騒ぎが消えない。

小林は携帯電話をしばらく耳にあてていた。その表情が曇る。佐伯は窓へ近づいた。地上を見下ろした。別荘を囲んでいた警備員たちの姿が見当たらない。

宋が血相を変えた。

「おい、どうしたんだ」

「一階で異変が起きたようですな」

小林は静かに言った。鏑木は久我を睨んだ。

佐伯は宋のコーヒーカップに拳を振り下ろした。クリーム色の陶器が砕け、コーヒーがテーブルにぶちまけられる。破片をつかんで久我の首に突きつけた。

「なにをした」

「佐伯君、君はいい腕をしている。生きてこの場を出たければ、私についたほうがいい」

「なにをしやがった」

客間のドアが突然開いた。

現れたのは久我の外国人ボディガードだった。手にはサブマシンガンがあった。宋は悲鳴をあげながら椅子から転げ落ちる。小林と鏑木は冷えた目で新たな客を見上げる。銃声はまったくしていなかったというのに、外や一階は制圧されているというのか。

鏑木は首を斜めに傾けた。

「なかなかいい兵隊を雇い入れたようだな」

「おかげさまで。セルビア警察の特殊部隊にいた男たちですよ。争いごとにはなにかと慣れている。今日の警備はいつもより甘かったようですな。私の若干名の社員と彼らで制圧できた。この体《てい》たらくで華岡組や警察とどう戦うつもりだったのですか？」

佐伯は久我の首筋に陶器の破片をあてた。宋が床に尻餅をつきながら叫んだ。

「その裏切りもんを殺せ！　殺せ！」

久我は微笑んだ。

「宋社長、あなたは私と考えが近い。あなたは一緒に来ませんか？」

久我のボディガードらは銃口を佐伯と鏑木に向けていた。「どうです？」

宋の唇は震えていた。

「この前言っただろう。おれは命懸けてんだってな。おれはいつもファミリーのためを思って意見してきただけだ。勘違いするんじゃねえよ、ネズミ野郎め」

久我はあきれたようにため息をついた。蔑むように周囲を見回す。

「そうですか。小林先生、あなたがたはまだ言い張るつもりですか？　神宮会長がどうにかしてくださると」

小林は肩をすくめた。

「会長は神輿などではない。我々に黙って担がれるようなお人ではない」

「いずれにしろ、あなたがたは現実を見るのを止めてしまった」

「何度でも言うが、あの方はここにいて、私はあの方の命令に従っているまでだ」

陶器の破片を手にしながら、佐伯は小林の言葉の意味を考えた。ただの虚勢でしかないのか。だとすれば佐伯もこの場で射殺されるだろう。

室内の男たちを見回した。この場に神宮がいるだと。小林はなにを言っているのか。

久我は手をあげた。銃殺の合図を告げる執行官のように。

「いいでしょう。百歩譲って会長がこの場にいたとしても状況は変わらない。一階では私の社員が全員を縛り上げている」

久我は顎をあげて佐伯を見つめた。「佐伯君、その破片を手放す気はないか」

佐伯は動けずにいた。ここでの目的は神宮ファミリーに死ぬまで忠誠を誓うことではない。刈田の名を名乗っていたころであれば、久我の申し出など突っぱねていただろう。今はちがう。どんな方法を取ってでも生き延びなければならない。神宮を殺す。そう佳子と約束した。生きるためには破片を捨てて久我に降伏すべきだった。それでも動けずにいる。

久我の兵隊が銃口を佐伯の頭に向けた。狙われた額にひりひりとした熱さを感じる。佐伯は久我を盾にしたが、兵隊とはあまりに距離が近く、それがなんの意味もなさないとわかった。兵隊は正確に佐伯の頭を撃ちぬくだろう。

銃声がした。佐伯は目をつむった。首や肩の筋肉が硬直する。暗闇のなかで死を待った。

意識は途切れてはいない。痛みもない。

痛みを感じる暇もないまま死後の世界に突入したのか。佐伯は目をおそるおそる開けた。

室内には血が飛び散っていた。久我の白人兵が膝から崩れ落ちるところだった。

思考が麻痺《まひ》していた。誰が撃ったのか。状況を把握するまで時間がかかった。久我は佐伯の腕を払って机の下に逃れようとする。宋が絶叫しながら壁にへばりつく。銃弾は屋外から飛んできていた。巨大な窓にヒビが入っている。銃弾による穴が開いていた。

もうひとりの白人兵が床にしゃがみこみ、弾が飛んできた方角に銃口を向けた。どこかの外国語を口にしながら。その先にあるのは丘の頂上。生い茂った木々の間から弾は飛んできていた。別荘の三階と高さは同程度だが、隔てている距離は数百メートルはありそうだった。

鏑木は姿勢を正したまま椅子に座っていた。身じろぎもせず。撃たれた白人兵の返り血を浴び、横顔をまっ赤に染めている。窓のほうに目をやることもなく、ただ真正面を向いたまま冷たい微笑を浮かべていた。隣にいる小林も無表情のまま肘掛けにもたれていた。

再び銃声が遠くで響いた。白人兵の後頭部が弾けた。佐伯は丘の頂上に目を向けた。丘の木々の間で夕日に照らされたスコープがちかちかと光る。これだけの距離で狙撃できる者といえば。

木々の間からひとりの男が姿を現した。丘を駆け下りるようにして別荘へと近づいてくる。深緑の迷彩服を着た痩せた男。それは佐伯もよく知る人物だった。警官隊との攻防でバラバラになった仲間。円藤だった。

佐伯は口に手をやった。

「まさか」

机の下に逃れていた久我が客間の出口へ駆け出していた。驚いている佐伯の隙をつくように。

それまで銅像のように微動だにしなかった鏑木が立ち上がった。彼は言った。

「私は無神論者だ。神輿など担ぐ趣味はない」

久我は必死の形相で出口の扉のノブに手をかける。鏑木は彼の背後から襲いかかった。首に両腕をからめ、裸絞めにした。「なにか言い残すことはあるかね？」

「貴様らに未来はない」

久我は苦しげにうめいた。その直後に木の枝がへし折れるような音がした。久我の首の骨が砕ける音。やつの股間から尿がびしゃびしゃと漏れる。アンモニアの臭いが部屋に充満する。洒落者の久我としては不本意極まりないであろう最期だった。小便の滴が床に垂れた。

鏑木は裸絞めを解いた。久我の死体が床に崩れ落ちる。鏑木はいつもの無表情に戻っていた。

「とはいえ、あの方がむやみに戦闘的だという指摘は合っている。混沌を追い求めているというのもな。トップがこうも戦いにのめりこんでは組織の運営はままならん。困ったものだ」

鏑木が着ていた高級スーツは血と小便で汚れていた。だが彼はそれを拭うそぶりさえ見せなかった。

小林はテーブルに肘をつきながら両手を組んでいた。悪戯《いたずら》っぽい目で佐伯を見上げる。

「佐伯君、紹介するよ。あちらが会長の神宮だ」

48

三階に円藤こと神宮が入ってきた。

頭にはヘッドセットをつけていた。客間に盗聴器をつけていたのだろう。スナイパーライフルを肩にかつぎながら大股で歩く。

円藤は狙撃手らしい寡黙な男だった。鋭角な顎に痩せた身体。銃や兵器に詳しい元自衛隊員のはずだ。晃龍会との戦いでは勝利の突破口を作った。佐伯も屋敷も一目置いていたが、饒舌で表情豊かな神宮と同一人物だとは思えなかった。

鏑木が彼に向かって敬礼をした。小林は深々と頭を下げ、王の帰還を出迎えた。宋は腰を抜かしてしまったのか、ただ呆然《ぼうぜん》と尻を床につけたまま見上げていた。

一階は騒がしかった。円藤に撃たれた白人兵らは、銃器を管理する警備員を襲っていた。それをきっかけに久我の社員らが一階と外を制圧したが、連中は事態の急変とボスの死を知ってあっさりと投降した。神宮と鏑木は初めから罠を仕かけていたのだ。

神宮は久我のそばにしゃがみこんだ。久我の折れ曲がった首に触れていた。

「おしい男を亡くした」

宋は当惑した調子で訊いた。

「ほ、本当に会長なんですか？」

「すまなかったね。騙すようなことをして。よく耐えてくれた」

宋は泣き笑いのような表情で、変わり果てた神宮を見つめていた。神宮は尋ねた。

「疑っているのかい？」

「いや、その……だってよ、あまりに変わっちまったもんだから」

「ちょうど三年前の今ぐらいの時期に、大分でフグを食べただろう。覚えてないかい？　裏メニューで出されたトラフグの肝や卵巣をぼくがさんざん勧めたのに、君は頑として受けつけなかった。熱々のひれ酒で唇を火傷して、あのときは最後まで不機嫌だったね」

宋の顔から力が抜けていった。

「あ、あんまりじゃないですか。なんだってそこまで変わっちまったんです」

「だってこっちのほうがいい男だろう？」

宋がなおも言おうとするのを制し、神宮は上座の椅子に勢いよく腰かけた。クールな円藤らしくなく、狂気と稚気が同居したような神宮らしさがにじみ出ていた。「もちろんそれは冗談だけどさ。警察の犬なんかを愛人にしていたような愚か者だよ。一度は地下に潜る必要があった。仲間さえもあざむくくらいに思い切り深くね。そうすれば内通者が尻尾を出すんじゃないかと思ったんだけど、けっこう手間も時間もかかってしまったな。久我はぼくらと遊ぶのに、すっかり飽きてしまってたんだね」

久我やその部下たちの死体が警備員たちの手で階下に運ばれていった。宋はおそるおそるボスを見上げた。

「おれも……疑われていたんですか？」

「もちろん！　一番に疑ったよ。怒ったかい？」

神宮は弾んだ声で答えた。宋は自分の胸をさすった。

「べつに怒りゃしませんよ。会長の悪戯には慣れてますからね。けど心臓にはよくねえ。今回ばかりはへとへとだ」

神宮はヘッドセットを外した。

「会議の内容はちゃんと聞いていたよ。あの状況で断るなんて。格好よかった」

宋は肺のなかの空気を搾《しぼ》り出すかのように深々と息を吐いた。それから涙と汗で濡れた顔をくしゃくしゃに崩して笑った。

「気にくわねえ野郎の下で働くのはごめんですよ」

主君が帰還し、組織は急に活気を取り戻したかのようだ。

佐伯は神宮を直視できなかった。ついに宿敵を発見したというのに興奮は湧かない。今すぐ窓をぶち破って逃げろ。本能が訴える。

円藤こと神宮はずっと近くにいた。ともに闘ってきていた。自分が刈田であることを、すでに見透かされている気がした。屋敷だって見抜いたのだ。

早く殺らなければならない。弟や美帆の無念を晴らさなければならない。かりに佐伯の正体に勘づいているとしたら、当然佐伯の攻撃など予想済みだろう。

神宮は佐伯に親しげに笑いかけた。佐伯の切迫した心情にはまるで気づいていないようだ。神宮は手を差し出す。佐伯は握手に応じた。神宮の腕からは火薬の臭いがした。

「改めて自己紹介させてくれ。ぼくが神宮寛孝だ」

佐伯は唾をのんでから答えた。

「少しばかり戸惑ってますよ。まさかあなただとは。晃龍会との戦いじゃ何度も死にかけた」

神宮はライフルを構える仕草を見せた。

「なかなかの腕だっただろう?」

「ええ」

「どうせ化けるのなら、退屈しないで済むような立場の人間になりたかった。それにむざむざ優秀な社員を死なせたくはなかったしね。それでも今回は多くの戦士たちを失った。ガードサービスは組織の武の要《かなめ》だ。早急に立て直さなければならない。そのためには君の力がいる」

佐伯は力強くうなずいてみせた。

「死線をともに潜《くぐ》り抜けた仲間からそう言われれば、断ることはできません」

神宮は立ち上がって手を叩いた。

「決まった。今夜はひとまず飲もうじゃないか。大手術を成功させた祝いに。小林先生、このあたりでいい温泉宿を知らないか？」

「うまい猪鍋《ししなべ》と鹿肉ステーキを出す日本旅館がありますが」

「露天風呂は？」

「ございます」

「急いで部屋を押さえてくれないか。コンパニオンもだ。費用はすべてぼくが持つ」

「うけたまわりました」

鏑木はようやく自分の身体についた血を拭い取った。まっ赤に染まったタオルを握り締めている。

「私はここの後処理をしてからまいります」

神宮はポケットに手を入れた。車のキーがついたキーホルダーを鼻歌混じりに人差し指でくるくると回した。やつはまだ佐伯の正体に気づいていない。

「佐伯君、準備ができるまで先に行って飲んでいよう」

「酒を飲まれるんですか？」

佐伯は驚いたように声のトーンを上げた。

「自分で言うのもなんだけど、質より量を好む卑《いや》しい呑兵衛《のんべえ》だよ。この潜伏期間中になにが苦しかったかっていえば、愚かにも下戸の人間なんかを演じたせいで酒を控えなきゃならなかったことさ。問題は山積みだけど、ひとまず今夜だけはぐいぐいやらせてもらうよ。つきあってくれ」

「ええ。とことんやりましょう」

佐伯は自分の胸を勢いよく叩いてみせた。

49

いつ引き金を引くべきか。佐伯は機会をうかがいながら缶ビールのプルトップを引いた。

「乾杯しよう」

移動するSUVのなかで神宮と缶をぶつけあった。神宮は気持ちよさそうに喉を鳴らしながら飲んだ。缶の底が上を向いている。それから大きく息をつく。

「ふう、うまい」

神宮は口を手の甲でぬぐった。缶を持った佐伯を不思議そうに見やった。

「どうした。飲まないのかい？」

「下戸だった円藤が、こうして元気よく飲んでいるのがどうしても不思議に思えて」

神宮は子供のように笑った。顔の造作は変わっていたが、それはたしかに神宮寛孝が浮かべそうな表情だ。その顔をずっと追い求めていた。

以前は瓜実顔《うりざねがお》で豊かな黒髪をオールバックにしていた。メタルフレームのメガネと細長い目がトレードマーク。いつも柔和な微笑をたたえていた。今は逆三角形のような形に変わっている。元軍人を装うためか、髪は短く刈っている。海岸の岩場を思い起こさせるごつごつとした頬。つぶれ気味の鼻。すっかり変わっていたが、その立ち振る舞いや笑い方はいかにも神宮らしかった。

佐伯はビールをあおった。液体はなかなか喉を通っていかない。酒で感覚を鈍らせたくはなかったが、それでもあやしまれない程度にはつき合う必要がある。寝不足と緊張の連続のせいか、身体が思うように受けつけてくれなかった。

佐伯は苦笑してみせた。

「それに宋社長ほどではないにしろ、おれもかなり肝が冷えました。もう少し時間が経てば、いつものように飲めると思います」

「激闘を制した男の言葉とは思えないな。これからも続くよ」

神宮は二口で三五〇ミリリットルの缶を空けていた。ぎゅっと握りつぶして足元に放る。佐伯は尋ねた。

「華岡組ですか」

「今の七代目という男はね、日本の首領《ドン》の座にいるわりに、やたらと悪知恵の働くひねたやつなんだ。良好な取引関係にあった晃龍会と我がファミリーの仲を裂いたのはあの男だとぼくは思ってる。野心家の錦や久我のプライドをうまく刺激しながら、陰で尻を叩き続けていたんじゃないかな。ぼくらはうまく天秤《てんびん》にかけられたってところだ。じつに許しがたい」

神宮はトランクに積んだクーラーボックスから新しいビールを取り出した。

佐伯は背筋に冷たいものが走った。ふいに湧き上がったある考えを打ち消すために、ビールを無理やり流しこんだ。神宮の後を追うように缶を空っぽにする。神宮は満足そうにうなずいた。

「お、いいね。さっそく調子を取り戻したのかい？」

神宮は佐伯にも新しい酒を手渡した。佐伯はうなずいた。ビールを持つ手を膝のうえに置いた。手の震えを抑えこもうとした。

神宮ファミリーの未来をもっと見てみたい。そんな欲求が頭をもたげた。この組織のなかで血が沸騰するような戦闘に身を投じてみたい。帰還した神宮が、果たして日本の首領や警察を相手にどんな戦いを繰り広げるのか。死んだ久我とは正反対に、どこまでも突き進もうとする神宮にぞくぞくとした興奮を覚えた。

神宮に言われた言葉を思い出す。お前は炎そのものだと。なにかを燃やしていなければ生きていけない。その意味がわかったような気がする。敵だけでなく友をも殺した。弟を殺した。元恋人を殺した。それでもまだ満足はできない。隣にいる宿敵を抹殺しない限り。

神宮はそんな佐伯の葛藤《かっとう》をよそに鼻歌まじりにビールをすすっていた。

「佐伯君。ボーナスはいくらもらうことになってる」

「一本です」

「あと二本追加で出すよ。給料についてはまたあとで話そう。メジャーリーガー並みとは言わないが、プロスポーツ選手がこっちに転職を考えたくなるくらいの給料は用意したい」

「…………」

「足りなかったかい？」

「そうではありません。ただ……」

「遠慮はいらないよ」

佐伯は告白したい誘惑に駆られた。すべてを打ち明けて真相を伝えたかった。佐伯の正体を知ったとき、神宮はどんな顔を見せるだろうか。たいして驚きはしないような気がした。こうして神宮自体が、佐伯同様に姿を変えた今となっては。

奇遇だね、刈田。涼しい顔で応じそうな気がする。復讐心を理解してもらおうとは思わない。昔の活劇じゃあるまいし。高笑いをあげながら、冥土《めいど》の土産に教えてやろうなどと打ち明け話を披露する気はない。粛々とあの世へ送ってやるつもりだ。

しばらく沈黙してから佐伯は言った。

「おれがなんとか今日までやってこられたのは、死んでいった者たちのおかげです。おれだけこんな高い評価を受けるわけには」

「君の腕を認めているが、次に三途《さんず》の川を渡るのは君かもしれない。屋敷や阪本らも覚悟を決めたうえで戦ってきた。ぼくも彼らの働きにはこたえてきたつもりだ」

「皆、あなたを慕っていましたよ。心の底から」

「そうだといいけど。なんにしろ、ぼくは安全地帯でぬくぬくと暮らすような趣味は持ち合わせてはいないからね。潜伏している間も有能な配下をできるだけ失いたくはなかった」

神宮は肩をすくめた。組織が小さかったころは神宮自身が先頭に立って敵と戦った。口先だけではなく、途方もない胆力と戦闘力を兼ね備えていることは、晃龍会との戦いでも証明済みだ。

神宮自身が武装しているかはわからない。佐伯は別荘の警備員に預けていた銃を取り戻していた。誰からも疑われることがなかった。腰のホルスターに入れたベレッタがことさら重く感じられる。

神宮は最前線の兵士として鍛錬を欠かさなかった。素手での戦いは元からかなわない。不意をつける機会をうかがうしかなかった。旅館に着いてしまえばまた厳しい警備が敷かれるだろう。できるならこの移動中に仕留めたかった。

神宮は窓を開けた。晩秋の山の冷たい風が入ってくる。暖房の効いた車内の温度がみるみる下がっていく。運転手が身を縮める。佐伯も首元に寒さを感じていたが、ボスは暖かな春風に吹かれているかのように心地よさそうな表情をのぞかせた。車は川のそばを走っているらしく、冷たい水の匂いが鼻に届いた。館山の海のうえで撃たれたのを思い出した。弟の頭から血煙があがっていた。肩とわき腹の傷がうずく。佐伯は古傷の痛みに身をよじる。

神宮は名残惜しそうに二本目のビールを逆さに振った。クーラーボックスのビールはすでに切れていた。

佐伯は前方に見える看板を指差した。

「なにか買ってきましょうか。地元ワインか日本酒でも」

看板は道の駅を示していた。やがて広大な駐車場と三角屋根の大きな建物が見えてくる。

神宮はうなずいた。一気にアルコールを摂取したにもかかわらず、顔色はまったく変わっていなかった。

「いいね。あそこにはうまい地ビールがある。それと豚の味噌漬けがあるんだ。このあたりの名物で、酒の肴にはぴったりなんだ。ちょっと寄っていこう」

神宮は佐伯の提案を機嫌よく受け入れ、運転手に寄り道するように命じた。佐伯は言った。

「ひとつ尋ねてもよろしいですか?」

「なんだい」

「会長はアメリカで育ったと聞きました。それにしては日本についても詳しすぎる。一体、どこで生まれ育ったのですか?」

神宮は不思議そうに眉をあげた。

「奇妙なことを訊くね。小林先生からなにを吹きこまれたのか知らないけれど。ぼくは日本人だよ。アメリカにいたのは事実だけど、十代を東北で過ごした田舎もんだず」

神宮は片目をつむってみせた。佐伯は迎合の笑みを浮かべた。煙《けむ》に巻かれるだけ。それを承知で尋ねてもいた。質問にはなんの意味もない。どこで生まれようと、どこで育とうともはや関係はない。「それに詳しいってほどのもんじゃないさ。ちょっとネットにつなげば、今じゃブラジルの奥地やアフリカの砂漠だって覗ける時代だよ。うまい豚の味噌漬けを見つけるのなんて、鼻をほじるよりも簡単なことじゃないか」

「そうかもしれません」

SUVは道の駅の駐車場に停まった。紅葉の季節はもう過ぎ去った。太陽がすっかり落ちた夕方とあってあたりは閑散としている。百台以上はゆうに停車できそうなスペースには、乗用車やマイクロバスが数台あるだけだった。

神宮は車を降りると建物の前に置かれたゴミ箱にビールの空き缶を放った。弾んだような足取りで建物のなかに入る。運転手を車のそばで待機させ、佐伯は神宮の後をついていく。

佐伯は着ていたジャケットのボタンを外した。いつでも拳銃が抜き出せるように。ベレッタの薬室には弾が入っている。あとは引き金を引くだけだ。

神宮は商品棚にあった味噌漬けを手に取っていた。佐伯は周囲を見やった。佐伯の緊張をよそに、目の前ではのどかな空間が広がっている。神宮の周りには土のついた野菜や果物が積まれ、土産物や民芸品が棚に並んでいた。

田舎そばの醬油の匂いが飲食コーナーから漂っていた。農協の帽子をかぶった地元住民らしい大柄な老人がコーナーへ寄り、みたらしダンゴをもぐもぐ食べながら、暗くなった外をぼんやりと眺めていた。もうじき閉店。店員たちはアクビを嚙み殺している。神宮だけが景気よさそうにカゴへ肴の漬物や地酒を放りこんでいた。

会計を済ませた神宮は、建物の横手に設置されたトイレへと向かった。ビールを一気に飲みすぎたのか、早足でなかに入っていく。買った商品は佐伯が預かった。

食品や酒が入った紙袋を抱えながら佐伯は外に出た。運転手はタバコに火をつけていた。紙袋をベンチに置くと、運転手の隙をついてベレッタを抜いた。拳銃を太腿につけながらトイレのなかに入った。やつがくたばるにはふさわしい場だ。

小便用の便器のほうにベレッタを向けた。放尿している神宮の背中に撃ちこむつもりだった。やつはいなかった。個室のドアをひとつひとつ開ける。神宮の姿はない。

佐伯は息をつまらせた。背筋が凍る。トイレの窓が開いていた。踵を返してトイレを出た。

外の駐車場に神宮はいた。ＳＵＶのすぐ近くに。ただしそこにいるのはやつひとりではない。運転手だけでなく、複数の男たちが待ち受けていた。神宮のそばには鏑木。ベレッタを持った佐伯を冷たく見すえている。別荘を守っていたはずの警備員らが半ダースほど立っていた。二桁の目が佐伯に注がれている。

神宮はＳＵＶのボンネットに背中を預けていた。くつろいだ様子で笑っている。

佐伯は深々とため息をついた。警備員らの手には同じく拳銃が握られている。その銃口は佐伯に向く。

神宮は持っていたビールのプルトップを引いた。

「焦ったね、刈田」

「やはり気づいていたんですね」

「形を変えても、心までは変えられない」

「どうしてさっさと殺さなかった」

「お互いにうまく化けていたんだな。気づいたのはごく最近のことだよ。君が晃龍会の兵隊を殺ったときかな。屋敷もあのとき悟ったんだろうね。前線に出て最大の収穫だったのは君を見つけたことさ」

ベレッタを持った手をだらりと下げた。やつを黙らせろ。だがこの状態で神宮を殺せる可能性は万にひとつもない。すでに警備員たちの銃口が佐伯に向いていた。狙いを定める前に無数の穴が開けられるだろう。神宮は言った。

「それに知らないフリをしておくほうがいいと思ったんだ。ぼくを見つけるまで、君はしゃかりきになって働くだろうからね。その通りになった」

鏑木は失望したように首を振った。

「……ここまでやる男だとは。もはやなにも言うことはない」

佐伯は周囲に目をやった。建物のなかにいる店員たちは外の異変には気づいていない。空は薄闇で覆われている。駐車場には神宮ファミリー以外に人影がなかった。神宮は言った。

「君を生かしておいた理由はもうひとつあるよ。ここでの暮らしに満足して、そのうち心を入れ替えるんじゃないかと思っていた。再び本気でこっちの人間に戻るかもしれないとね。愉しかっただろう？　君は生まれながらの人殺しだよ。流血のなかでしか生きられない」

「能書きはいい。さっさと殺したらどうだ」

「戻ってこい、刈田」

神宮はビールを飲みながら真顔になった。鏑木が諫《いさ》めるような目でボスを見下ろした。

「無駄ですよ。この男は二度も我々を裏切った」

「こいつはぼくと同類さ。姿まで変えて戦場へと舞い戻ってくる。すっかりイカレてるんだよ。ここ以外に居場所はない」

佐伯は鼻で笑った。

「今度は誰の血を求める」

神宮は唇を横に広げた。顔の下半分は笑っていたが、目だけは恋人を無慈悲に射殺したときと同じく冷えきっていた。

「そりゃ手ぶらというわけにはいかない。そうだな……あの拷問に耐えた女の刑事さんなんかどうだろう。彼女の血を盃に入れて今度こそやり直そう」

佐伯はやつを睨むしかなかった。とっさに言葉が思いつかない。神宮はふざけた態度を隠さずにいた。化かし合いをお互いにやり続けてきたが、それでもこれだけは理解できる。やつは本気だ。佳子を殺害すれば、本気で迎え入れるつもりでいる。クルーザーのときもそうだ。弟を殺害させるために、恋人を撃った自分の銃をそのまま刈田に手渡した。佐伯は自分の唇を噛み切って、揺れ動こうとする心を戒めた。血で濡れた歯を剝いた。

「会長、あんたは知っていたのか？」

「なにを？」

「奈緒美の腹のなかに子がいたことを」

神宮は目を細めながら肩をすくめた。

「もちろんさ。だから腹に向けて撃ったんじゃないか。そこもやっぱりお前と同じなのさ。こしらえることよりも破壊を選ぶ。お前がファミリーを選んだように。弟や友を殺し続けたように」

佐伯の頬を涙が伝っていく。

「おれが望むのはあんたの血だ」

「多少は正直になれたということか。いいだろう。ぼくを殺ってみろ。できるものなら」

神宮は自分の拳銃を腰から抜いた。

神宮が化けていた円藤という男は、銃器に詳しい人間を演じていただけあって、名銃と名高い旧チェコのCZ75を使った。今は神宮時代に愛用していたワルサーを握っている。奈緒美と武彦を撃ち抜いたものと同型だった。「二年前を思い出す。今まで同じ相手に二度も銃を向けたことはないよ」

佐伯は目をそらさなかった。

そのとき駐車場の入口で激しい物音がした。鏑木らが後ろを振り返る。二台のワゴン車が猛然と侵入してくる。神宮の部下らがそちらに銃を向けた。

神宮だけは佐伯をまっすぐに捉《とら》えていた。

「おもしろくなってきたな」

「あんたを殺るためならなんでもやる」

建物のなかから何者かが飛び出した。飲食コーナーでダンゴを食べていた老人が険しい顔つきで銃を構えた。銃口を神宮に向ける。

「警察だ！　銃を捨てろ！」

その声で老人の正体がわかった。電話でコンタクトを取っていた佳子の上司だ。のんびりと過ごしていた姿から一転して、刑事らしい威圧的な目で神宮を睨む。別荘を訪れる前、佐伯はやつに連絡していた。

「お逃げください」

鏑木が動いた。刑事の警告を無視してスーツの内側に手を伸ばす。その動作は素早い。次の瞬間には老刑事に銃の狙いを定めていた。

老刑事の丸谷と鏑木が同時に撃つ。胸を弾けさせる鏑木の姿が視界の隅に映った。

発砲をきっかけに佐伯は横に飛んだ。神宮の拳銃が火を噴いた。弾は頭上を通過した。地面を転がりながらスチール製のゴミ箱の陰へと逃れる。神宮は引き金を引き続けている。ゴミ箱から火花が散る。銃弾が衝突する鈍い音をたてる。

丸谷は前かがみになりながらよろめいている。鏑木の弾を腹に食らったらしく、建物の壁に背中をぶつけていた。ずるずると腰を落とす。

ワゴンから降り立った警官と神宮の部下たちとの間で銃撃戦が起きる。中国の旧正月のように火薬が炸裂《さくれつ》する音が続いた。佐伯はゴミ箱の陰から顔を覗かせる。

神宮はすぐ目の前にまで距離を縮めている。笑いかけながら引き金を引く。ワルサーが火を噴いた。佐伯は顔をひっこめる。銃弾が頬を切り裂き、耳たぶに熱い痛みを覚える。首筋を生暖かい血液が流れていく。

神宮は佐伯の横を通り過ぎていった。二撃目を放つことなく建物のなかへ入っていく。いつでも殺せる。そう言いたげだった。

「追え」

腹を押さえながら丸谷が言った。

佐伯は耳に手を添えながら立ち上がった。掌が血液でべとついた。駐車場にいる神宮の部下らが撃ってくる。腰をかがめながら佐伯は神宮を追うようにして建物のなかへと入った。

施設内の空気は一変していた。恐怖で顔を歪ませた客らが、土産物や産直野菜に囲まれながらしゃがみこんでいる。店員がカウンターの内側で身を縮める。血まみれの佐伯が侵入し、短い悲鳴があちこちであがった。

バックヤードに続くドアが開けっ放しになっている。佐伯は駆けた。通路にはダンボールや商品を入れたプラスチックケースが乱雑に並ぶ。それらを飛び越えながら進んだ。神宮の姿は見当たらない。外の出口が開いていた。

半身になって心臓を防御しながらドアへと近づく。銃声がした。鉄製のドアに弾が跳ね返る。

佐伯は壁の陰に隠れながら外をうかがう。

　神宮はモハメド・アリのように軽いステップを踏んでいた。どこまでもふざけている。表の駐車場からは依然として複数の銃声が聞こえてくる。ときおり人間の絶叫が混じる。

「愉しいな。刈田」

「あんたが死ねば、もっと愉しめる」

「違うだろう。ぼくが死んだら、お前もまた消える。燃やす相手がなくなった火は消えていくだけだ。復讐なんて理由にもなりゃしない。子を残すこともなく、恋人も仲間もすべて燃やし尽くす。お前にあるのはそれのみさ」

「黙れ」

「ぼくは十五のときに父親を刺し殺した。そのおかげで兄たちからは執拗に追われたもんだよ。兄たちだって父がひたすら邪魔で仕方なかったというのに。彼らのなかにあったのは空っぽのメンツだけだ。今の君を見ていると、兄たちの顔を思い出す。自分の欲望を肯定するために、後づけの屁理屈をこねてばかりでね」

　建物の裏は川だった。神宮の背後で水が流れている。やつは胸の高さほどのフェンスを飛び越えると、山の斜面を一気に下った。ためらわずに水へと脚を踏み入れた。腰のあたりまで浸かりながら神宮は川を渡る。その行動に驚愕しながらも佐伯は同じくフェンスを越えた。斜面の木々に隠れながら川へと近づく。

　神宮は見上げるようにして佐伯を撃った。隠れていた木の幹が弾けた。木の破片が散る。佐伯は神宮に狙いを定める。だがやつはすでに川を渡りきろうとしていた。

神宮はメガホンのように手を口で囲いながら言った。

「かくれんぼしながら追いつけると思うのか？　これだけお互い手間隙《てまひま》かけてきたんだ。もっと真剣にやったらどうだ」

川の向こう側は広いキャンプ場があった。大学生と思しき集団がテントを張っている。テントの側にはステーションワゴンと何台かのバイクがあった。

テントの周囲にいた若者らは、ずぶ濡れになりながら川を渡る神宮を不思議そうに見やっている。神宮はけたたましく笑いながら無造作に空へと発砲した。若者らは悲鳴をあげながらちりぢりに散った。

神宮は衣服を水浸しにしながら悠然とワゴンを奪う。佐伯は拳銃を撃ちながら川へと突入した。思ったよりも流れは速い。放った弾はワゴンにかすりもしなかった。佐伯が川を渡りきったころには、神宮はキャンプ場を抜けて公道へと出ていた。

佐伯は銃のマガジンを替えながらバイクへと近づいた。止めようとする者は誰もいない。キャンプ場の若者らはできるだけ佐伯から遠ざかろうと離れていく。キーが差さったスポーツバイクが一台だけあった。スターターでエンジンをかける。アクセルグリップをひねる。

ひさしぶりの運転だ。ときおりふらついたものの、体勢を立て直しながらスピードをあげた。直線であれば三百キロは出るであろうカワサキの大排気量のバイク。免許など持ってはいないが、単車なら十代で嫌というほど乗りこなしている。

曲がりくねった山道をぎりぎりのスピードで進んだ。転倒だけは避けなければならない。急なカーブではセンターラインを何度も越えた。幸い対向車は現れなかった。ノーヘルであるため、まともに山の冷えた風が顔にぶつかる。視界が涙でにじむ。川の水で濡れた身体が冷える。歯がガチガチと鳴る。手の感覚が徐々に失われつつあった。

やがて神宮が乗ったワゴンを視界にとらえる。佐伯はかじかんだ右手を噛んだ。息を吐きかけた。アクセルをさらに開いてエンジンの回転数をあげる。ワゴンとの距離を縮めた。

左手で拳銃を握った。ワゴンのリアウィンドウを撃つ。的が大きいために銃弾はそれることなくガラスを粉々に砕いていた。丸い粒のような欠片が道路に飛散する。運転席にいる神宮の頭を狙って撃った。走りながらではかすりもしない。

後輪にターゲットを変える。腕がぶるぶると震える。数メートルにまで接近して撃ったが、弾はアスファルトに当たっていた。さらに五発。バンパーに穴が開くだけ。神宮は蛇行と急ブレーキで佐伯の転倒を誘おうとした。

運転席にいる神宮を睨んだ。やつはバックミラーでちらちらと背後にいる佐伯に目をやっていた。やつの背中に狙いを定めた。

考え直して腰のホルスターにしまった。ハンドルを両手で握る。改めてスピードを出す。

神宮の言うとおりだ。安全圏にいては永遠に勝てない。

佐伯はワゴン車の後部に接近した。数十センチの距離まで。やつが気まぐれにブレーキを踏めば衝突は免れない。併走するように横の位置につけた。スポーツバイクのシートから尻を浮かせる。バイクを蹴って佐伯は跳ぶ。空を舞う。

ワゴンのリアウィンドウの窓枠を両手でつかんだ。両脚がアスファルトに擦られる。履いている革靴が削られる。窓枠に残ったガラス片が掌に突き刺さっていた。

運転席の神宮が振り返った。その両目は強い光を放っている。ようやく敵として存在を認める気になったのか、満足そうな顔をしている。片手でハンドルを握りながら、後ろに向けて銃を何発も撃ってくる。

佐伯は頭を下げた。銃弾が後部ドアに当たる。ガラスのないリアウィンドウを通過していく。やつの拳銃が弾切れを起こしたのか、攻撃が止んだ。

佐伯は片手を窓枠から離した。足先が摩擦熱で火傷しそうだった。だがチャンスだ。右手で拳銃を持つ。両腕で身体を引き上げ、運転席にいる神宮の背中を狙う。外しようがない距離。

その瞬間、神宮は運転席のドアを開け放った。そしてやつの姿が消える。

神宮は道路へとダイブした。そう悟ったとき、運転手不在のワゴンは下り坂のカーブに差しかかっていた。ガードレールに衝突する。後部ドアにしがみついていた佐伯はまともに衝撃をくらった。肩からドアに叩きつけられる。肉と骨がひしゃげる痛みにうめきながら地面を転がる。

佐伯は咳きこんだ。口のなかを切ったらしく、吐き出された唾には血が混じる。肘の骨が折れたらしく、左腕が動かなかった。油の臭いが鼻をついた。ガードレールを突き破ったワゴンは前部が潰れ、エンジンからオイルが地面に漏れ出している。

自分の右手を見た。衝突のショックでベレッタが手から消えていた。周囲を見渡す。ワゴンから数メートル横のあたりに転がっている。

佐伯は地面を這いずりながら拳銃に手を伸ばした。だがそれは届かない。神宮がそれを先に拾い上げた。

佐伯は見上げた。地面を転がった神宮も無事では済まなかった。スーツの生地があちこちで裂け、膝小僧がむき出しになっている。やつも腕の骨に異常をきたしたのか、右腕をだらりと下げている。

だが神宮は嬉しそうに微笑をたたえている。その目は依然として光り輝いている。額を大きく擦りむかせ、ピンク色の傷を覗かせている。

「そろそろ終わりにしよう。兄弟」

神宮は左手で握った銃を佐伯に向けようとした。その動きは緩慢だった。精神がいくら高揚していても肉体がついてきてはいない。

佐伯は立ち上がった。弟や美帆を想いながら。奈緒美や屋敷を想いながら。死者たちを利用して自分を奮い立たせた。

地を蹴りながら佐伯は腕を伸ばした。神宮が引き金を引く前に、やつの手首を右手で握る。怪力が自慢だった佐伯だったが、神宮の腕の力は想像以上にすさまじかった。やつの左腕の筋肉が盛り上がる。銃口は佐伯の腹へと向けられる。

神宮が引き金を引いた。銃声とともに弾が佐伯の腹を貫いた。佐伯は手を放さなかった。再び銃声。腹に熱い衝撃が加わる。もはや痛みすら感じない。

佐伯は首を振ってメッセージを伝える。微笑みながら。あんたの言葉どおりだ。死がみるみる近づいているというのに、興奮が身体を満たしている。

佐伯は頭を振り下ろした。神宮の鼻に額をぶつけた。鼻骨が砕ける感触が伝わる。神宮をワゴンへと突き飛ばした。まともに頭突きを食らった神宮は、虚ろな目をしながら地面に尻餅をついていた。オイルにまみれたアスファルトの上に。

佐伯は右手でポケットを漁った。なかには佳子がくれたジッポのライターが入っていた。火をつけて神宮へと放つ。

オイルに引火した炎が神宮を包みこんだ。ブルーとオレンジ色の激しい火炎が獰猛な獣のように神宮の衣服や頭髪を焼き尽くし、顔や肌を焦がした。やつは立ち上がると左腕を天に向けながら身体を回転させた。まるで炎と戯れるかのように踊る。その目はやはり輝いたままだ。

神宮は突き破られたガードレールへと近づいていく。その先にあるのは数十メートルの崖《がけ》だ。闇のなかで燃え盛っていた神宮の姿がふいに消えた。闇社会に燦然《さんぜん》と現れたあの男らしい最期のように思えた。

佐伯もまた同じく崖へと近づこうとした。まだ終わっていない。落下したやつの姿を確かめなければ。その足取りは重い。すぐ目の前には屋敷や武彦がいた。美帆や奈緒美がいた。彼女たちは顔のない子供を抱いていた。死者たちに囲まれながら、腹から血液を漏らしながら、佐伯はアスファルトの上に倒れた。

50

佳子は松葉杖をつきながらリハビリテーション室から出た。背中にリュックを背負っていた。手すりや杖があれば歩行が可能になった。大腿骨に入ったヒビがようやく消えつつある。

事件から二ヶ月が経過していた。だが復帰の目処《めど》は立っていない。たとえ復職できたとしても体力勝負の組対部では使いものにはならないだろうが。

顎の骨が砕けていたおかげで、最近まで流動食しか口に入れられなかった。横浜の工場から救出され、しばらくは三途の川をさまよっていた。意識を取り戻し、自分の顔を鏡で見て気を失いそうになった。なぜ生き残ってしまったのかと、まずは絶望と戦わなければならなかった。時間を経て顔の腫れは治まったものの、折れた前歯の治療が終わっていないため、見舞いに訪れる同僚や友人は未だに居心地の悪そうな視線を向けてくる。

佳子は七階の病室に向かった。病室の前には警備担当者用の椅子が置かれている。だがそこには警戒にあたるべき制服警官の姿はなかった。

佳子は廊下の奥に目をやった。ナースステーションのカウンターで警備担当らしい若い制服警官と女性看護師が立ち話をしていた。

合コンの誘いでもしているのか、若い警官は前傾姿勢になって熱っぽく口を動かしていた。佳子が病室のドアに触れたところで、バツの悪そうな顔をしながらあわてて敬礼をした。佳子は無表情のままうなずきながら病室へと入った。

その部屋の主は佐伯達雄こと刈田誠次。点滴のチューブをつけたままベッドに横たわっていた。鎮痛剤でも打たれているのか、薄目を開けたまま眠っている。長い入院生活で筋肉は衰え、今ではすっかりやせ細っている。灰色の頭髪は白く変わっていた。まだ三十代のはずだが、玉手箱を開けた浦島太郎のように老けこんでいた。果汁を搾り取られた果物の残りカスのようだ。一命を取り留め、身体は快方に向かいつつあったが、魂はすっかり燃え尽きていた。

佳子が生死の境をさまよっているなかで、刈田も秩父の病院で重篤な状態にあった。銃弾二発が彼の腹を貫き、大量失血によって二度心臓が停止した。類まれな体力と運で大手術を乗り切ったものの、その後も腹膜炎を起こして幾度も死にかけていた。一ヶ月を埼玉の病院の集中治療室で過ごし、それからは佳子も入院している東京都中野区の警察病院に移送された。

しばらく彼を見下ろした。ガラス玉のように虚ろだった刈田の目に弱々しい光が宿りだした。

佳子は声をかけた。

「おはよう」

刈田の反応は鈍い。のろのろと口を動かしていたが言葉は出なかった。初めて会ったときも彼はこうしてベッドに伏せっていた。肉親を殺害され、自分も撃たれて虚脱状態にあった。だがあのときはぎらついた生命力を感じさせた。憎悪と怒りを糧としながら。神宮の殺害という目的を果たした今、目の前にいるのはただの抜け殻だ。子供でも容易に息の根を止めることができるだろう。

「どうしてだ」

刈田はかすれた声で言った。

「なにが？」

「どうして生きている。もうおれにはなにもない」

佳子は指で銃の形を作った。人差し指を刈田に向けた。

「勝手に終わらせないで。今日まで必死になって生かしたのは、私の制裁を受けるためよ。あなたがばかすか殴ってくれたおかげで、未だにまともに歩けないし、おいしいものも食べられない」

「……すまなかった。好きなようにしてくれてかまわない」

刈田は天井を見上げていた。佳子は呆れたようにため息をついた。

「二の句が継げないわ。ここまで心のこもらない謝罪は初めてよ。不祥事を起こしたワンマン経営者だって、もうちょっとマシな挨拶はすると思うけど？」

「あんたの上司は……どうなった」

「ピンピンしてるわ。防弾チョッキをつけてたから」

「そいつはよかった」

刈田は遠い目をしたまま答えた。質問をしつつも、とくに関心はなさそうだった。

「それと一応知らせておくわ。課長が撃った鏑木正志は死亡。崖下からも神宮と思しき炭化した死体が発見されてる。ファミリーはいよいよ崩壊が進んでるわ。宋は行方をくらましているし、小林の逮捕は秒読みの段階に入ってる。ＣＪの市場はいずれ華岡組が独占するでしょう」

「あんたらの計画は失敗に終わったな」

「そうでもない。成功したとは言わないけど、失敗とも言い切れない。華岡組は神宮ファミリーとちがって話ができる組織よ。流通に革命をもたらしたＣＪもやがては値をじりじりあげて、そのうち他のドラッグに混じって目立たなくなるはず。当初はあなたに神宮ファミリーを仕切らせて、華岡組と同士討ちさせる狙いがあったけれど、上層部はひとまず神宮寛孝をこの世から消し去って満足しているようね」

「クビにならずに済みそうか」

「そう願いたいわ。こんな目にまで遭ったんだから」

二人が病院で苦闘している間、もうひとつだけ事件が起きていた。それを刈田に教える気にはなれなかった。

佳子を売った同僚の山井が本庁の留置場で死んだ。着ていた自分のシャツを切り裂き、それを首に巻きつけて自殺したのだという。真相は佳子にもわからない。神宮ファミリーは、警官に対してもためらわずに襲いかかるような集団だ。捜査班の誰もが戦争のつもりで挑んでいる。山井の密告《リーク》で佳子は地獄を見た。血の気の多い他の同僚たちが山井を放っておくとは思えなかった。

刈田は居心地悪そうに身をよじった。気弱そうな横顔。本懐を遂げた男にはとても見えない。

「本当にすまなかった」

佳子が死の淵から蘇ったときにはすべてが終わっていた。刈田は丸谷と組んで神宮に戦いを挑んだ。佳子の身に危険が及んだことに責任を感じたのだろう。「自分自身のことは訊かないのね。これからどうなるのか」

刈田の表情は欠落したままだった。まるで重い鬱病患者のように。じっさい鬱状態にあるのかもしれない。そんな刈田になぜか苛立ちを覚え、佳子は松葉杖で床をこつこつと突いた。

「一応伝えておくわ。興味ないのかもしれないけど。小林を塀のなかにぶちこむために、検察はあなたを証言台に立たせようとするはず」

「拒んだらどうなる」

「拒むつもりなの?」

「…………」

「知らない。まあ無事では済まないでしょうね。塀のなかに閉じこめるか、神宮ファミリーの残党に売り飛ばすか」

刈田は無言だった。佳子は息を吐いた。

「拒むつもりなのね」

「もういいだろう。これでお互いに用は済んだ」

「……そうね。二度と会うこともないでしょう」

刈田の頭には戦いしかつまっていない。もはや生そのものを拒否している。まるで洗脳されたカルト宗教の信者だ。教祖の神宮を想い続けるあまり、やつが死んでも呪縛《じゅばく》から逃れられずにいる。想像以上に刈田の精神は蝕まれていた。

佳子は肩に担いでいたリュックを床に下ろした。なかにはリハビリ用のタオルやジャージを詰めこんでいた。それに――。

「知らせるのを忘れてた。最後にひとつだけ」

「まだあるのか」

「関根美帆さんの家でおもしろいものを見つけたの」

鈍い反応しか見せなかった刈田の目に関心の色が宿った。佳子が取り出したのはフォトフレーム。茶色い木目調のものだ。刈田の表情に戸惑いが浮かぶ。佳子は尋ねた。

「なかの写真を見た？」

「なんのつもりだ。あいつのパトロンの写真なんか見たくないぞ」

「呆れた。まさかと思ったけど、本当になにも知らなかったのね」

「なにを」

「パトロンとは別れてる。彼女には恋人もいなかった」

「たしかにそんなことを言っていたような覚えはあるが」

「見なさい」

刈田にフォトフレームを渡した。これまでの緩慢な動きと異なり、彼は急いた調子でなかの写真を確認した。目を大きく見開く。写真に写っているのはパトロンでも刈田でもない。そこには関根美帆と幼い子供が写っている。

刈田は穴が開くほど写真を見つめていた。

「……この子は」

「名前は関根仁《じん》。男の子よ。もうじき五歳になる。パトロンと別れたのもこの子が原因だった」

「だとしたら、この子は」

「父親はどこの誰でしょうね」

「これは……どうして。あいつは」

彼は動転しきっていた。声がみっともないくらいに震えている。フォトフレームを持つ手も同様に。

「黙っていたってことでしょう。ヤクザな父親なんかに教えずに、ひとりで出産していた。美帆さんはあなたよりずっと賢かった。父親が危険な世界に足を突っこんでいる以上、なにが起きるかわからない。子供は千葉の実家に預けていたようね。今も彼女のお母さんが育ててる」

「本当なのか」

写真の幼児は手を振り上げながら元気よさそうに笑っていた。顔を変える前の刈田によく似ていた。目元や唇の形がそっくりだ。失われたはずの顔がそこにあった。その上に水滴が落ちる。

刈田の顔は鼻水と涙で濡れていた。

「嘘をつく理由はないわ。お互いに一生分の嘘をついてる」

「どうして教えた」

「さあ。どうしてかしら」

佳子は首を傾げた。

「一生会うつもりはない」

「当たり前よ、バカ。すでにこの子の親を巻きこんでる。かりにそんな真似したら、私が撃ち殺してやる」

「だったらなぜ」

刈田は救いを求めるように潤んだ目を佳子に向けていた。

「その子に近づける権利なんてこれっぽっちもない。だけど助ける義務はある。そういうことよ。神宮と仲良く心中してる場合じゃない。あなたはあの男とは全然違う。そのゴキブリみたいな生命力を活かして、今度はその子を助けなさい。保護者の祖母はもう高齢で、いつまで面倒を見ていられるかもわからないんだから」

刈田は佳子を見つめた。その濡れた瞳に本来の光が戻りつつあるのがわかった。

「嫌な女だ。さっきから勝手なことばかり抜かしやがって。殺せと命じたり、救えと命じたり」

刈田はしゃっくりを繰り返した。

「あら失礼。いつまでもめそめそしてるものだから。ついカッとなって」

刈田はぐずぐずと鼻をすすりながら笑った。

「あんたは警官には向かない」

「言われなくたってわかってる」

刈田は右手を差し出した。佳子はその手を見つめた。多くの生命を奪い取り、佳子をも容赦なく殴りつけた破壊の手だ。岩のように硬い拳だったが、今はすっかりやせ細り、骨が浮かび上がっている。この手が神宮を燃やし尽くし、ファミリーを壊滅状態にまで追いやったのだ。だがもう充分だった。

佳子はその手を握った。思ったよりも強い力が返ってくる。刈田の目を見つめながらうなずいた。掌の熱さを感じながら、しばらく黙って握り続けた。

自分の病室に戻ってから、佳子はいつもより多めにトレーニングをこなした。リハビリだけでは間に合わない。太腿の骨がじんじんと痛むくらいに歩き回り、それから看護師の目を盗みながらストレッチをこなした。明らかにオーバーワークだ。肉体がいくら悲鳴をあげていても、心はつねに焦っていた。

消灯時間になってからは、じっと天井を見つめながら過ごした。眠れない日々が続いている。佳子の病室にも警備はついている。だがそれで恐怖が薄れることはない。あの忌まわしい小男が襲いかかってくる。肌があの男の舌を記憶していた。やつの体臭が鼻に届く。屈強な男たちが佳子を容赦なく殴りつける。

佳子は枕に顔を押し当てた。喉が擦り切れるほど強く叫ぶ。父に救いを求める。佐伯を送りこんだときから覚悟を決めていたはずだ。地獄に落ちるはずだと。それでも涙が止まらなかった。刈田を笑えなかった。神宮ファミリーが佳子を縛めている。夜がおそろしくて仕方がない。

恐怖で身体を縮めながら朝を待つ。うつらうつらと浅い眠りを貪《むさぼ》る、それが日課となっていた。

翌朝、看護師や警官らの騒ぎ声で目を覚ました。佳子はベッドから降り、杖を突きながら七階へと向かった。

刈田の部屋までやって来ると、警備担当の警官が廊下で伸びているのが見えた。女性看護師を口説いていた若い制服警官だ。複数の看護師たちに介抱されている。

部屋の入口からなかを覗いた。刈田の姿はなかった。佳子は驚いたように口を開く。火のような速さだけは相変わらずだ。まさかあの身体で動くなんて。優柔不断なくせに行動力だけは旺盛だった。

看護師や警官らの間をすり抜けるようにして部屋へ入った。刈田の私物はきれいに消えている。ただひとつを除いて。

ベッドの枕元には細いチェーンのロザリオネックレスがあった。佳子が横浜の工場で落としたものだ。

「先を越されたみたいね」

刈田の傷はまだ癒えていない。病院を抜け出せただけでも奇跡といえた。奈緒美のネックレスを拾い上げながら思った。それでもあの男なら何者からでも逃げおおせるだろう。神宮の呪縛を振り払えたようだから。

佳子は亡き友の遺品をポケットにしまった。今夜は少しだけ眠れそうな気がした。

装幀　多田和博
写真　Getty Images

〈著者紹介〉
深町秋生　1975年、山形県生まれ。第3回「このミステリーがすごい!」大賞を受賞し、2005年、「果てしなき渇き」でデビュー。他の著書に『ヒステリック・サバイバー』『東京デッドクルージング』。
●ブログ「深町秋生のベテラン日記」
http://d.hatena.ne.jp/FUKAMACHI/

本書は書き下ろしです。原稿枚数662枚（400字詰め）。

ダブル
2010年9月25日　第1刷発行
2010年10月10日　第2刷発行

著　者　深町秋生
発行者　見城 徹

GENTOSHA

発行所　株式会社 幻冬舎
〒151-0051 東京都渋谷区千駄ヶ谷4-9-7

電話:03(5411)6211(編集)
03(5411)6222(営業)
振替:00120-8-767643
印刷・製本所:図書印刷株式会社

ISBN978-4-344-01889-1 C0093
幻冬舎ホームページアドレス　http://www.gentosha.co.jp/

この本に関するご意見・ご感想をメールでお寄せいただく場合は、
comment@gentosha.co.jpまで。